KB128157

범인 없는
살인의 밤

HANNIN NO INAI SATSUJIN NO YORU
by Keigo Higashino

Copyright ⓒ Keigo Higashino 1990, 1994
All rights reserved.
Original Japanese edition published by Kobunsha Co., Ltd.

This Korean edition is published by arrangement with Kobunsha Co., Ltd., Tokyo
in care of Tuttle-Mori Agency, Inc., Tokyo through EYA, Seoul.

이 책의 한국어판 저작권은 EYA 에이전시를 통한
저작권자와의 독점 계약으로 '㈜알에이치코리아'에 있습니다.
저작권법에 의해 한국 내에서 보호를 받는 저작물이므로 무단전재와 복제를 금합니다.

범인 없는
살인의 밤

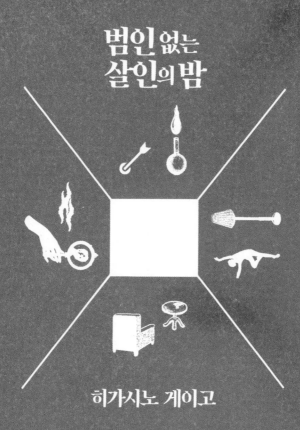

히가시노 게이고

윤성원 옮김

알에이치코리아

작은 고의故意

I

　다쓰야가 죽었다. 마른 잎이 나풀거리듯 옥상에서 떨어져 죽었다. 방과 후에 내가 바보처럼 축구공이나 쫓고 있을 때 일어난 일이었다.

　"무슨 소리가 들린다 싶었거든. 그러더니 갑자기 사람이 떨어지는 거야. 엄청 큰 소리가 나서 순간 무슨 일이 있었던 건진 알 수 없었다니까."

　같은 반 다무라가 그 비보를 내게 전했다. 다무라는 수많은 목격자 중 한 사람이었다.

　다쓰야가 떨어진 건물 주위에는 사람들이 새까맣게 모여 있었고 구급차가 한 대 서 있었다. 나는 사람들을 헤치며 앞으로 나아갔다. 다쓰야의 몸이 들것에 실려 가고 있었다. 하얀 천이 덮힌 모습에 맥없이 화가 났다.

　"다쓰야!"

　그에게 달려가려고 했다. 다쓰야의 얼굴을 보고 싶었다. 얼굴을 보면 "뭐야, 멀쩡하잖아" 하고는 웃어넘기고 싶었다.

　그때, 누군가가 내 팔을 세게 붙잡았다. 뒤돌아 그를 쏘아보았다. 우리 반 담임인 이모토 선생이었다.

"가만있어."

이모토 선생이 말했다. 조용히 타이르는 목소리였지만 된통 혼난 것처럼 나는 한 발짝도 움직일 수 없었다.

그때 주위에서 "으악!" 하는 비명이 터졌다. 들것에 실린 다쓰야의 오른팔이 축 늘어진 것이다. 그 팔은 마네킹을 연상시킬 만큼 가늘고 부자연스럽게 휘어 있었다.

"징그러워!"

옆에 있던 연약해 보이는 녀석이 작은 목소리로 말했다. 그 자식의 목덜미를 움켜잡았지만, 이번에도 "그만해!" 하는 이모토 선생의 만류에 손을 놓았다.

다쓰야를 실은 구급차가 떠나자 관할서 경찰관이 조사를 시작했다. 목격한 몇몇 학생에게 이야기를 듣고 있는 듯했다. 구경꾼 틈에서 다무라가 보여 나는 그쪽으로 다가갔다.

"너한테는 왜 묻지 않는 건데?"

내가 묻자 뾰로통해진 다무라는 못마땅하다는 듯 말했다.

"1반의 후지오라는 녀석이 대표로 경찰을 만나고 있어. 다른 녀석들도 같이 목격했지만 후지오가 맨 먼저 신고한 모양이야. 게다가 그놈은 수재고 말이야."

"후지오라……."

아는 학생이다. 키가 크고 이마가 넓다.

"다쓰야는…… 왜 옥상에서 떨어진 거야?"

다시 묻자 다무라는 팔짱을 끼더니 "그걸 알 수 없다니까"
하고는 생각에 잠기는 몸짓을 하며 고개를 갸웃거렸다.

"아무튼 갑자기 떨어졌어. 난 운동장에서 캐치볼을 하고
있었거든. 다쓰야가 옥상에 있는 것조차 몰랐다니까."

자살한 것 아니겠느냐고 다무라는 말했다. 그 가벼운 말투
에 분노를 느끼면서도 다무라에게 고맙다고 인사하고는 그
곳을 뒤로했다.

이제부터 어떻게 할까 생각하면서 사건 현장 부근을 돌아
다녔다. 건물 옆에서 여학생 셋이 울어서 통통 부은 눈을 손
수건으로 누르고 있었다. 다쓰야와 같은 반 여학생들이다. 나
도 울고 싶었지만 지금은 해야 할 일이 있다.

한동안 그러고 있으니 건물에서 이모토 선생이 걸어 나왔
다. 이제껏 경찰에게 조사를 받느라 긴장했는지 얼굴이 좀 굳
어 있다. 아마 교사가 되고 처음 겪는 일이리라.

이모토는 누군가를 찾는 듯 주위를 둘러보았다. 그러다 나
를 보더니 잰걸음으로 다가왔다.

"나카오카, 나랑 잠깐 같이 가자. 경찰이 묻고 싶은 게 있다
고 하네."

아무것도 보지 못했다고 말하자 이모토는 고개를 끄덕이
면서 자못 심각하게 말했다.

"유키하라와 친한 친구를 만나게 해달라고 해서 말이야.

네가 싫다고 하면 다른 학생을 찾아보겠지만."

이모토는 교직원실 옆에 있는 응접실로 가라고 지시했다. 이마가 약간 벗어진 중년 형사와 젊은 형사가 거기서 나를 기다리고 있었다.

그들은 나와 다쓰야의 관계를 묻는 것으로 질문을 시작했다. 초등학교 때부터 친했고, 지금 같은 반이라고 대답했다. 그러고 나서 다쓰야의 성격과 근황, 교우관계 같은 신변에 대한 질문이 이어졌다. 형사들이 자살 가능성을 염두에 두고 있는 것을 알 수 있었다. 질문이 끊기자 나는 대뜸 말했다.

"다쓰야는 자살한 게 아니에요."

중년 형사가 "그래?"라고 되묻고는 의외라는 표정을 지었다.

"왜 그렇게 생각하는 거지?"

"동기가 없으니까요. 백번 양보해서 뭔가가 있다고 해도 다쓰야는 절대 자살 같은 걸 할 애가 아니에요. 그것만큼은 분명해요."

두 형사는 얼굴을 마주 보더니 의미심장한 눈빛으로 미소 지었다. 그러고는 나 말고 다쓰야와 친한 학생이 누구냐고 물었다. 잠시 생각하다가 사에키 요코의 이름을 댔다. 형사도 그 이름을 알고 있었다.

"중학교 때부터 사귀는 사이였던 모양이더구나. 이모토 선생님에게 들었다."

고개를 가로저으며 "초등학교 때부터예요"라고 바로 잡았다.

30분쯤 형사와 이야기를 나눈 것 같다. 내가 거기서 알게된 건 다쓰야가 죽었다는 사실을 다시 확인한 것뿐이었다.

응접실에서 나오자 이모토 선생이 복도에서 기다리고 있었다. 하지만 내 주의를 끈 것은 그 옆에 고개를 숙이고 서 있는 사에키 요코였다. 방금 전까지 운 듯 눈언저리가 빨갛다. 그녀는 나를 보더니 무슨 말인가 하려는 듯 입을 움직였다. 하지만 슬픔이 복받치는지 손수건을 눈가에 대더니 결국 아무 말도 하지 않았다.

응접실로 들어가는 요코를 지켜본 후, 잠시 생각하다가 운동장으로 나와 수돗가 근처 벤치에 걸터앉았다.

30분쯤 지나자 요코도 형사들에게 해방되어 나왔다. 힘없이 건물에서 나오는 그녀를 보고 벤치에서 일어났다.

"애썼다."

왜 그런 식으로 말을 건넸는지 나도 모르겠다. 아무튼 많은 이야기를 할 용기가 내게는 없었다. 요코는 망가진 기계인형처럼 몸이 굳어 있었다. 우리는 한동안 아무 말도 하지 않고 그렇게 마주 보고 서 있었다.

뭔가 말을 꺼내려고 하자 요코는 "동정하는 말 따윈 하지마"라고 조금 빠른 말투로, 그렇지만 또렷한 목소리로 말했다. 그러고는 이마에 흘러내린 까만 생머리를 오른손으로 쓸어

올렸다. 조금 전에 본 눈물의 흔적은 이미 사라지고 없었다.

내가 하려던 말을 그녀가 알아차렸으니 입을 다물었다. 그러고 보니 초등학교 때도 누군가가 요코를 괴롭힌 것을 알고 나중에 위로해 주면 싫어하곤 했다.

요코가 내게 천천히 다가왔다. 1미터쯤 거리를 두고 멈춰 서더니 내 눈을 똑바로 보면서 말했다.

"그래도 오늘은 료짱이 날 데려다 줘. 다쓰야를 대신해서."

애원하는 듯한 말투였다. 나는 묵묵히 고개를 끄덕였다.

우리는 각자 자전거를 밀면서 집으로 향해 걸어갔다. 가는 길에 요코는 형사가 질문한 것에 대해 띄엄띄엄 이야기했다.

'언제, 어디에서 사건을 알게 되었지?'

그것이 첫 질문인 모양이었다. 교실에 남아 있었는데 같은 반 친구가 와서 알려줬다고 대답했다고 한다.

"처음에는 어찌된 영문인지 몰랐지만, 다쓰야가 죽었다고 생각하니 순간 속이 울렁거리면서 눈앞이 캄캄해졌고…… 정신을 차리고 보니 난 양호실에 누워 있었어."

그래서 경찰의 참고인 조사도 나중에 하게 된 것이리라.

나머지 질문은 내게 한 것과 별로 다르지 않았다. 다쓰야가 왜 그런 곳에 있었는지 그녀 역시 알지 못했고, 최근 다쓰야에게 딱히 이상한 점이 없었다는 증언도 같았다.

집 앞에서 헤어지는 순간까지 요코는 눈물을 보이지 않았다. 위로할 방법을 모르니 다행스럽기도 했지만, 한편으로는 그녀의 정신력에 감탄하는 마음도 없지 않았다.

그러고 나서 집에 가기 전 다쓰야의 집에 들렀다. 현관 등은 꺼져 있었고 집은 쥐 죽은 듯 조용했다. 가족들은 경찰서나 병원에 가 있을지도 모른다. 자전거 페달을 밟기 시작했다. 갑자기 눈물이 나서 저녁노을에 물든 풍경이 일그러져 보였다.

집에 돌아오자마자 사건을 목격했다는 후지오에게 전화를 걸었다. 할 이야기가 있으니 당장 만나고 싶다는 내 요청에 후지오는 흔쾌히 응해주었다. 자기도 어딘가 미심쩍은 구석이 있다고 했다.

후지오의 집 근처 공원에서 그를 만났다. 그네와 미끄럼틀이 있을 뿐인 조그맣고 황량한 공원이지만 그런 만큼 인적이 드물어서 비밀 이야기하기에는 안성맞춤이었다.

"우리 반이 다쓰야가 떨어진 건물 맞은편 3층에 있잖아. 난 그때 교실에서 책을 읽고 있었거든. 그러다 눈이 피로해서 좀 쉬려고 창밖을 보고 있다가 그 장면을 목격하게 된 거야."

후지오는 그네에 앉아 홀쭉한 몸을 흔들면서 그때를 떠올리듯 천천히 말했다.

"그래서 다쓰야가 떨어지는 걸 본 거야?"

조금 긴장하면서 물었다.

그러자 후지오는 "봤어"라고 대답하며 고개를 크게 끄덕였다.

"내가 봤을 때 다쓰야는 옥상 울짱에 올라가 있었어. 위험해 보여서 난 가슴이 조마조마한데, 그 자식은 태연하게 걷고 있는 거야. 그러다 갑자기 떨어졌어. 뭐랄까, 꼭 균형을 잃은 것 같았어."

"다쓰야가 옥상 울짱에 올라갔다고?"

'울짱'이란 폭이 30센티미터쯤 되고 높이가 1미터쯤 되는 콘크리트로 만든 울타리다. 담력을 시험한답시고 그 위에 올라가는 것이 일부 남학생 사이에서는 유행이었다. 교칙에는 그런 짓은 물론이거니와 옥상에 올라가는 것조차 금지하고 있지만.

"그러니까 다쓰야가 떨어졌단 말이지? 뛰어내린 게 아니라."

하지만 후지오는 신중히 답했다.

"단정할 순 없어. 다쓰야는 옥상 울짱에 올라가 있었고, 떨어졌어. 그뿐이야. 그 이상은 무책임한 억측이 되고 말아. 경찰한테도 그렇게 말했어."

"그렇지."

사고인지 자살인지 분명하지 않다는 말이다.

"그런데 다쓰야는 왜 그런 곳에 올라가 있었던 걸까?"

후지오는 팔짱을 끼고 고개를 갸웃하며 말했다.

"옥상에 있었던 것도 그렇지만, 더 이상한 것이 있단 말이야."

"더 이상한 거라니, 그게 뭔데?"

내가 묻자 후지오는 냉정한 표정으로 말했다.

"다쓰야가 혼자 있었다는 거. 그게 제일 이상해."

2

후지오와 헤어져 집으로 돌아오니 저녁상이 나왔다. 아무 맛도 느낄 수 없는 밥을 억지로 목구멍에 밀어넣었다. 어디선가 소문을 들은 어머니와 한 살 아래 여동생 도모코는 내가 다쓰야 이야기를 해주길 기다리는 눈치였지만 철저히 무시했다.

식사를 마치자마자 방에 틀어박혔다. 오늘만큼은 도모코도 멋대로 내 방에 들어오지는 않을 것이다. 침대에 몸을 던지자 벽에 걸린 액자가 눈에 들어왔다. 중학교 시절, 축구부 활동으로 현(縣) 예선 대회에 나갔다가 1차전에서 졌을 때 찍은 기념사진이다. 앞줄 맨 왼쪽에 흙투성이인 내가 있다. 그 무렵 나는 윙을 맡고 있었다. 그 옆에 햇볕에 그을린 얼굴로 웃고 있는 다쓰야가 보인다. 그는 골키퍼였다. 유니폼이 눈부시게 하얗다.

"다쓰야, 왜 죽은 거니?"

사진 속 친구에게 물었다. 죽어야 할 이유 같은 것이 있을 리 만무한데 그 녀석은 죽었다. 영문을 알 수 없어 머리를 쥐어뜯었다.

다쓰야와는 초등학교 때부터 붙어 다닌 사이다. 집이 가까운 것이 계기가 되어 친해졌지만, 결점투성이인 나와 모든 면에서 완벽한 다쓰야가 죽이 잘 맞아 놀라울 정도였다.

공부든 운동이든 다쓰야를 당해낼 수 없었다. 같이 있으면 형제로 볼 만큼 그는 키도 컸다. 초등학교 시절 내내 어떻게든 다쓰야에게 따라붙고자 기를 썼다.

중학생이 되어서도 우리는 가장 친한 사이였다. 같이 축구부에 들어간 것을 계기로 오히려 더 끈끈해졌다고 할 수 있다. 매일 저녁 늦게까지 연습하고 나서 함께 대중목욕탕에 가곤 했다. 탕에 들어앉아 몇십 분이고 시시껄렁한 이야기를 늘어놓는 것이 우리 둘의 소통이었다. 내 학교 성적이 상승 곡선을 그리기 시작해 다쓰야를 바싹 따라잡은 것도 그 무렵부터다.

고등학교 입시 때가 되자 다쓰야가 현립 W고등학교에 지원할 거라는 말을 듣고 공부에 매진했다. 합격이 희박하니 포기하는 게 좋겠다는 담임의 의견을 무시하고 나도 다쓰야와 W고등학교에 지원했다. 행운의 여신이 내게 미소를 보내주어 주위를 놀라게 했지만, 훗날 생각해 보니 참으로 분에 넘치는 짓을 했다 싶기도 하다. 실은 다쓰야가 W고등학교보다 한 단계 아래인 고등학교에, 그러니까 내가 들어갈 수 있는 수준의 고등학교로 진로를 변경할까 망설이고 있다는 소문을 듣고 오기가 발동했던 것이었다.

우리는 그렇게 오늘까지 함께였다. 경쟁자이자 절친이었다. 사람들로부터 '유키하라가 있는 곳에 나카오카가 있고, 나카오카가 있는 곳에 유키하라가 있다'라는 소리를 들을 정도였다.

하지만 둘 사이에 하나 다른 점이 있었다. 다쓰야에게는 사에키 요코라는 연인이 있다는 것.

요코는 우리가 초등학교 5학년일 때 도쿄에서 전학 왔다. 그녀를 보았을 때 왠지 식은땀 같은 게 나고 심장박동이 빨라진 것을 기억한다. 내가 처음으로 경험한, 소위 '두근거림'인데, 그녀를 향해 그런 풋사랑의 감정을 느낀 건 나만이 아니었다. 괴롭히기도 하고 짓궂은 장난을 치기도 하면서 그녀의 주의를 끌려고 한 소년이 여럿 있었다. 그녀의 용모는 물론 몸짓 하나하나까지 당시 우리에게 신선한 충격이었다.

조금 어른스러운 면이 있고 성적도 우수한 요코는 이내 여자아이들의 리더 격인 존재가 되었는데, 그즈음부터 한 남자아이와 친하게 어울리기 시작했다. 그가 바로 다쓰야다.

당시 다쓰야는 학생회 부회장이었고, 공부는 물론 운동도 그를 당해낼 아이가 없었다. 그런 아이가 요코의 상대였으니 다른 아이들도 어린 마음이지만 납득한 셈이었다.

다쓰야와 요코의 관계는 교내에서 모르는 사람이 없을 정도였다. 평소 쉬는 시간이나 점심시간에는 물론 소풍이나 운동회에서도 같이 있는 일이 많았다. 그럴 때마다 나는 눈치껏 두 사람을 위해 자리를 비켜주곤 했다.

중학교에 들어가서는 남들 앞에서 두 사람이 함께하는 시간이 확연히 줄었다. 요코가 여자친구들과 더 어울리게 된 탓도 있겠지만, 그보다는 다쓰야와 요코가 단둘이 만나는 즐거움을 알게 된 듯했다. 내가 토요일 오후나 일요일에 만나자고 했을 때 다쓰야는 몇 번이나 사정이 여의치 않다고 미안해 하며 거절했다. 그러고는 둘이 거리를 걷는 모습을 보았다는 소문을 들었고, 그러다 보니 나도 가급적 거리를 두었다.

요코는 우리와 같은 W고등학교에 지원했고 거뜬히 합격했다. 다쓰야와 늘 함께 공부했을 정도니 성적은 나보다 좋았다. 나중에 들은 얘기지만 그들은 모쓰바라 거리에 있는 도서관에서 함께 공부했다고 한다. 그 이야기를 듣기 전까지 나는 도서관에 자습실이라는 것이 있다는 사실조차 몰랐다.

그 후에도 다쓰야와 요코 사이는 변함없었다. 두 사람의 사랑은 남들이 봐도 기분이 좋아질 정도로 산뜻하고 훈훈했다. 남녀 교제에 엄격한 고등학교 교사들도 두 사람에게는 관대했다. 공공연한 사이, 누구나 부러워하는 사이, 그것이 다쓰야와 요코의 관계였다.

두 사람을 볼 때마다 그들이 서로에게 느끼는 행복이 내게 고스란히 전해지는 것 같았다. 한편으로는 씁쓸한 기분이 든 적도 있었지만 그 이유는 자기혐오에 빠질 정도로 하찮은 것이라 해두자.

그러니까 그건, 내가 친구의 연인에게 첫사랑의 감정을 느꼈고 지금도 여전히 그녀를 좋아한다는, 실로 바보 같은 얘기였다.

3

다음 날 아침 일찍 잠에서 깬 나는 신문을 가지러 나갔다. 내가 조간신문을 꺼내는 것은 1년에 한 번 있을까 말까 한 일이다.

'고등학생, 옥상에서 추락사'

어제 일은 이런 제목으로 사회면 중간쯤에 실려 있었다. 내용은 어제 다무라와 후지오에게 들은 이야기와 거의 일치했다. 사고인지 자살인지, 아직 경찰의 소견은 실리지 않았다.

다쓰야의 부모님을 인터뷰한 내용도 있었다. 부모보다 먼저 죽는 건 불효막심한 일이라는 둥, 그런 이야기는 질색이다.

그건 그렇다 치고, 다쓰야는 대체 왜 그런 곳에 올라간 것일까? 지면을 훑던 시선을 허공으로 옮기며 생각에 잠겼다.

매사에 신중한 다쓰야는 내가 무모한 짓을 하면 무서운 얼굴로 크게 화를 내곤 했다. 그런데 왜 그랬을까?

후지오가 한 말도 걸렸다. 왜 혼자였을까? 후지오가 제기한 의문점이지만, 아닌 게 아니라 이상하긴 했다.

학교에 가보니 예상한 대로 온통 어제 일을 놓고 수군거리고 있었다. 1교시는 긴급 교직원 회의로 자습이었다.

"학교 측 책임도 있으니까 숙연한 분위기야."

소식통인 사사모토라는 반 친구가 말했다.

"막을 수도 있었다는 거지. 그렇잖아. 옥상에 올라가지 못하게 교칙을 정해놓았을 정도라면 규칙적으로 순찰을 돈다든지 무슨 수를 썼어야 했어. 아마 다들 그렇게 말할걸?" 사사모토는 '네 생각도 그렇지?'라고 묻듯이 나를 쳐다보았다. 나는 아무 말도 하지 않았다.

그러다 화제가 요코로 옮아갔다. 충격이 클 것이라며 자기 일처럼 슬픈 표정을 짓는 여학생, 다쓰야도 정말 멍청한 짓을 했다고 말하는 남학생, 반응은 각양각색이었다.

1교시가 끝나자마자 예의 옥상으로 이어지는 계단을 올라갔다. 다쓰야가 어디에서 어떤 식으로 떨어졌는지 확인해 두고 싶었다. 그런데 옥상으로 나가는 문에 자물쇠가 단단히 채워져 있었다. 소 잃고 외양간 고치는 격인가. 너무나 미련한 처리에 어이가 없어서 화조차 나지 않았다.

문을 걷어차고 계단을 내려가는데 누군가가 올라오고 있었다. 여학생이었다. 본 적이 있는 아이였다. 분명 2학년이고, 다쓰야와 같은 영어회화부 학생이다.

"잠겨 있어."

위에서 말을 건네자 고개를 숙이고 올라오던 아이는 경련이라도 일듯 몸을 움찔하더니 그 자리에 멈춰 섰다. 그리고 나를 올려다보더니 깜짝 놀란 듯 살며시 입을 벌렸다.

"다쓰야를 위한 헌화인가?"

그렇게 물은 것은 그녀의 오른손에 작은 꽃다발이 들려있는 걸 보아서다. 꽃 이름 같은 건 모른다. 하얀 꽃이었다. 청순해 보였다.

꽃을 등 뒤로 숨기더니 그녀는 똑바로 서서 잠자코 있었다. 까만 눈망울이 초롱초롱한 아이였다.

"선생님한테 부탁해서 옥상에 올라가 볼 생각인데, 너도 같이 갈래?"

그녀는 벽 쪽으로 뒷걸음치더니 "전 됐어요"라고 말하며 몸을 획 돌려 계단을 뛰어 내려갔다. 하얀 꽃향기가 희미하게 남았다.

2교시부터는 원래대로 시간표에 따라 수업을 했지만 어떤 교사도 어제 일에 대해 언급하려 하지 않았다. 쓸데없는 이야기는 하지 말라고 교직원 회의에서 못박았는지도 모른다.

 점심시간이 되자 맞은편 건물 3층에 있는 3학년 1반 교실로 갔다. 후지오는 창가 자리에 앉아 책을 읽고 있었다.

 "여기서 본 거군."

 눈앞의 건물을 보면서 말했다. 3층 건물로 다쓰야가 떨어진 옥상은 이 위치에서 한 층 올려다봐야 한다.

 "맞아. 내가 봤을 때 다쓰야는 바로 저 위에 있었어."

 후지오가 다가오더니 손가락으로 한 지점을 가리켰다.

 "하지만 이 위치에서라면……."

 후지오가 가리킨 쪽을 보면서 말했다.

 "울짱 위에 올라가 있는 다쓰야는 보였겠지만, 누군가 다른 사람이 같이 있었는지 어떤지는 울짱에 가려서 보이지 않았을 것 같은데?"

 후지오는 가볍게 고개를 끄덕이더니 자신만만한 말투로 대답했다.

 "사실만을 놓고 보면 그렇지만, 만약 누군가가 같이 있었다면 스스로 밝히지 않았을까? 그런 사람이 없었다는 건, 아무도 없었다는 이야기지."

 "그래, 그렇겠지."

그렇게 적당히 대꾸했을 때 퍼뜩 어떤 생각이 떠올랐다. 그래서 다쓰야가 떨어졌을 당시 상황을 다시 한번 자세히 묻고 교실에서 나왔다.

교실에서 나와 계단을 올라갔다. 이 건물은 4층까지 있다. 그러니까 옆의 3층 건물 옥상은 이곳 4층에서 보면 거의 평행으로 보일 거라는 생각이 든 것이다.

4층에는 일반 교실은 없고 재봉실, 음악실, 계단실, 영사실이 있다. 후지오의 반인 3학년 1반 바로 위는 재봉실이다. 여학생들이 가정 시간에 사용하는 방이다. 바느질을 배우는 방일 것이다.

잠시 망설이다 손을 문에 대었다. 문은 잠겨 있지 않았다. 안을 살피면서 천천히 발을 들여놓았다. 고등학교에 들어온 이래 단 한 번도 들어가보지 않은 방이라 그런지 나도 모르게 긴장이 되었다.

실내는 보통 교실보다 조금 넓었다. 여러 옷 그림이 벽에 붙어 있고 큼지막한 책상이 줄지어 놓여 있었다. 그리고 책상에는 커다란 서랍이 딸려 있었다. 교실을 성큼성큼 가로질러 창가로 다가갔다. 재봉틀과 전신 거울이 놓여 있었지만 그런 것에는 관심없었다.

커튼을 젖히자 햇살이 강하게 비쳐들어 나도 모르게 눈살을 찌푸렸다. 눈을 가늘게 뜨고 손바닥으로 햇살을 가리며 창밖을 보았다. 그러자 예상한 대로 옆 건물의 옥상이 바로 눈앞에 보였다. 만약 그때 이곳에 누군가 있었다면 그만큼 확실한 목격자도 없을 것이다.

옥상 구석구석 꼼꼼히 살폈다. 딱히 눈에 띄는 것은 없었다. 여느 때처럼 이렇다 할 특징은 없는 콘크리트 광장이다.

다쓰야가 떨어진 건물 맞은편으로 또 다른 3층 건물이 있다. 그러니까 이 위치에서는 두 건물의 옥상을 모두 내다볼 수 있는 셈이다.

기회가 되면 저 건물에서도 한번 사건 현장을 봐야겠다고 생각하며 커튼을 쳤다.

5, 6교시는 멍하니 보냈다. 멍하니 보냈다고 해도 아무 생각도 하지 않은 건 아니고, 다쓰야가 죽은 원인에 대해 머리를 쥐어짰다. 하지만 이렇다 할 생각이 떠오르지 않았으니 결국은 멍하니 보낸 것이나 마찬가지다.

6교시가 끝나자 이모토 선생이 내일 있을 다쓰야의 장례식에 다 함께 참석할 예정이라고 말했다. 우정을 표시하라는 의미겠지만, 다쓰야에게 우정을 느끼지 않는 이들도 있다는 것까지는 생각하지 않나 보다.

그리고 지난번 중간고사 결과가 게시판에 나붙었다고 했다. 다들 그쪽에 더 흥미가 있는 듯했다.

교실에서 나오자마자 요코를 만났다. 아니, '만났다'는 표현은 정확하지 않을지도 모른다. 나를 기다리고 있었던 모양이니까.

"료짱, 나 집까지 데려다 줘."

요코는 내 얼굴은 보지도 않고 발끝에 시선을 둔 채 말했다. 감기 기운이 있는지 잠긴 목소리였다.

"뭐 상관없지만……."

거기까지 말하고 걷기 시작했다. 이을 말이 떠오르지 않았다. 요코는 별로 망설이는 기색도 없이 나를 따라 걸었다.

교직원실을 지나쳤다. 그 옆에 게시판이 붙어 있고, 이삼십 명의 학생이 주위에 모여 있었다. 담임이 말한 중간고사 결과를 보는 듯했다. 딱히 관심이 있었던 건 아니지만 키가 큰 이점을 살려서 보이는 부분만 재빨리 훑어보았다. 1등부터 5등까지는 늘 그랬듯이 같은 학생들의 이름이 조금씩 순서만 바뀌어 있을 따름이었다. 그중에는 후지오의 이름도 있었다. 과연 그답다.

내 이름을 찾아보니 딱 열 번째에 들어 있었다. 그리고 두 사람 걸러 요코. 다쓰야는 19등이었다.

"다쓰야의 이름이 붙는 것도 이게 마지막이네."

가라앉은 목소리로 요코가 말했지만 비통함은 느껴지지 않아 다행스러웠다.

어제처럼 우리는 자전거를 밀면서 집으로 향했다. 처음 화제에 오른 것은 중간고사였다. 그렇다 해도 요코가 먼저 "료짱, 대단하다. 드디어 10등 안에 들었잖아"라고 치켜세워서 "어쩌다 그렇게 된 거야"라고 한마디 대꾸했을 뿐이었다.

중간고사에 대한 이야기는 거기까지였지만, 최근 성적이 오른 건 스스로도 놀랄 정도였다. 적잖게 무리해서 이 고등학교에 진학한 만큼 입학 당시에는 하위권에 머물렀는데 2학년 2학기 무렵부터 성적이 급상승하기 시작했다. 비결은 나 자신도 모른다. 반면 다쓰야와 요코는 1학년 때부터 줄곧 상위권에 들었다. 하지만 뛰는 놈 위에 나는 놈이 있는 법이어서 그들도 좀처럼 10등 안에는 들지 못했다. 그러니 내가 10등을 한 건 어쩌면 '대단한 일'일지도 모른다.

그리고나서 요코는 자신이 속한 체조부 이야기를 했다. 그러다 축구부 이야기를 물었다. 억지로 화제를 찾고 있는 듯했다.

"다쓰야는 왜 축구를 하지 않은 걸까?"

느닷없이 요코가 물었다.

"중학교 때는 료짱이랑 같이 축구했잖아."

"글쎄……."

대답을 얼버무렸다.

요코와 나란히 걸으면서 초등학교 시절을 떠올렸다. 그때는 늘 다쓰야가 요코와 함께 걸었다. 화창한 날에는 둘이 손을 잡고 걸었고, 비 오는 날에는 우산 두 개가 서로 맞닿을 만

큼 바짝 다가서 있었다. 내가 끼어들 여지 같은 건 눈곱만큼
도 없었다. 그런데 지금은, 나와 요코뿐이다. 두 사람을 이어
주는 남성이 없어졌다. 그리고 내일은 그 남성의 장례식이다.

한동안 침묵이 흐른 뒤 오늘 점심시간에 재봉실에 가본 이
야기를 했다. 흥미를 느낀 듯 요코가 물었다.

"재봉실에 무슨 볼일이 있었어?"

"아니, 그게 아니라 그 방에서 옆 건물 옥상을 봤을 뿐이야.
하긴 아무런 수확도 없었지만 말이야."

내 말에 요코는 그러냐고 짧게 대꾸했다.

그리고 1교시가 끝난 쉬는 시간에 옥상으로 올라가는 계단
에서 2학년 여자아이를 만난 이야기를 했다. 다쓰야와 같은
영어회화부 아이라고 했더니 요코는 금세 누구인지 알아차
린 듯했다.

"아, 틀림없이 가사이일 거야."

"가사이?"

"응, 가사이 미요코. 2학년 8반 학생일걸."

"잘 아네."

요코는 조금 주저하더니 말했다.

"그게, 다쓰야한테 얘기 들었거든. 그 애가 고백하는 편지를
보냈대."

"편지?"

무심결에 되물었다. 그 말은 어쩐지 시대에 뒤떨어진 어감을 풍겼다.

"그래서 다쓰야는 어떻게 했는데?"

"글쎄, 어떤 식으로 거절했는지는 모르지만 아무튼 거절했을 거야."

만약 다쓰야가 그렇게 되지만 않았다면 이건 꽤 재미있는 화제가 되었으리라. 아마 나는 요코의 질투심을 자극하며 놀렸을 테고, 요코는 요코대로 애써 아무렇지 않은 척했을 것이다. 하지만 우리는 옅은 미소조차 짓지 않았다. 오늘만큼은 어떤 유머도 진혼가가 될 뿐이다.

"그런데 말이야."

자살 가능성에 대해 언급한 형사의 말을 이야기하고, 그녀에게 어떻게 생각하느냐고 물어보았다. 요코는 잠시 생각하더니 모르겠다고 대답했다. 의외였다.

"절대로 그럴 리 없다고 할 줄 알았는데."

"절대로라니, 내가 어떻게 그런 말을 해?"

"그래도……."

'너는 다쓰야의 연인이었잖아'라고 말하려다 그만두었다. 어쩐지 나 자신이 비참해질 것 같았다.

장례식을 치른 날에는 비가 내렸다. 40여 명의 학생이 우산을 쓰고 모이는 바람에 다쓰야의 집 앞 좁은 길은 순식간에

발 디딜 틈도 없어졌다.

나는 다섯 번째로 분향했고, 불상 앞으로 다가가다 다쓰야의 부모님 앞을 지나쳤다. 어릴 때부터 신세를 진 분들이다. 그다지 오랜만에 만난 것도 아닌데 마치 10년 만에 만난 것처럼 두 사람은 늙어 보였다.

"고맙다."

내가 지나치려는 순간 다쓰야의 어머니가 말을 건넸다. 모기 소리보다도 힘없는 음성이었다.

불단에 놓여 있는 사진 속 다쓰야는 성형수술을 한 것처럼 하얀 얼굴로 웃고 있었다. 어머니가 일러준 대로 분향을 마치고 두 손을 모았다.

아무 소리도 들리지 않았다.

내가 다쓰야에게 물은 것은 단 하나, 왜 죽었느냐는 것이었다. 하지만 이렇게 두 손을 모으고 있어도 내 가슴에는 아무 소리도 들려오지 않았다. 역시 사자(死者)의 영혼 따윈 새빨간 거짓말이다.

제법 빨리 했는데도 반 아이 모두 분향을 마치는 데는 한 시간 정도 걸렸다. 그 후 1학년, 2학년 때의 친구 대표가 분향을 했는데, 그들 중에 요코의 모습도 보였다. 요코는 조금도 흐트러진 모습을 보이지 않았고 실로 담담한 모습으로 분향을 마쳤다. 다쓰야의 부모님과 잠시 이야기를 주고받는 것 같았는데, 그 표정에서도 차분함이 느껴졌다.

다쓰야의 부모님은 요코의 얼굴을 보자 다시금 무언가가 솟구치는 모양이다. 언젠가 그녀를 다쓰야의 아내로 맞아들일 생각을 했을지도 모른다.

"아무 의미도 없어, 이런 장례식은."

제자리로 돌아온 요코가 내 얼굴을 보자마자 말했다.

"죽은 자에게는 그렇지. 하지만 이건 남은 사람들을 위한 의식이야."

그녀는 "그렇겠지"라고 대꾸하며 복잡한 표정으로 고개를 끄덕였다.

그때 누군가가 뒤에서 어깨를 두드렸다. 돌아보니 후지오가 묘한 표정으로 서 있었다.

"후지오도 와 있었구나?"

내 말에 그는 "무슨 인연이라는 생각이 들어서 말이야"라며 입가의 긴장을 조금 누그러뜨렸다.

"그건 그렇고, 좀 흥미로운 이야기가 있어."

"흥미로운 이야기?"

"그래. 실은 그때 나 말고도 다쓰야가 떨어지는 장면을 본 사람이 있을지도 몰라. 그것도 나하고는 다른 각도에서 말이야."

"그래?"

"어때, 흥미롭지?"

"누군데?"

후지오는 조금 과장되게 목소리를 낮추더니 "1학년 여자아이야"라고 대답했다.

"1학년?"

"그래. 소문으로 들은 건데, 다쓰야가 떨어진 건물 옆 옥상에서 매일 배구하는 애들이 있었던 모양이야. 만약 그날도 하고 있었다면 사건 현장을 목격했을 가능성이 높지."

"하지만 그랬다면 스스로 밝히지 않았을까?"

"그러지는 않았을 거야. 생각해 보라고. 올라가면 안 되는 옥상에서 배구 같은 걸 하고 있었으니까 말이야."

"그것도 그렇군."

분명 일리가 있는 말이다. 일부러 나서서 야단맞을 필요는 없다고 생각했을지도 모른다.

"누군지는 모른다는 거지? 1학년 여학생이라는 거 말고는."

후지오는 모른다고 대답했다.

"하지만 찾는 건 어렵지 않을 거야. 그 애들은 분명 다른 장소를 찾아 다시 배구를 시작했을 거야. 1학년 여자아이들은 늘 그런 식이니까."

"그래, 그렇긴 하지."

고개를 끄덕이고 그에게서 멀어졌다.

반 아이들은 대부분 분향을 마치고 곧바로 돌아갔지만, 나와 요코는 출관을 할 때까지 남아 있었다.

빗속에 다쓰야의 몸이 실려 나간다. 배경도, 사람들이 입은 옷도, 표정도 흑백과 회색뿐이어서 오래된 영화의 한 장면을 보고 있는 것 같은 착각을 불러일으켰다. 심지어 그 필름은 상처투성이다.

"바이바이."

옆에서 요코가 조그맣게 중얼거렸다.

4

이튿날 방과 후, 축구부 유니폼으로 갈아입자마자 후지오가 한 말이 생각나서 교정을 돌아다녔다. 옥상에서 배구를 하던 이들이 틀림없이 어딘가에 있을 것이다. 그들은 둥글게 원을 만들어서 공을 쳐올리더라도, 그중 한 사람이 실수로 전혀 다른 방향으로 공을 날리더라도 남에게 폐를 끼치지 않을 만한 장소를 틀림없이 찾아냈을 것이다.

그들로 보이는 무리를 발견한 곳은 도서관 뒤쪽 공터였다. 학교 담이 바로 옆에 붙어 있었지만 잘못해서 공을 담 너머로 넘길 만큼 서투르지는 않은 모양이었다. 천천히 그들에게 다가갔다.

일행은 여섯 명이었다. 다행히 그중 한 명은 축구부 후배의 여자친구여서 이름도 알고 있었다. 히로미라고 했던 것 같다. 옆에서 눈짓을 보내자 그녀는 조금 놀라더니 이내 미소를 지었다. 그러곤 친구들에게 양해를 구하고 무리에서 빠져나와 수줍어하는 몸짓을 보이며 잰걸음으로 다가왔다.

먼저 그녀에게 그날 옥상에서 배구를 했느냐고 물었다. 히로미는 혀를 쏙 내밀면서 그랬다고 대답했다.

"선배, 아무한테도 말하지 말아요. 선생님들이 알게 되면 곤란하단 말이에요."

"알고 있어. 그보다 매일 옥상에 있었으면 그 추락 사고도 본 거 아니야?"

그러자 히로미는 눈을 휘둥그렇게 뜨고 주위를 살피더니 비밀 이야기를 하듯 입가를 손바닥으로 가렸다.

"사실은 봤어요. 아주 조금이긴 하지만."

"그래서?"

마음이 조급해졌다.

"어떤 상황이었는지 말해주지 않을래?"

"상황이라고 해봤자, 그냥 유키하라 선배가 옥상 한구석에서 걸어 다니다가 갑자기 휘청휘청하더니 떨어졌어요."

"휘청휘청이라……."

후지오는 '균형을 잃은 것 같다'라고 했지만 히로미의 표현이 좀 더 감각적이어서 이해하기 쉬웠다.

"떨어지기 전에는 어땠는데? 다쓰야가 뭘 하고 있었는지는 보지 못했고?"

그러자 히로미는 "열심히 보고 있었던 것도 아니란 말이에요"라며 난처한 얼굴로 고개를 가로젓더니 한마디 덧붙였다.

"그렇지만 다른 애들은 뭔가 봤을지도 몰라요."

"다른 애들?"

"잠깐만 기다리세요."

히로미는 뒤돌아서더니 일행이 있는 곳으로 달려갔다. 그리고 내 쪽을 가리키며 두세 마디 하더니 다섯 명을 데리고 돌아왔다. 비슷한 체구의 여자아이들이 나를 빙 둘러싸듯이 자리잡았다. 나는 무심결에 한 걸음 물러섰다.

"이 애가 제일 먼저 알아차렸대요."

히로미는 마주 보고 서서 왼쪽에서 두 번째 아이를 가리켰다. 그 아이를 히로미는 '잇짱'이라고 불렀다. 몸이고 얼굴이고 눈이고 죄다 동글동글한 여자아이였다.

잇짱은 머리칼을 만지작거리면서 "잘은 모르겠지만 말이에요"라고 말을 꺼냈다. 말꼬리를 무질서하게 끄는 것이 그들 사이에서 유행인 듯했다.

"무언가 반짝했어요."

"반짝했다고?"

"그쪽을 보니까 옆 건물 옥상 한구석에 웬 남성이 있어서, 그래서 모두에게 알렸는데…… 떨어졌어요."

"잠깐만! 옆 건물 옥상에서 뭔가가 반짝했다고?"

"네."

잇짱은 고개를 끄덕였다.

"어떤 식으로 반짝했는데? 섬광이야? 아니면 점멸?"

빠른 말투로 물었다. 그러나 그녀는 당황한 듯이 히로미 쪽을 보고 있을 따름이었다. 그제야 상황을 이해하고 다시 물었다.

"번쩍이었어? 아니면 반짝반짝이었어?"

잇짱은 작은 목소리로 "번쩍"이라고 대답했다.

"번쩍이라……."

물론 이것이 다쓰야의 죽음과 관계있는지 어떤지 나로서는 판단할 수 없었다. 생각하는 척하는 것과 별로 다를 게 없다.

그들에게 인사하고 막 자리를 뜨려는데, 맨 오른쪽에 있던 아이가 "저기요"라고 말을 꺼냈다. 걸음을 멈췄다.

"오늘 다른 사람한테도 비슷한 질문을 받았거든요."

머리가 길고 히로미나 잇짱보다 어른스러워 보이는 그녀는 말투도 제법 차분했다.

"다른 사람? 누구?"

"체조부의……."

그랬구나. 바로 납득했다. 그리고 조금 만족스러웠다.

"사에키 요코군."

긴 머리 아이는 고개를 끄덕였다. 야단을 맞는 것처럼 내 눈치를 슬슬 보고 있다. 요코는 어제 내가 후지오와 나눈 이야기를 들었을지도 모른다. 아니면 그녀 나름대로 히로미 일행에 대해 알고 있었는지도 모른다. 아무튼 요코도 다쓰야의 죽음을 미심쩍어하는 듯했다.

"사에키는 뭘 물었는데?"

"그러니까, 비슷한 걸 물었어요. 유키하라 선배가 옥상에 혼자 있었느냐도 물었지만."

"그래."

히로미 일행의 얼굴을 둘러보면서 말을 이었다.

"나도 그걸 물어보려던 참이었어. 그래서 유키하라 말고 누군가가 있었니?"

그 아이는 재차 확인하듯이 다른 아이들의 얼굴을 둘러보고 나서 천천히 고개를 저었다.

"유키하라 선배 혼자였을 거예요."

"그래? 그리고 요코는 또 뭘 물었지?"

다른 건 아무것도 묻지 않았다고 그녀는 대답했다. 그제야 그들 앞에서 멀어질 수 있었다.

히로미 일행과 이야기하느라 축구부 연습에 5분쯤 늦었다.

지각한 사람에 대한 벌칙은 1분당 운동장 한 바퀴다. 그래서 운동장을 다섯 바퀴나 돌아야 했다.

혼자 묵묵히 달리면서 지난번에 요코가 했던 말을 떠올렸다. 왜 다쓰야는 축구부에 들어가지 않은 걸까? 그것이 요코의 질문이었다. 분명 소박한 질문이다. 그리고 실은, 그에 대한 답변도 지극히 간단하다.

다쓰야는 축구부의 수준이 너무 높아서 지레 겁을 먹고 포기했을 뿐이었다. 요코는 모르지만 다쓰야는 중학교 때도 주전 골키퍼가 아니었다. 처음 축구부에 들어갔을 때는 기대를 모았지만, 다른 부원 중 나날이 기량이 달라지는 선수가 있었다. 현(縣) 대회에서도 다쓰야는 보결선수였다.

"축구는 너한테 맡기련다."

고등학교에 들어가서 동아리를 결정할 때 다쓰야는 그렇게 말하며 같이 축구부에 들어가자는 내 권유를 거절했다. 당연한 일처럼 나는 그에게 같이 축구부에 들어가자고 제안했던 것이다.

주전이 되지 못하면 어떠냐는 말을 할 수도 있었지만 차마 그러지 못했다. 그런 말은 거짓이다. 그렇다고 열심히 하라는 말도 못 했다. 그건 내가 말할 수 있는 것이 아니었다.

다만 그 시점에서 명백해진 건, 축구에 관한 한 다쓰야보다 내게 재능이 있다는 것이었다. 다쓰야가 축구부에 들어가지 않은 이유는 요코에게 비밀이었다. 다쓰야와 한 약속이니 그가 죽었다고 해서 그걸 깰 수는 없다.

축구부 연습을 마치고 옷을 갈아입고 학교를 나서니 7시가 다 되어가고 있었다. 드문 일도 아니다. 평소에도 그랬다.

어둑어둑한 밤길을 자전거로 달렸다. 다쓰야가 영어회화부에 나가는 날과 내 연습날이 겹치면 이렇게 둘이서 집으로 향하곤 했다. 경주를 한 적도 있다. 처음에는 막상막하였지만 이윽고 내가 다쓰야를 연거푸 이기게 되었다. 그걸 계기로 그 경주는 하지 않게 되었다.

자동차의 헤드라이트가 앞쪽에서 다가오는 것이 보였다. 다쓰야는 이럴 때마다 어김없이 자전거에서 내려 차를 먼저 보냈다. 그 정도로 조심성 있는 성격이었다. 그런 다쓰야가 옥상에서 떨어졌다고? 그런 말을 믿을 수는 없었다.

그대로 자전거를 탄 채 자동차를 지나치려 했다. 그때 헤드라이트가 눈앞에서 위쪽을 비췄다. 빌어먹을 운전자가 하이빔(원거리용 상향 헤드라이트)을 켠 것이다. 더군다나 그 타이밍이 너무 나빴다. 갑작스러운 불빛에 놀라 순간적으로 균형을 잃고 넘어질 뻔했다. 브레이크를 잡고 다리로 버텨서 간신히 차는 피했지만 하마터면 큰일 날 뻔했다.

"망할 자식!"

배기가스를 남기고 멀어져 가는 차를 향해 소리쳤다. 그러나 마음속으로는 전혀 다른 생각을 하기 시작했다.

5

"진심이야?"

"진심이야."

누가 이런 이야기를 농담으로 하겠는가.

"다쓰야는 살해된 거야."

"그렇지만……."

요코는 뭔가 생각하는 듯 혀로 입술을 적셨다.

"어떻게?"

"빛이야."

"빛?"

"그래. 강한 빛이 다쓰야의 눈을 가려서 균형을 잃고 옥상에서 떨어지게 한 거야."

"그랬구나."

요코는 주위를 휙 둘러보았다. 이곳은 가정 시간에 이용하는 재봉실이다.

"그래서 이런 곳에서 만나자고 했구나?"

"그래."

히로미 일행이 '번쩍 빛나는 것'을 본 위치와 다쓰야가 떨어진 지점을 직선으로 이으면 이 재봉실의 창문 위치가 된다는 것을 옆에 있는 칠판에 그림으로 그려서 설명했다.

"하지만 이 방에 그런 강렬한 빛을 낼 만한 물건이 있어?"

"있지."

자신 있게 대답하고는 창가로 다가가 하얀 커튼을 힘차게 걷었다. 순간 5월의 강한 햇살이 예각으로 비쳐 들었다.

"그날도 오늘처럼 쾌청한 날이었어. 그러니까 범인 입장에서는 이 태양광선을 활용하지 않을 수 없었던 거지."

"거울?"

"그래. 이걸 쓴 거야."

옆에 있는 전신거울을 끌어당겼다. 지난번에 이곳에 왔을 때만 해도 설마 이게 중요한 단서가 되리라고는 꿈에도 생각지 못했다.

전신거울의 각도를 조정해서 태양의 반사광이 맞은편 건물 옥상에 닿게끔 했다. 이윽고 옥상에 있는 계단 벽에 전신거울의 네모난 빛이 비쳤다.

"저 빛을 다쓰야가 본 거구나."

요코도 곁으로 와서 계단 벽에 달라붙은 듯한 네모난 빛을 보며 말했다.

"하지만 그게 그렇게 뜻대로 될까? 빛을 보고 눈이 부실 수는 있지만, 그렇다고 발을 헛디딜 거라고 장담할 수 없잖아."

"그렇지."

그 확률은 10분의 1 내지는 100분의 1, 아무튼 반의반보다도 훨씬 낮을 것이다.

"그러니까 범인은 다쓰야를 죽일 생각은 없었던 거야. 단순한 장난기보다는 좀 더 악의가 담긴 심정으로 놀라게 해줄 작정이 아니었을까 싶어."

"장난……."

"물론 그렇다고 해도 범인을 이대로 놔둘 수는 없지. 이건 명백한 살인이야. 난 어떻게든 범인을 찾아낼 거야."

"하지만 실마리가 될 만한 게 있는 거야?"

"걱정 마. 생각이 있으니까. 넌 아무것도 걱정하지 않아도 돼."

요코는 잠시 내 얼굴을 바라보더니 시선을 거두고 중얼거리듯이 말했다.

"알았어. 너한테 맡길게. 하지만 범인을 알게 되면 바로 나한테도 알려줘."

알았다고 대답하면서 전신거울을 제자리에 갖다 놓았다. 계단 벽에 붙어 있던 네모난 빛은 한순간에 파란 하늘로 사라졌다.

범인은 그때 우연히 재봉실에 있었다. 장난을 치기 위해 일부러 재봉실까지 왔다고는 생각할 수 없다. 전신거울을 이용해서 햇빛을 반사한다는 건 그야말로 불현듯이 떠오를 만한 아이디어다.

이렇게 되면 그날 방과 후에 누가 재봉실에 있었느냐가 문제다. 먼저 그것부터 알아볼 필요가 있었다.

"그날이라면 2학년 7반과 8반이구나."

가정 담당 가토 선생은 묘한 내 질문에도 싫은 내색 하나 없이 대답해 주었다. 그 사건과 관계가 있을 거라는 생각에 이해해 준 것인지도 모른다. 다쓰야의 죽음은 결국 사고사로 처리되겠지만 풀리지 않은 의문점이 남아 개인적으로 흥미를 느끼는 사람도 제법 될 것이다.

"6교시에는 7반과 8반 수업이었는데 수업 시간 중에 과제를 못 끝낸 사람은 방과 후에 재봉실을 써도 좋다고 했지. 하지만 그 사고가 일어났을 때는 아무도 없었다고 하던데."

"맨 마지막까지 남아 있은 학생이 누구입니까?"

"글쎄, 그건 나도……. 아, 마침 잘됐구나."

가토 선생은 막 옆을 지나가려던 여학생을 불러 세웠다. 2학년 7반 부반장 기지마 레이코라는 학생이었다. 쇼트커트에 햇볕에 그을린 피부, 한눈에 봐도 활달해 보이는 아이였다. 가토 선생은 그녀에게 내 질문을 전했다. 하지만 그녀 역시 모른다고 대답했다.

"혹시 그게 미궁에 빠진 그 사건과 관계가 있는 건가요?"

실망한 내게 레이코가 물었다. 나는 가볍게 고개를 끄덕이면서 말했다.

"아직 확실한 건 아니지만."

그러자 그녀는 약간 망설이는 기색을 보이면서 말했다.

"제가 알아봐도 되는데요."

"네가? 하지만 그럼 미안하잖아."

"괜찮아요. 전 이런 걸 좋아하거든요."

기지마 레이코는 눈을 반짝이면서 빠짐없이 보고 있다는 수사극 드라마를 세 편쯤 말했다. 나는 어느 것도 본 적이 없어 적당히 맞장구를 쳐주다 보니 어느새 그녀의 도움을 받아들이고 있었다.

그리고 그날 밤 그녀가 첫 번째 소식을 전해왔다.

"7반이 마지막이 아닌 모양이에요. 그러니까 8반이죠."

"그랬군. 그럼 내가 8반에 알아볼게."

"아뇨. 제가 알아볼 거니까 됐어요."

"하지만 반이 다르잖아."

"괜찮아요. 그 대신 제가 드리는 정보로 뭔가 알게 되면 제게도 알려주세요."

조금 난처해졌지만 레이코의 도움은 꽤 쓸만해서 결국 "알게 되면 그러지"라는 말로 얼버무렸다.

"그럼 기대하세요."

레이코는 꽤 신바람이 난 듯했다.

가사이 미요코가 자살하려 했다는 소식을 들은 것은 그로부터 이틀 뒤였다. 수면제를 먹은 모양이지만 치사량에 미치지 않아 생명에는 지장이 없다고 했다. 이 소식을 전해준 사람은 축구부의 여자 매니저였다. 그녀는 2학년 8반에 친한 친구가 있어서 그쪽에서 정보를 얻었다고 했다.

"자살기도였다는 건 몇몇 학생들만 안대요. 그러니까 선배도 여기저기 얘기하고 다니지 마세요."

그렇게 말해놓고서 그녀 혼자 소문을 퍼뜨리고 다녔다.

그날 밤 레이코에게 전화가 왔다. 수화기를 통해 들려오는 그녀의 목소리는 들떠 있었다.

"알아냈어요. 그날 마지막까지 재봉실에 남았던 학생은 가사이래요. 본인에게는 아직 확인하지 못했어요. 오늘 학교에 나오지 않았거든요."

6

이튿날 점심시간에 운동장 벤치로 요코를 불러냈다. 운동장에서는 아이들이 소프트볼을 하고 있었다.

요점만 먼저 이야기했다. 요코는 지난번에 다쓰야가 살해되었다고 말했을 때만큼, 아니 그때보다 더 놀란 듯했다.

"가사이가?"

고개를 끄덕여 대답을 대신했다.

"설마…… 왜?"

"글쎄, 나도 모르겠어."

이번에는 고개를 가로저었다. 이거야 원, 마치 고개를 흔드는 인형이 된 것 같다.

"모른다고? 그런데 어째서 가사이가 범인이라는 거야?"

"조사결과가 그래."

레이코에게 귀중한 도움을 받았고, 가사이 미요코가 자살을 기도했다는 소식을 요코에게 알려주었다. 가사이 미요코의 자살미수는 요코도 알지 못한 듯 상당히 충격을 받은 모습이었다.

"기지마가 꽤나 요란하게 움직인 모양이야. 그 사건과 관계가 있다고 하면서. 그러자 가사이는 불안을 느끼고 자살하려한 거겠지."

형언할 수 없을 정도로 마음이 개운치 않았다. 이런 식으로 범인을 몰아세우려던 게 아니었다.

"하지만 가사이가 왜?"

"그래서 말인데, 넌 짚이는 거 없어? 다쓰야에 관한 거라면 뭐든 알고 있잖아."

"그건 말도 안 돼. 아무리 다쓰야라고 해도⋯⋯."

그녀는 고개를 설레설레 저었다.

우리는 한동안 침묵했다. 지금 여기에 다쓰야의 연인과 절친한 친구가 있는데 그에 관해 아는 게 없다.

마침내 요코가 천천히 입을 열었다.

"저기 말이야, 내가 직접 가사이를 만나볼게. 그리고 진상을 물어볼게. 나한테는 분명히 얘기할 거야."

"네가?"

"응."

"그래."

그것도 괜찮을 것 같다. 가사이 미요코도 요코에게라면 진실을 말할지도 모른다.

"알았어. 그럼 너한테 맡길게."

달리 손쓸 방도도 없으니 말이다.

그리고 사흘 뒤인 일요일, 연락을 받고 요코의 집으로 갔다. 넓은 정원이 있고, 하얀 상자를 끼워 맞춘 듯한 집이다. 요코의 방은 2층에 있다. 그곳에 들어가는 것은 초등학교 이래 처음이다.

"다쓰야에게도 원인은 있었어."

요코 어머니가 내온 홍차를 입으로 가져가면서 요코가 말했다.

"다쓰야가 그 러브레터를 영어회화부의 다른 아이에게 보여 줬대. 그러곤 그 아이를 통해 그녀의 고백을 거절한 모양이야. 다쓰야에게는 그런 면이 있거든. 직접 거절하는 것보다 충격이 덜할 거라고 생각했는지 몰라도 그런 방식은 여자의 마음을 짓밟는 거나 마찬가진데, 거기까진 미처 생각이 미치지 못한 거지."

요코의 말투는 가사이 미요코의 마음을 대변하듯 초조한 기색이 역력했다.

"그래서 가사이는 보복으로 다쓰야를 조금 겁주려고 그런 짓을 했대. 하지만 설마 그렇게 될 거라고는 생각지도 못했다 며 울더라고."

"……"

"나머지는 거의 료짱의 추측대로야. 재봉실에 늦게까지 남은 학생들을 조사하고 있다는 걸 알았을 때 모든 것을 포기했대. 그래서 죗값을 치르려고 자살을 기도한 건데, 왜 죽지 못했을까 아쉬워하더라고."

"그렇게 된 거군."

이럴 때는 무슨 말을 어떻게 하면 좋을지 짐작조차 가지 않았다. 누가 잘못한 건지도 모르겠다. 아마 누구도 잘못하지 않았고, 한편으로는 모두가 잘못한 것이리라.

"작은 고의군."

문득 머릿속에 떠오른 말을 입에 담았다. 요코는 아무 말도
하지 않았다.

7

북풍이 귀를 잡아 뜯을 듯이 몰아쳤다. 안마시술소 전단지
가 발언저리에 달라붙더니 날아간다. 육교라는 데는 왜 이다
지도 더러운 걸까? 한낮에도 술주정뱅이의 토사물이 한두 군
데는 어김없이 눈에 들어온다.

피곤한 기색의 산타클로스와 연말 불우 이웃 돕기 모금함
을 들고 있는 여자아이가 내 앞을 지나갔다. 묘하긴 하지만
눈에 익은 조합이다.

외투의 깃을 세우면서 왜 이런 곳에서 만나자고 한 걸까 생
각해 봤다. 아마 전화했을 때 기분이 그랬기 때문이리라. 으
스스하고 메말라 있었다.

그런 기분이 들게 한 것은 한 통의 편지였다. 그 편지를 보
낸 사람은 유키하라 도시에, 다쓰야의 어머니다.

1년도 지난 일이니 이제 와서 웬일인가 싶기도 할 테지.

이런 느낌으로 편지는 시작되었다. 적잖이 긴장했다. 이제야 다쓰야의 죽음에 관한 나와 요코만의 비밀을 알게 된 걸까 하는 생각이 들었기 때문이다.

그러나 편지의 내용은 그런 것이 아니었다. 다쓰야의 어머니는 재봉실의 전신거울도, 가사이 미요코도 알지 못하는 듯했다.

오랜만에 그 아이의 방을 청소하다가 그것을 발견했단다.

편지에는 청소하다 발견했다는 '그것'에 관한 이야기만 적혀 있었다. 편지지를 들고 있는 손이 떨리는 것을 느꼈다. 그 사실을 그때 알았더라면 사건은 완전히 다른 식으로 해결되었을 것이다.

어제 졸업한 후 처음으로 모교에 다녀왔다. 그리고 다쓰야가 떨어진 그 옥상에 올라가 보았다. 어찌된 영문인지 옥상으로 나가는 문에는 자물쇠가 채워져 있지 않았다.

옥상에 서서 모든 수수께끼를 풀었다. 실마리는 정말 뜻하지 않은 곳에 숨어 있었다. 동시에 깊은 허탈감에 휩싸였다. 차라리 가슴속에 진상을 묻을까 하는 생각이 들었을 정도다. 하지만 그럴 수는 없었다. 그럴 수 없다는 것은 내가 누구보다 잘 알고 있다.

또다시 차가운 바람이 세차게 불어왔다.

중학생으로 보이는 몇몇 여자아이가 치마를 붙잡고 내 앞을 지나갔다. 그들의 뒷모습을 보고 있는데 누군가가 옆에서 어깨를 두드렸다.

"뭘 보고 있는 건데?"

돌아보니 직장 여성 못지않은 어른스러운 화장에, 표정만은 예전 그대로인 요코가 웃고 있었다.

"취향이 롤리타 콤플렉스로 바뀐 거야?"

그런 야유를 던지면서 걸음을 떼려는 요코에게 "오늘은 데이트 아니야"라고 말했다.

"할 얘기가 있어."

"이야기?"

요코는 조금 당황한 듯 고개를 갸웃거리더니 "그럼 찻집에라도 들어갈까? 제법 괜찮은 델 발견했거든"이라며 제안했다.

"아냐."

침울한 얼굴로 그녀를 보았다.

"여기서 하면 돼."

"여기서? 이렇게 매서운 바람이 몰아치는 곳에서 이야기를 하자고?"

'어떻게 된 거 아냐?' 평소의 요코라면 그렇게 말했을 것이다. 하지만 그녀는 말하지 않았다. 내 눈빛을 보고 장난을 치고 있는 게 아니라는 걸 알아차렸는지도 모른다.

"다쓰야 일이야."

"다쓰야? 있잖아, 료쨩. 그 이야기는 더 이상 하지 않기로 약속했잖아."

"이게 마지막이야."

요코의 얼굴을 똑바로 쳐다보았다. 그녀도 잠시 내 눈을 쳐다보더니 이내 눈길을 피했다.

"알았어. 여기서 들을게."

그녀는 코트 주머니에 손을 넣고 육교 아래를 내려다보았다. 그곳에서는 막힌 도로 위의 차들이 겨루기라도 하듯 배기가스를 뿜어대고 있었다. 트럭이 눈에 띄는 건 연말이라 그런지도 모르겠다.

따지고 보면 내가 이렇게 요코와 만나고 있는 것도 묘한 일이다. 나는 늘 다쓰야 뒤에 가려진 존재였고, 내 첫사랑 같은 건 어렴풋한 추억이 되어 오래된 앨범과 함께 사라질 운명이었을 것이다. 우리는 그 사건 이후 급속히 친밀해졌지만, 다쓰야에게는 지금도 켕기는 구석이 있다. 그래도 다쓰야 다음으로 요코가 마음을 허락할 수 있는 사람은 나밖에 없다는 허울 좋은 명분으로 오늘에 이른 것이다.

하지만 역시 그런 건 억지스러웠다.

"그때……"

요코의 하얀 옆얼굴을 보면서 말을 꺼냈다.

"마지막까지 도저히 이해가 가지 않는 게 있었어. 그건, 다쓰야가 왜 혼자서 그런 곳에 있었느냐는 거야."

"그걸 알게 된 거야?"

요코는 그 자세 그대로 표정도 변하지 않고 물었다.

"응, 알았어."

절망적인 기분으로 대답했다.

"다쓰야는 혼자가 아니었어. 너랑 같이 있었지."

요코는 아무 말도 하지 않았다. 물끄러미 육교 아래를 내려다볼 뿐이었다. 그녀에게 다쓰야 어머니가 보낸 편지에 대해 말했다. 청소를 하다가 발견한 것은 다쓰야가 작년에 쓰던 스케줄표였다. 그리고 거기에는 그날의 일정도 적혀 있었다. 편지에 따르면 다쓰야와 요코는 방과 후에 만나기로 되어 있었다.

"너희는 그날 방과 후에 옥상에서 만났어. 다쓰야는 네 눈앞에서 떨어진 거야."

"하지만 사건 현장을 본 1학년 여자아이들은 다쓰야 말고는 아무도 없었다고……."

"옥상에는 계단실이 있지."

요코의 말을 가로막았다.

"어제 확인하고 왔어. 그 여자아이들이 배구를 하던 위치에서는 계단실에 가려 네 모습이 보이지 않았을 가능성이 커."

그러곤 잠시 틈을 두고 "하지만 내가 알고 싶은 건 그런 게 아니야"라고 말했다.

"어제 가사이 미요코도 만났어."

요코의 표정에 변화가 일었다. 순간 숨을 멈추는 걸 알 수 있었다.

"좀처럼 솔직하게 이야기를 해주려 들지 않더라. 굴처럼 입을 꽉 다물고 있었어. 그래도 경찰에게 알리지 않겠다고 설득해서 가까스로 이야기를 들을 수 있었지. 넌 분명 다쓰야와 함께 있었어. 하지만 네가 미요코의 입을 막은 모양이더라. 진상을 경찰에게 알리지 않겠다는 조건으로 말이야. 그래서 난 알고 싶어. 어째서 넌 다쓰야와 같이 있었다는 사실을 그렇게 숨기고 싶어 했는지 말이야."

요코가 갑자기 내 쪽으로 얼굴을 돌렸다. 창백한 얼굴이지만, 뜻밖에도 웃음을 머금고 있었다.

"료짱은 전혀 짚이는 게 없어?"

"없어."

고개를 가로저었다.

"추리는 하고 있지."

"들려줘."

그녀는 재미있는 이야기를 재촉하듯 내 얼굴을 들여다보았다. 이번에는 내가 육교 난간에 기대어 아래를 내려다보았다.

"그날처럼 그 옥상에 올라가 봤어. 그리고 네가 서 있었을 것으로 추정되는 장소에 서서 그날 상황을 떠올렸지. 그랬더니 그때까지 깨닫지 못한 것이 보이더라. 그 전신거울이, 네가 서 있는 위치에서는 당연히 재봉실 창가에 놓인 그 거울이 보였을 거야."

거기서 일단 말을 끊었다.

"요코, 지금부터 하는 얘기는 전부 내가 상상한 거야. 아니, 공상일지도 모르지. 그래도 끝까지 들어줘. 다쓰야와 요코는 연인 사이, 이건 초등학교 때부터 변치않는 사실이었지. 두 사람은 늘 함께였고, 절대로 헤어지지 않을 거라고 누구든 생각했으니까. 하지만 어쩌면 그게 너한테는 부담이 되었을지도 몰라. 사람의 마음이란 어김없이 움직이는 법이니까. 네가 다쓰야가 싫어졌다든지 사귀는 게 지겨워졌다는, 그런 얘기는 아냐. 너는 좀 더 다른 세계를 접해보고 싶었겠지."

회색 공간이 우리를 감싸고 있었다. 남들이 보기에 우리 둘은 어떻게 보일까? 헤어지지 말자고 남성이 애걸하고 있는 것처럼 보일까? 아니면 헤어져 달라고 설득하는 것처럼 보일까?

"그날 다쓰야는……"

요코가 천천히 이야기를 시작했다. 그 순간 끝이라고 생각했다. 그게 무엇인지는 모른다. 아마 모든 것이 끝이리라.

"옥상으로 나를 불러서 말했어. 홋카이도에 있는 대학에 지원할 생각이라고. 좀 놀랐지만 이내 납득했어. 다쓰야는 수의사가 되고 싶어 했거든. 하지만 이어진 말에 정말로 놀라고 말았어. 나한테 같이 홋카이도에 가자는 거야. 함께 홋카이도 대학에 지원하자고. 놀란 나머지 기가 막혔어. 그래서 잠자코 있었는데 이런 말을 하더라. '난 앞으로도 줄곧 너만을 좋아할 자신이 있어. 너를 위해서라면 뭐든 할 수 있어' 그러더니 그 증거를 보여주겠다면서 옥상 울짱으로 막 올라갔어. 그때 난 다쓰야라는 존재가 엄청 부담스러웠어. 다쓰야가 나를 좋아한다는 사실도, 그리고 다쓰야와 함께한 과거도."

"왜 그때 솔직하게 말하지 않았지?"

요코에게 물었다.

"그래서 그만 끝내자고?"

"말해야 했어."

"그럼 료짱이 나랑 사귀었을까?"

"나?"

잠시 망설였다. 아니, 망설이지 않았다. 대답은 뻔하다. 아니다. 고리타분하지만 우리 우정은 그랬다.

"거봐. 그래서 괴로웠어. 솔직히 말할게. 초등학교, 중학교 시절에는 다쓰야가 분명 내 이상형이었어. 남에게 지지 않으려는 성격에 끌렸어. 그렇지만 고등학교에 들어간 뒤로 다쓰야는 점점 변했어. 지는 것에 익숙해졌고, 평범한 것에 만족하기 시작했지. 그 무렵부터 료짱에게 마음이 끌렸어. 료짱은 1등은 아니었지만, 늘 무언가를 목표로 삼아 나아갔으니까. 난 그런, 눈빛이 살아 있는 사람이 좋아. 말해봐. 이래도 내가 바람기 있는 거니? 고작 고등학생 나이에 다른 사람을 좋아하게 된 것이 그렇게 잘못된 거야?"

요코의 표정은 울면서 웃고 있는 것 같았다. 그 슬퍼 보이는 눈동자가 내 마음에 아로새겨졌다.

"난 더 이상 사랑에 속박되는 것이 견딜 수 없었어. 다쓰야의 연인이 아니라 나, 사에키 요코로 살아가고 싶었어. 하지만 아무도 그렇게 봐주지 않았어. 마치 남들이 내 인생을 결정해 버리고 만 것처럼. 좋아하는 사람에게 내 마음을 고백할 수조차 없었어. 게다가 다쓰야의 진지함이 나를 무겁게 짓눌렀어. 맞은편 건물에서 무언가가 빛난 건 그때였지. 부정하지 않을게. 10분의 1, 100분의 1이라는 확률에 기대를 건 거야. 기대를 걸고서 말했어. '다쓰야, 저게 뭐지?'라고."

가는 음성이었지만 내 귀에는 외치고 있는 것처럼 들렸다. 어릴 때 싹튼 사랑이 이런 최후를 맞을 거라 누가 예측이나 했겠는가. 전신거울로 햇빛을 반사한 건 가사이 미요코지만, 그것을 다쓰야가 보게 한 건 요코였다.

요코는 입을 꼭 다문 채 저녁노을을 똑바로 바라보고 있었다. 주홍빛으로 물든 뺨에 한 줄기 눈물이 흘렀다. 무엇을 위한 눈물이고, 누구 때문에 흘리는 눈물인지 지금의 나로서는 알 길이 없었다.

내게는 그녀에게 더 건넬 말이 없었다. 그리고 이젠 서로 만날 일도 없을 것이다.

천천히 걷기 시작했다. 길 가는 사람들이 나와 요코의 얼굴을 번갈아 쳐다보며 지나쳤다. 남자가 여자를 버린 것으로 보일지도 모르겠다.

머리가 긴 여자아이가 때마침 내민 전단지를 무심결에 받아 들었다.

어둠 속의 두 사람

커튼 사이로 가느다란 햇살이 비쳐들 무렵.

아침 공기를 뒤흔들면서 벨이 울렸다. 규칙적으로 뛰던 심장에 일격을 맞고 나가이 히로미는 잠자리에서 벌떡 일어났다. 햇살에 익숙지 않은 눈을 겨우 뜨고 책상 위에 놓아둔 알람시계를 더듬는다. 스위치를 아무리 눌러도 벨소리는 멈추지 않았다. 손에 들어 시간을 확인하고서야 시계가 범인이 아니라는 걸 알게 됐다.

이 시간에…….

아침 6시 50분이었다. 이른 아침부터 전화할 사람은 고향에 계시는 부모님이나 학생밖에 없다. 담요를 몸에 휘감은 채 자리에서 일어난다. 손을 뻗어 집어 든 전화기의 감촉이 냉장고에 넣어둔 것처럼 차가웠다.

"나가이입니다."

졸린 목소리가 튀어나왔다.

"여보세요."

머뭇거리는 젊은 남성의 목소리. 역시 학생이구나. 귀에 익은 목소리긴 한데 이름도 얼굴도 순간 생각나지 않아 "하기와라입니다"라는 말을 듣고서야 머리에 떠올랐다.

"저 오늘, 학교에 못 나갈 것 같습니다."

하기와라 신지가 가라앉은 목소리로 말했다. 히로미는 불길한 예감에 사로잡혔다.

"무슨 일이야?"

잠시 침묵. 이윽고 쥐어짜는 듯한 목소리로 이야기를 꺼냈다.

"남동생이……."

"남동생이 왜?"

"죽었어요."

이번에는 히로미가 침묵했다. 머리에 떠오른 것은 하기와라 신지에게 남동생이 있었던가 하는 아주 기본적인 의문이었다.

"병으로?"

"아뇨."

히로미가 화들짝 놀랄 만큼 강한 어투로 대답하더니 신지는 말을 이었다.

"살해됐어요."

"뭐라고?"

그런 반응을 보인 것 같다. 수화기를 든 히로미의 손에 흥건히 땀이 밴다.

"살해되었어요. 아침에 일어나서 보니 아기 침대에서 죽어 있었어요. 그래서……."

2

　하기와라 신지의 집에 들렀다가 학교에 갈 생각이니 1교
시는 자습으로 해달라고 부탁하려고 히로미가 교무주임에
게 전화했을 때, 학교에서는 아무도 그 사건을 모르는 기색이
었다. 그래서 요점만 간추려서 얘기했다. 목쉰 소리로 전화를
받은 교무주임은 꽤 놀란 듯했지만 이내 "하지만 선생님이
가신다고 해서 달라질 것도 없지 않나요?"라고 건조하게 말
했다. 히로미는 울컥 화가 치밀었다.
　"신지에게 굉장히 충격이었을 거예요. 이럴 때는 단 한마디
의 말도 적잖은 위로가 되는 법이죠. 저는 그 한마디를 하러
가고 싶어요."
　히로미는 애써 감정을 억누르고 말하려 했지만 목소리가
커지고 말았다. 험악한 분위기가 전해졌는지 교무주임은 더
이상 아무 말도 하지 않았다.
　그런데 뭐라고 말을 건네야 하나?
　신지의 집으로 향하면서 히로미는 줄곧 그 생각만 했다. 대
학을 졸업하고 중학교 교사가 된 지 3년째지만 이런 일은 처

음이었다. 물론 학생 부모님이 돌아가셔서 장례식에 참석한 적은 두세 번 있다. 하지만 이런 경우는 없었다. 아마 베테랑 교사도 이런 일은 겪지 않았을 것이라는 생각이 들었다.

엇비슷한 크기에 엇비슷한 모양의 전형적인 일본 가옥이 밀집한 가운데, 하얀 벽으로 둘러싸인 양옥집만 색다른 분위기를 자아냈다. 정원도 넓은 데다 자가용 두 대를 세울 수 있는 주차장도 있었다. 히로미가 그곳이 바로 하기와라의 집이라고 알아차린 것은 문 앞에 순찰차가 몇 대 서 있는 것을 보아서였다.

대문 앞에서 안을 들여다보니 제복 차림의 경찰관을 비롯해서 경찰 관계자로 보이는 남성들이 정원과 현관에 서 있었다. 그중 정원 잔디 위에 납작 엎드린 사람도 있었다.

히로미가 한동안 그러고 있자 한 경찰관이 다가와 신원을 확인했다. 들여다보는 모습이 수상쩍었는지도 모른다.

신분을 밝히자 경찰관의 태도가 갑자기 부드러워졌다. 그러고는 신지를 불러주겠다고 했다. 도리어 잘됐다는 생각이 들었다.

현관에 나타난 신지는 약간 눈이 붉을 뿐 얼굴색은 좋아 보였다. 히로미를 보고 인사를 챙기는 여유도 있었다.

"제 방에는 아무도 없어요."

투박한 말투로 신지가 안내했다.

2층에 서양식으로 꾸민 널찍한 신지의 방이 있었다. 연보라색 커튼이 흔들리는 창가에 책상이 놓여 있고 그 위는 말끔히 치워져 있었다. 카펫에는 쓰레기 하나 없고 벽 쪽에 놓인 침대도 단정하게 정리되어 있었다.

"깔끔한 걸 좋아하는구나."

히로미가 말했지만 신지는 아무런 대꾸도 하지 않았다. 말없이 전기난로를 켰다. 희미한 불빛이 점차 짙어졌다. 두 사람은 카펫에 앉아 한동안 주홍색 따스한 불빛을 바라보았다.

"동생이 몇 살이더라?"

묻고 나서 히로미는 '아기 침대'라는 말을 떠올렸다.

"3개월 됐어요."

신지가 어렵사리 입을 열었다.

"그랬구나."

히로미는 뭔가 신지의 기운을 북돋울 수 있는 말이 없을까 생각했다. 그러려고 여기 온 것이니까. 하지만 무슨 말을 해도 소용없을 것 같아서 솔직히 두려웠다. 그때 그녀의 마음을 꿰뚫어 본 듯 신지가 말했다.

"선생님, 마음 쓰지 마세요. 전 괜찮아요."

당황한 히로미는 신지의 옆얼굴을 보았다.

"와주신 것만으로도 감사해요. 더군다나 아직 실감이 나지 않아서 그런지 충격도 그리 크지 않고요."

"그래, 그 말을 들으니 안심이 되긴 하지만……."

거꾸로 자신이 위로받고 있다는 생각이 들었다.

신지는 일어나서 창가로 다가갔다. 그리고 알루미늄 새시
문을 열더니 왼쪽을 가리켰다.

"남동생은 저 방에서 자고 있었어요."

히로미도 신지의 옆에 서서 그쪽을 보았다.

"오늘 아침 6시쯤이었을 거예요. 침대에서 자고 있는데 갑
자기 비명 소리가 들렸어요. 벌떡 일어나 아버지 방으로 가보
니 그 사람이 아기를 안고 미친 듯이 울고 있었어요."

"그 사람이라니?"

히로미가 묻자 신지는 과격하게 유리문을 닫더니 "아버지
아내요. 뻔하잖아요"라고 말했다.

"아아."

히로미는 신지의 생모가 몇 년 전에 병으로 돌아가셨고 재
작년에는 아버지가 재혼했다는 사실을 떠올렸다. 하지만 왜
'뻔한' 건지는 이해가 가지 않았다.

"정원으로 나가는 유리문이 잠겨 있지 않았어요."

신지가 창문의 잠금장치를 만지작거리면서 말했다.

"범인은 그곳으로 들어온 것 같아요."

"하지만 어째서 갓난아기를……."

"형사들은 도둑질 하러 들어왔다가 눈을 뜬 남동생이 울음

을 터뜨릴 것 같아서 충동적으로 죽인 게 아닐까 하던데요.
아직 정확한 건 모르지만요."

"부모님은 전혀 모르셨던 거야?"

"방에 아코디언도어로 칸막이가 되어 있거든요. 남동생은
혼자서 자고 있었던 셈이죠. 더구나 한밤중이어서 아버지나
그 사람은 한참 자고 있었을 테고 갓난아기는 저항할 수도
없었을 테니까요."

그렇게 말하고 나서 신지는 문득 생각난 듯 "아, 맞다" 하더
니 감정 없는 목소리로 말을 이었다.

"목을 조른 모양이에요."

"목을?"

"네. 질식사였고 그런 흔적이 있대요. 우리 같은 사람이 봐서
는 알 수 없지만요."

그리고 신지는 손으로 목을 조르는 시늉을 했다. 신지의 그
런 몸짓을 보고 갓난아기의 가느다란 목을 상상하자 뭔가 섬
뜩한 것이 등줄기를 타고 내려갔다. 아기 침대에 잠들어 있는
가녀린 생명을 어른이 커다란 손을 뻗어 짓밟는 광경은 어쩐
지 현실과는 동떨어진 일처럼 느껴졌다.

"그래서 부모님은?"

신지는 고개를 갸웃했다.

"글쎄요, 아버지는 담당 형사랑 같이 있을 거예요. 그 사람

은 자고 있지 않을까 싶네요. 정신을 잃은 모양이니까요."

그럴 만도 하다는 생각이 들었다.

신지는 대문까지 배웅을 나왔다. 여전히 형사들이 돌아다니고 있었지만 순찰차 수는 줄어든 것 같았다.

그때 마침 하얀 고급 세단이 어디선가 나타나더니 신지의 집 앞에 조용히 멈췄다. 사이드 브레이크를 당기는 소리에 이어 엔진 소리가 멎더니 차에서 서른은 넘었음 직한 장신의 남성이 내렸다. 회색 스리피스 정장을 입은 남성은 빠른 걸음으로 히로미와 신지가 서 있는 쪽으로 다가왔다.

"아버님은?"

의외로 젊은 목소리였다.

"계세요."

집 쪽으로 턱짓하며 신지가 무뚝뚝하게 대답했다. 남성은 신지의 그런 태도에 익숙한 듯 얼굴색 하나 변하지 않았다. 히로미를 향해 형식적인 인사를 건네더니 서둘러 대문을 지나쳤다.

"저 사람은?"

히로미가 묻자 신지는 남성이 현관으로 가는 것을 보고 나서 대답했다.

"아버지 회사 사람이에요. 우수한 직원이래요."

"흐음, 뭐가 우수한데?"

70

"글쎄요."

신지는 진지한 얼굴로 고개를 저었다.

"저도 몰라요."

히로미는 신지의 어깨를 가볍게 토닥이곤 "기운 내"라고 말했다. 신지는 굳어 있던 표정을 조금 누그러뜨렸다.

"괜찮아요. 정말로 괜찮아요."

"그렇다면 다행이지만."

괜찮다고 다짐하듯 말하는 신지를 뒤로하고 히로미는 걸음을 내디뎠다. 생각했던 것보다는 훨씬 괜찮아 보여서 한숨 돌렸다는 게 솔직한 심정이다. 하지만 히로미는 신지의 눈자위가 벌겋게 충혈되어 있는 걸 보았다. 아마도 남동생의 죽음을 접하고 운 흔적일 것이다.

"용서할 수 없어."

히로미는 자신의 그림자를 향해, 그것이 미지의 범인이라도 되는 듯 중얼거렸다.

3

히로미가 학교에 가보니 아직 신지에 관한 소문은 퍼지지 않은 듯했지만 3학년 담임들은 사건을 알고 있었다. 교무주임

가타오카가 얘기한 모양이다.

"살인 사건이라면서요?"

그녀가 자리에 앉기를 기다렸다는 듯 옆자리의 수학 담당 사와다가 말을 걸었다. 히로미는 이 남성이 싫었다. 시도 때도 없이 담배를 피워대 그 연기가 그녀 쪽으로 날아오는 것도 싫은 이유 중 하나지만 그보다는 수다스럽다는 것이 더 큰 문제였다.

"하기와라의 남동생이면 초등학생쯤 됐겠죠? 잔혹한 짓을 했네요."

담배 냄새에 찌든 숨결이 와 닿는 것만 같아 역겨웠다. 피하듯 자리에서 일어나며 히로미는 "3개월이에요"라고 말했다. 입을 벌린 채 얼이 빠진 사와다의 얼굴을 슬쩍 곁눈질했다. 속이 조금 후련해졌다.

영어 수업에 들어가려고 복도를 걸어가고 있는데 과학 담당 하야세가 그녀를 불러 세웠다. 하야세의 나이는 마흔네다섯. 덩치가 크고, 흰머리가 성깃하게 났어도 머리숱이 풍성하다. 그는 진로지도과 주임이기도 하다.

"하기와라는 충격이 커 보이던가요?"

굵은 저음으로 하야세가 물었다.

"아뇨. 걱정할 정도는 아니었어요."

히로미는 신지에게서 받은 인상을 솔직히 전했다. 하야세는 안심이라는 듯 여러 번 고개를 끄덕였다.

"그거 다행이네요. 아무튼 지금이 가장 중요한 시기잖아요."

"네."

지금은 12월 초. 명문 사립 고등학교 입시까지 두 달도 남지 않았다.

"하기와라는 사립 W고등학교 지망이죠? 그러니 앞으로 힘들 거예요."

"알고 있습니다."

W고는 전국에서도 손꼽히는 명문학교다. 다른 지역에서도 지원하는 학생이 꽤 많아 여기 중학교에서는 매년 겨우 한두 명밖에 합격하지 못한다. 그리고 신지는 합격 안정권에 드는 실력을 갖추고 있다.

"그래도 괜찮을 겁니다. 예전부터 그 녀석은 보기보다 야무진 구석이 있었으니까요."

"그러고 보니 하기와라가 2학년일 때 선생님께서 담임이셨죠?"

"그래요. 하지만 그 애 성격은 끝까지 알 수가 없었지요."

그렇게 말하고 하야세는 소리 없이 웃었다.

점심때가 지나자 어디에서 들었는지 학생들 사이에도 소문이 퍼지기 시작했다. 복도를 걷고 있으면 학생들이 히로미에게 소문의 진위 여부를 묻기도 했다. 그러면 그녀는 대충 얼버무리거나 화제를 돌리면서 적당히 넘어갔다. 더이상 그렇게 넘어갈 수 없었던 것은 5교시 수업을 마치고 교실에서 나왔을 때 일이다. 3학년 2반 쓰쓰이 노리코가 기다리고 있다 그녀에게 물었다. 노리코가 신지의 여자친구라는 사실을 히로미는 알고 있었다.

"정말이에요?"

아담한 체구의 노리코가 절실한 눈빛으로 히로미를 올려다보았다. 그 눈빛에 여교사는 압도되었다.

"정말이야."

히로미는 솔직히 답했다. 그러자 노리코의 뺨이 순식간에 붉어지며 눈물이 왈칵 쏟아질 것처럼 눈도 충혈된다.

"저, 얼마 전에 그 아기를 봤었어요."

"하기와라 집에 갔었니?"

"네. 같이 공부하자고 해서요. 사랑스러운 아기였어요. 하기와라를 빼닮았고요. 제가 그렇게 말했더니 하기와라는 그렇지 않다며 괜스레 화를 내기도 했죠."

노리코는 어금니를 깨물었다.

"장례식에는 가봐라."

조용한 말투로 히로미가 말했다. 노리코는 잠자코 고개를 끄덕였다.

집에 돌아와 석간신문을 보고 히로미는 수사의 진척 상황을 알게 되었다. 기사에 따르면 범인이 집 뒤쪽의 담을 넘고 정원을 가로질러 침입한 흔적이 있다고 했다. 실내는 그다지 어지럽혀져 있지 않았고, 범인이 침입하고 얼마 지나지 않아 갓난아기가 울음을 터뜨린 것이 아닐까 추정하는 듯했다. 지문 감식 중이지만 지금 시점에서는 실마리가 없다는 이야기였다.

그렇지만 이상해.

히로미는 신문을 손에 든 채 고개를 갸웃거렸다.

왜 문이 열려 있었던 걸까?

이상하다는 생각이 든 건 갓난아기가 자고 있던 방의 유리문이 잠겨 있지 않았기 때문이다. 물론 사람인 이상 누구든 깜빡할 수는 있다. 어머니는 잠갔다고 생각했는데 실은 그렇지 않았단 말인가. 하지만 문제는 그 뒤다.

문이 잠겨 있지 않다는 걸 범인은 어떻게 알았을까? 아니면 범인이 신지의 집에 침입해 출입구를 찾던 중 우연히 그 방 유리문이 잠겨 있지 않다는 걸 알게 된 걸까? 만약 그렇다면…….

믿기 힘든 불행이라고 히로미는 생각했다.

하기와라 레이코가 담당 형사의 질문에 답할 수 있게 된 건 그날 저녁 6시가 조금 지난 무렵이었다. 심한 충격으로 쇼크 상태에 빠진 그녀에게 수면제를 주사했었다. 4시경에 겨우 깨어났지만 이후에도 그녀는 쉴 새 없이 아기 이름을 불러대는 등 경찰이 조사할 상태가 아니었다.

레이코의 경찰질의는 하기와라의 집 응접실에서 이루어졌다.

"그러니까……."

경찰청 수사1과의 다카마가 차분한 어투로 말을 꺼냈다.

"부인께서 잠자리에 드신 건 11시경이고, 부군께서 출장에서 돌아오신 건 12시경이라는 말씀이죠?"

"그렇습니다."

대답한 이는 레이코의 몸을 지탱하고 있던 하기와라 게이조다. 조금씩 벗겨지기 시작한 이마는 머리카락으로 헝클어져 있었고, 탄력 없는 얼굴에도 피로한 기색이 역력히 배어 있다. 그가 대답한 후 레이코는 말없이 고개만 끄덕였다.

게이조의 사정청취는 이미 끝난 상태였다. 그의 증언에 따르면 어제는 출장으로 집을 비울 예정이었지만 뜻밖에 일이 빨리 마무리되어 밤늦게 도착할 걸 각오하고 집으로 돌아왔다고 했다. 그때가 12시경이었다고 한다.

"부군께서 들어오셨을 때 부인이 깨어 계셨나요?"

방 전체에 난방이 들어오는 데다 두툼한 가운을 입고 있으면서도 그녀는 몸을 떨고 있었다. 윤곽이 또렷해서 생기가 넘칠 때는 싱그러운 분위기의 아름다운 얼굴도 지금은 새파랗게 질려 있었다. 입을 열자 입술의 움직임도 어색했다.

"네."

"그랬군요. 그리고 나서 바로 다시 잠드셨나요? 그러니까 30분쯤 잠자리에서 무슨 생각을 하고 계셨다든지……."

"그랬을지도…… 생각이 잘 안 나요."

"그러시겠죠. 그러니까 그때도 무슨 소리를 들었다든지, 그런 일은 없었던 거죠?"

"네."

레이코는 힘없이 고개를 끄덕였다.

그 후에 형사는 문단속에 관해 물었다. 그녀는 또다시 오열을 터뜨렸다.

"제 잘못이에요. 제가 제대로 문을 잠갔다면 이런 일은 일어나지 않았을 텐데."

게이조는 말이 없었다. 형언할 수 없는 슬픔을 미간의 주름에 새긴 채, 지금은 우선 금방이라도 무너질 것 같은 아내의 몸을 받치고 있었다.

"문을 잠그는 걸 잊으신 적이 있습니까?"

없다는 듯이 그녀는 고개를 절레절레 저었다.

다카마 형사는 계속 질문을 이어갔다. 과거에 도둑이 든 적이 있느냐, 집 주위에서 수상한 사람을 본 적이 있느냐 등 어떻게든 범인을 밝혀낼 실마리를 찾고자 했다.

"그럼 마지막으로…… 이런 이야기를 여쭙는 게 결례인 줄은 압니다만, 누군가에게 원한을 살 만한 일은 없었습니까? 이건 두 분 모두에게 여쭤보는 것입니다만."

두 사람은 서로 얼굴을 마주 보았다. 이런 질문이 뜻밖인지, 아니면 서운했는지 아무튼 곧바로 대답하지 않았다. 이윽고 게이조가 되물었다.

"저희에 대한 원한으로 갓난아기를 죽였다는 말씀입니까?"

그러자 다카마는 무표정한 얼굴로 말했다.

"너무 잔혹한 범죄라 혹시나 하는 생각이 들었을 뿐입니다. 부디 마음에 담지 말아주십시오."

부부는 다시 얼굴을 마주 보았다. 그러곤 두 사람의 공동 의견을 밝히듯 게이조가 대답했다.

"그럴 가능성은 없다고 봅니다. 좋은 일이든 나쁜 일이든 저희가 이런 일을 당할 만큼 남들에게 영향을 끼쳤다고는 생각지 않으니까요."

하기와라의 집에서 나온 다카마와 젊은 형사 히노는 집 부근을 한 바퀴 돌고 나서 역을 향해 걷기 시작했다.

"아무튼 뭐랄까."

다카마는 입꼬리를 씰룩거렸다.

"기분 나쁜 사건이야."

"섬뜩하죠."

히노도 동의했다.

"정말 싫어. 살인 사건에는 익숙하지만 이런 건 딱 질색이야. 악마에게도 악마 나름의 규칙이랄까, 약속이랄까, 아무튼 이것만큼은 해서는 안 된다는……."

"금기요."

"그래, 맞아. 금기. 그런 것이 있다면 이번 사건은 그걸 깬 거나 다름없다고. 만약 가능하다면 당장 이런 항목을 넣고 싶은 심정이야. '갓난아기를 살해해서는 안 된다'라고 말이야."

"참을 수가 없어요."

"참을 수 없지."

다카마는 얼굴을 찡그리며 고개를 끄덕였다.

신고를 받고 달려갔을 때 시체는 아직 아기 침대에 있었다. 자고 있는 듯한 얼굴이었지만 피부에 윤기가 없고 온몸이 이미 변색되기 시작한 상태였다. 시체를 접하는 데 익숙한 다카마도 그때만큼은 등줄기에 소름이 돋는 것 같았다. 동시에 무슨 영문인지 수년 전에 본 〈악마의 씨Rosemary's Baby〉라는 영화가 떠올랐다. 줄거리는 잊어버렸지만 흉측한 갓난아기가 나온 것만은 분명히 기억하고 있다.

"목을 조른 것 같군요"라고 감식관은 무미건조한 음성으로 말했다. "그래요?"라고 대꾸했지만 다카마는 왠지 실감이 나지 않았다.

보드라운 살덩이를 짓이기는 감촉을 상상하자 또다시 속이 울렁거리는 것 같았다.

"탐문수사는 어때?"

다카마가 물었다. 히노는 침울한 얼굴로 고개를 저었다.

"그게 좀 어려워요. 사망 추정 시각이 오전 2시에서 4시 사이라는데 그 시간에 깨어 있는 사람은 드무니까요."

"단서가 없다는 얘기군."

"지금은 그렇습니다."

"흐흠."

다카마는 신음 소리를 냈다.

역에 도착한 두 사람은 관할서 방면으로 향하는 전철을 탔다. 수사본부가 거기에 설치되어 있다. 그다지 붐비는 노선은 아니지만 퇴근 시간이다 보니 빈자리는 전혀 없었다. 다카마는 손잡이를 잡은 오른손 쪽으로 몸을 기울이면서 중얼거렸다.

"좀처럼 이해가 가지 않는단 말이야."

"뭐가 말입니까?"

"그 유리문 말이야. 어젯밤에 어쩌다 잠그는 걸 잊어버렸는데, 하필이면 그날 괴한이 들어왔다."

"너무 아귀가 잘 들어맞나요?"

"자넨 그렇게 생각하지 않나?"

"하지만 그걸 의심한다는 건 하기와라 집안에 공범이 있다고 의심하는 게 되잖아요."

"그럼 안 되나?"

"글쎄요."

히노는 고개를 꼬았다.

"적어도 저로서는 이해가 가지 않는 이야기네요."

"나도 이해되는 건 아니라고."

다카마가 언짢은 음성으로 말했다.

5

이튿날도 다카마와 히노는 하기와라의 집 주변에서 탐문수사를 벌였다. 주민들은 사건에 대해 알고 있어서 꽤 협조적이었지만 실질적인 성과는 기대하기 힘들 것 같았다. 히노가 말한 대로 오전 3시경에 깨어 있는 사람이 도리어 이상한 거다.

그런데 몇몇 집을 돌다 한 주부에게 솔깃한 이야기를 들었다. 그녀의 친척이 이 부근에 사는데 그 집 외동아들이 심야에 동네를 조깅하는 습관이 있다고 했다. 그 코스에 분명 하기와라의 집 주변도 들어 있을 거라고 말했다.

"그 시간에 조깅을 한다고요?"

다카마의 눈이 휘둥그레졌다.

"수험생이거든요. 삼수를 하고 있어요. 낮에는 자고 밤에 일어나서 공부한대요. 그래서 공부하다 지치면 기분전환도 할겸 조깅을 하나 봐요. '축시(丑時)의 달리기'라며 본인은 대만족이라고 하던데요."

그 이야기를 들은 두 사람은 당장 그 수험생을 만나러 갔다. 하기와라의 집에서는 거리가 좀 있어 그들의 탐문수사 반경에는 들어 있지 않았다.

"축시의 달리기라……."

다카마는 쓴웃음을 지었다.

"그런 인종도 있군."

"수험생들에겐 운동이 부족하긴 하죠. 어쨌든 그 수험생이 뭔가 봤다면 우리는 감사해야겠네요."

"그야 그렇지."

다카마도 수긍했다.

두 사람이 찾아갔을 때 미쓰가와 미키오라는 수험생은 이불 속에 있었다. 시계는 정오를 가리키고 있었다. 깨워달라고 어머니에게 부탁하자 10분쯤 지나 미키오가 졸린 얼굴을 비비며 잠옷 차림으로 나타났다.

"이거 미안하군. 자고 있는 걸 깨워서."

다카마가 사과하자 미키오는 무뚝뚝한 표정으로 말했다.

"아니에요. 막 자려던 참이었어요."

미키오는 사건에 대해 모르고 있었다. 신문도 읽지 않고 가족과 대화할 시간도 거의 없기 때문이라고 했다. 하긴, 그는 사건에 대해 듣고도 별다른 반응을 보이지 않았다. 그러면서 조깅에 관해 물었을 때는 은근슬쩍 자랑스러워하며 "허여멀건 수험생 같은 건 요즘 트렌드가 아니거든요"라고 말했다.

"그래서 어제도 조깅을 했나?"

하지만 미키오는 지저분한 머리를 벅벅 긁으며 대답했다.

"하지 않았는데요."

"하지 않았다고? 왜지?"

"감기기운이 있어서 컨디션이 좋지 않았거든요."

"그랬군."

다카마는 히노와 시선을 마주하고 살며시 한숨을 내쉬었다. 그렇다면 질문을 계속할 수도 없는 노릇이다. 단단히 벼르고 왔는데 아무래도 허사로 돌아가려나 보다.

"그럼 그날 일을 물어도 소용없다는 얘기군."

"그러네요."

다카마와 히노는 포기하고 돌아가려고 했다. 그런데 그때 미키오가 마음에 걸리는 말을 했다.

"그날이 아니어도 괜찮다면 재미있을지도 모르는데요."

인사하고 돌아가려던 다카마는 걸음을 멈췄다.

"뭐 재미있는 이야기라도 있는 건가?"

"조금요."

미키오는 어깨를 으쓱해 보였다.

"전 거의 매일 그 집 부근을 달리거든요. 그런데 가끔씩 '어라? 웬일이지?' 싶을 때가 있어요."

"그 얘길 들려주지 않겠니?"

다카마는 다시 앉았다.

"별일 아닐지도 모르지만, 그 집 주변을 달리다 보면 가끔씩 승용차가 길에 세워져 있는 거예요. 그런데 잠시 후 다시 그곳을 지나다 보면 어느덧 차는 사라지고 없더라고요. 그런 일이 다섯 번 정도 있었어요."

"승용차라…… 어떤 차였지?"

뭔가 짚이는 게 있는 듯 다카마가 다급하게 물었지만 미키오는 "모르겠는데요"라고 퉁명스럽게 대답했다.

"차에 관심을 가지는 건 대학에 들어가고 나서 하자고 마음먹었거든요. 하지만 흔해빠진 싸구려 차는 아니었어요. 흰색이고 꽤 컸어요."

"혹시 운전하는 사람의 얼굴도 봤니?"

"본 적 없어요. 늘 차만 본걸요."

"처음 본 게 언제쯤인지는 기억나니?"

"한 달쯤 됐나?"

다카마와 히노는 미키오에게 두세 가지 질문을 더 하고 집을 나섰다.

"자네 생각은 어때?"

역 앞의 카페에서 샌드위치를 커피와 함께 삼키면서 다카마가 물었다.

"두 가지 가능성을 생각할 수 있겠네요."

히노는 게걸스럽게 카레라이스를 먹고 있다.

"하나는 범인이 범행에 앞서 사전조사를 했을 가능성이죠. 다른 하나는 누군가가 사람들 눈을 피해 하기와라의 집에 드나들었을 가능성이고요."

"첫 번째는 아니야. 차를 세워두고 당당히 할 수 있는 일이 아니니까."

"그럼……."

"바람을 피운 게 아닐까?"

아예 단언하는 말투였다.

"하기와라 레이코는 아직 한창때거든. 게이조 한 사람을 상대로 과연 만족할 수 있었을까? 더구나 그는 출장으로 자주 집을 비운다고 했어."

"출장 갈 때마다 바람을 피웠다는 건가요? 그러고 보니 사건이 일어난 그날도 게이조는 출장으로 집에 들어오지 않을 예정이었네요."

"바로 그거야. 그날 밤에도 그가 온 거야. 설마 게이조가 집에 와 있을 거라고는 생각지 못했을 테니까 말이야. 그래서 레이코도 일부러 유리문을 잠그지 않은 거고."

"그런데 게이조가 집에 와 있었단 말이죠? 남성이 침입했을 때 그는 이미 침대에 있었고요. 그래서 얼른 돌아가려고 했는데, 그때 아기가 울기 시작한 거로군요."

"게이조가 깨면 안 된다는 생각에 목을 조른 거겠지. 그러니까 레이코도 자고 있었을 거야. 아무리 바람피우는 걸 숨기기 위해서라고 해도 자식을 죽이는데 잠자코 보고만 있었을 리는 없으니까 말이야."

"그런 얘기군요."

두 사람은 음식을 먹다 말고 자리를 박차고 일어났다.

6

사건이 일어난 후로 닷새가 지났다. 하기와라 신지는 아직도 학교에 나오지 않았다. 장례식도 끝났으니 더 이상 결석할 이유는 없을 텐데 말이다. 오늘 히로미는 학교에서 여러 번 전화를 했지만 아무도 받지 않았다.

무슨 일이 있는지도 몰라.

그런 생각이 들어 히로미는 퇴근길에 신지의 집에 들렀다. 이곳에 오는 건 장례식을 포함해서 세 번째다. 장례식 때도 신지는 제법 씩씩해 보였는데.

집은 전에 왔을 때보다 고요하게 느껴졌다. 하긴 그때는 사건 당일이거나 장례식 날이었으니, 아무튼 사람들로 붐빈 탓도 있을 것이다. 그런데 오늘은 하늘도 흐린 데다 집 안의 불이 거의 꺼져 있어서 더더욱 쥐 죽은 듯이 조용한 분위기를 자아내고 있었다. 히로미는 잠시 서성이다 대문 앞에서 초인종을 눌렀다. 과연 벨이 울리고 있긴 한 건지, 전혀 반응이 없다. 히로미는 그곳에서 기다렸다. 허무하게 시간이 흘러가는 것 같은 기분이 들었다.

2, 3분 기다리다 히로미는 천천히 발걸음을 떼었다. 집에 아무도 없다면 어쩔 도리가 없다.

그런데 그때 갑자기 인터폰에서 "들어오세요, 선생님" 하는 소리가 들려왔다. 신지의 목소리였다. 히로미는 얼른 마이크를 향해 말했다.

"하기와라, 너 왜……."

"제대로 말씀드릴 테니 들어오세요. 현관문은 열려 있어요."

히로미는 한숨을 쉬고 안으로 들어갔다. 차고에 있어야 할 두 대의 차 중에 큰 세단이 없었다.

현관문을 열자 신지가 웃는 얼굴로 기다리고 있었다. 아무래도 신지 혼자 집에 있는 모양이다.

"왜 학교에 나오지 않는 거니?"

"설교는 나중에 들을게요."

신지는 왠지 즐거워 보이는 표정으로 그녀를 방에 들였다.

"초인종이 울리면 여기서 이걸로 보거든요. 만나고 싶지 않은 손님은 무시해요."

신지는 쌍안경을 들고 창가에 섰다. 아닌 게 아니라, 여기에서는 잘 보일 것 같다.

"전화도 했었는데. 아무도 받지 않더라."

"전화벨 소리만으로는 누가 걸었는지 알 수 없어서 아예 받지 않기로 했거든요."

"부모님은?"

"안 계세요."

별일도 아니라는 듯이 신지가 말했다.

"안 계시다니?"

"아버지는 회사에 계시고, 그 여자는 어디 갔는지 몰라요. 둘 다 집에 들어오지 않네요."

신지는 침대 위에 털썩 주저앉았다.

"선생님, 기억나세요? 사건이 일어난 그날 아침에 우리 집에 왔던 잘난 척하던 남성이요. 흰색 크라운을 타고."

"그래."

히로미는 고개를 끄덕였다.

"아버님 회사 사람이라면서? 우수한⋯⋯."

"그놈이 잡혔어요."

"응?"

한순간 신지의 말뜻을 알아들을 수 없어 그녀는 표정도 바꾸지 않고 되물었다.

"이름이 나카니시라는데, 그놈이 그 여자랑 바람을 피운 모양이에요. 전 몰랐는데, 아버지가 출장 가실 때마다 한밤중에 찾아왔대요. 사건이 일어난 그날도 아버지는 출장을 가서 집에 들어오시지 않을 예정이었거든요. 그래서 그날도 몰래 들어왔을 가능성이 크다는 의혹을 받고 있나 봐요."

신지는 의붓어머니가 아버지의 부하 직원과 바람피운 사실을 마치 같은 반 아이의 일을 두고 입방아를 찧듯 가벼운 말투로 지껄였다.

"어제 회사로 경찰이 찾아가 나카니시를 데려간 모양이에요. 아버지는 어제부터 회사에 나가셨는데 어젯밤에는 아예 들어오지도 않았어요. 집에도 형사가 와서 그 사람에 대해 묻고 갔고요. 그때 그들이 하는 얘기를 엿들었거든요. 그 여자는 바람피운 사실을 부정했어요. 하지만 그러고 나서 사라져 버렸으니까 시인한 거나 다름없죠. 돈이야 충분히 있을 테니 저는 더 좋아요."

"어머님이 어디 가셨는지 짐작 가는 덴 없어?"

"없어요. 찾을 필요도 없고요."

"그래도……."

히로미는 뭔가 생각하는 눈초리로 신지를 보았다.

"만약 정말로 그 나카니시라는 사람이 범인이라면 어머님은 바람피운 사실을 부정하시지 않았을 거야. 그건 범인을 옹호하는 게 되잖아."

신지는 대답하지 않았다. 침대에 드러눕더니 한동안 말없이 천장을 바라보았다. 그러다 "글쎄요"라고 내뱉듯이 한마디 대꾸했을 뿐이다.

히로미는 달리 할 일도 없어 방 안을 둘러보았다. 책상 위에는 교과서와 노트가 펼쳐져 있고 스탠드도 켜져 있었다. 이런 마당에 스스로 알아서 공부할 수 있는 그의 정신세계가 그녀로서는 이해가 되지 않았다.

"그래서……."

오늘 이곳에 찾아온 목적을 떠올렸다.

"학교에는 안 나올 거니?"

"학교라……."

신지는 벌떡 일어나더니 책상 앞으로 가서 서랍 속을 뒤지기 시작했다. 그러더니 작은 병을 꺼내 히로미에게 내밀었다.

"이거 드릴게요."

향수병이었다. '볼드뉘Vol de nuit'라고 라벨에 적혀 있다. '야간비행'이라는 이름으로 알려진 유명한 프랑스 향수여서 히로미도 알고 있었다.

"왜 이런 걸 가지고 있는데?"

그녀가 물었다.

"아무럼 어때요? 아무튼 가지세요."

"그럴 수는 없어. 이런 걸……."

"받아주셨으면 해요."

"안 돼."

히로미는 강한 어투로 말했다. 순간 신지의 얼굴이 굳었다.

"그럼 부탁 하나만 들어주세요."

신지가 중얼거리듯이 말했다.

"이 향수를 살짝 뿌려주세요."

애원하는 듯한 눈길로 그는 히로미를 바라보았다. 절박한 그 눈빛에 그녀는 압도되었다.

"잠깐이면 돼요."

히로미는 작은 병의 뚜껑을 열고 가운뎃손가락에 슬며시 찍어 귀밑에 발랐다. 달콤하면서도 쌉쓰레한 향기가 서서히 공간을 감싼다.

"이제 됐어?"

히로미가 묻자 신지는 조금 주저하면서 "가까이에서 냄새를 맡아봐도 돼요?"라고 물었다.

히로미는 한순간 망설였지만 이내 "그래"라고 대답했다. 알랑거리는 듯한 눈길은 질색이었다.

신지는 그녀의 앞으로 다가오더니 천천히 얼굴을 들이밀었다. 그러곤 코를 가까이 대더니 가늘게 숨을 들이마셨다.

"향이 좋네요."

"이제 됐지?"

히로미가 작은 병의 뚜껑을 닫아 신지에게 돌려주려 할 때였다. 신지가 갑자기 그녀에게 달려들었다. 덮친다기보다는 달라붙는다는 느낌이 강했다. 그녀는 태클에 걸린 사람처럼 뒤로 넘어졌고 그 위에 신지가 올라탔다.

"무슨 짓이야? 그만두지 못해!"

히로미는 몸부림쳤지만 신지의 몸을 떨쳐내지는 못했다. 굉장한 힘이었다. 신지의 입술이 목덜미에 닿는 게 느껴졌다.

"그만두라니까! 어린 녀석이."

히로미는 있는 힘을 다해 오른손을 휘둘렀다. 손바닥이 신지의 귀에 닿으며 찰싹 하고 커다란 소리가 났다. 그 일격으로 신지의 몸에서 힘이 빠졌고, 히로미는 그의 팔에서 벗어날 수 있었다. 눈 깜짝할 사이에 온몸에 땀이 배어났다.

신지는 여전히 엎드린 자세로 있었다. 히로미는 창가에 서서 가만히 그를 내려다보았다. 둘 다 아무 말도 하지 않았다. 정적 속에 두 사람의 거친 숨결만이 울렸다.

"무슨 짓을 하는 거니?"

히로미가 신지를 내려다보며 다시 한번 말했다. 그러나 방금 전처럼 날카로운 음성은 아니었다. 신지는 거친 호흡으로 어깨를 들썩이고 있었다. 문득 그의 몸이 바르르 떨리고 있다는 걸 히로미는 알아차렸다.

"하기와라……."

신지는 잠자코 있었다. 두 주먹을 불끈 움켜쥔 채 마치 고통을 견디는 것처럼 온몸에 힘을 주고 있었다. 그리고 잠시 후 그는 "죄송해요"라고 신음하듯이 읊조렸다.

"네가 어쨌는데?"

"죄송해요."

엎드린 채 신지는 같은 말을 되풀이했다.

"오늘은 이만 가주세요."

히로미는 가방과 코트를 들고 복도로 나왔다. 신지는 움직이지 않았다. 엎드린 그의 등을 향해 히로미가 물었다.

"내일은 학교에 올 거니?"

하지만 반응이 없었다. 얕은 한숨을 내쉬고 그녀는 현관을 향해 발걸음을 떼었다.

7

나카니시 유키오는 시종일관 범행을 부인하고 있었다. 범행뿐 아니라 하기와라 레이코와의 관계도 아직 인정하지 않은 상태. 수사진은 수사진대로 증거다운 증거를 확보하지 못하자 초조한 기색이 역력했다.

"이해가 안 된단 말이야."

다카마가 담배꽁초를 재떨이에 짓이기며 내뱉었다.

"나카니시와 레이코의 불륜 관계는 사실이야. 그건 틀림없어. 그리고 사건이 일어난 그날 밤, 나카니시가 하기와라의 집에 몰래 들어간 것도 확실하다고."

삼수생인 미쓰가와 미키오의 증언을 듣고 다카마와 히노는 하기와라 집안의 관계자 중에서 흰색 고급 승용차를 타는 사람을 추려보았다. 그리고 그들 중에서 밤에 자유롭게 행동할 수 있는 사람, 그러니까 혼자 살고 있거나 그와 비슷한 생활을 하고 있는 사람을 추린 다음 그중에서 하기와라 레이코와 마주칠 기회가 많은 사람을 찾아보았다.

나카니시 유키오라는 결론에 이르는 데는 시간이 별로 걸리지 않았다. 그는 하기와라 게이조 측근의 부하 직원으로 하기와라의 집에 드나들 일도 많았다. 당연히 레이코와도 안면이 있을 것이다. 더군다나 그가 타고 다니는 차는 흰색 크라운이고, 그 차의 사진을 미쓰가와 미키오에게 보여준 결과 "이런 느낌의 차였어요"라는 애매하긴 하지만 일단 증언이라고 할 수 있는 것도 확보한 상태다. 또 사건 당일을 비롯해서 게이조가 출장을 떠난 밤마다 나카니시의 알리바이는 분명치 않았다.

단지 결정적인 증거가 없을 뿐이었다.

"걱정 마세요. 머지않아 반드시 꼬리를 잡아낼 테니."

옆자리에 앉은 히노가 찻잔을 한 손에 들고 힘차게 말했다.

"믿음직스럽긴 한데, 내가 이해할 수 없다고 한 건 그런 뜻이 아니야."

다카마는 담뱃갑에서 구부러진 담배 한 개비를 꺼냈다.

"하기와라 레이코의 심리를 이해할 수가 없단 말이야."

"레이코의 심리 말입니까?"

"그래. 나카니시가 그날 밤 침입한 걸 알고 있었다면 레이코는 그 녀석이 아기를 죽인 범인이라는 생각에 당장 무슨 행동을 취했을 거야. 적어도 지금 같은 상황이라면 모든 것을 고백하고 나카니시가 법의 심판을 받게 하지 않을까? 그런데 그녀는 아무것도 하지 않았어. 아니, 그러기는커녕 행방을 감췄지. 본인의 불륜행각을 시인해서라도 자식의 원수를 갚고 싶다고는 생각하지 않는 걸까?"

"그러네요. 어렵군요."

"그렇지? 그래서 이해할 수가 없다는 거야."

다카마는 초조하게 담배 연기를 내뿜었다.

하기와라 레이코가 출두한 건 그날 저녁때였다. 돌연 종적을 감추는 바람에 수사진도 당황한 터라 그 소식을 전해 들은 다카마는 기뻐했다.

"드디어 모든 걸 털어놓을 생각이 든 모양이군."

그는 의기양양하게 면회실로 향했다.

레이코는 꽤나 지친 듯 몽유병자처럼 위태로운 걸음걸이로 나타났다. 화장기는 전혀 없고 피부도 까칠해 보였다.

다카마는 우선 그녀에게 그동안 어디에 있었느냐고 물었다. 여자친구 집에 있었다고 그녀는 대답했다.

"그곳에서 시간을 두고 생각해 봤어요."

"무엇을 말입니까?"

"범인이 누구일까요."

다카마는 레이코의 얼굴을 쳐다보았다. 얼굴에 생기는 없었지만 눈만은 골똘히 생각에 잠긴 듯 한 곳을 응시하고 있었다.

"하기와라 씨, 저희는 진실을 알고 싶습니다. 사건 해결을 바로 눈앞에 두고 있습니다. 그날 밤 댁에 침입한 사람은 나카니시 유키오 맞지요?"

다카마는 레이코의 입가를 쳐다보았다.

그녀는 보일 듯 말 듯 입술을 떨더니 "네"라고 대답했다.

"휴."

커다란 숨이 다카마의 입에서 새어 나왔다. 그는 연락을 취하기 위해 자리에서 일어났다. 그런데 그때 레이코가 말했다.

"나카니시 씨는 분명히 그날 집에 왔어요. 하지만 그 사람은 범인이 아니에요."

다카마는 그 자리에 멈춰 섰다. 그리고 그녀의 어깨를 잡았다.

"뭐라고요?"

레이코는 감정 없는 목소리로 말을 이었다.

"그날 밤 나카니시 씨가 찾아왔어요. 그가 온 걸 알아차리고 남편이 깨지 않도록 조심하며 침대에서 빠져나와 커튼 틈새로 오늘 밤은 남편이 있으니까 돌아가라고 했어요. 그가 담을 넘어 사라질 때까지 전 줄곧 지켜보고 있었어요. 물론 그는 아기에게는 손가락 하나 대지 않았어요."

8

하기와라 신지의 남동생이 살해된 후로 열흘이 지났다. 마침내 나가이 히로미는 이전의 생활 리듬을 되찾았다. 입시까지 이제 두 달 남았다. 언제까지고 사건에 휘둘릴 수는 없는 노릇이다.

신지도 어제부터 학교에 나오기 시작했다. 자기 자리에 앉아 창밖만 바라보고 반 친구들과도 거의 이야기를 하지 않는 눈치지만 머지않아 다시 기운을 차릴 거라고 히로미는 내심 기대하고 있었다.

그날 방과 후에 히로미는 교감에게 불려갔다. 교감은 가뜩이나 무뚝뚝한 얼굴을 불쾌한 듯 잔뜩 찌푸리고서 형사가 와 있다고 말했다.

"형사가요?"

"응접실에서 기다리고 있어요. 하기와라 일로 왔다고 하네요. 나도 동석하겠다고 했더니 거절하더군요."

그래서 교감은 기분이 언짢은 건지도 모르겠다.

히로미는 응접실로 가면서 형사가 무슨 용건으로 찾아왔을까 생각해 보았다. 틀림없이 그 사건과 관련있을 테지만 자신을 찾는 이유를 알 수가 없었다.

형사는 중년 남성과 젊은 남성, 두 사람이었다. 중년 쪽은

키가 작고 낡은 양복을 입고 있었지만, 젊은 쪽은 키도 크고 번듯한 스리피스 정장을 차려입었다. 서로 대조적이어서 흥미를 느낄 법도 한데 히로미는 왠지 유형적 인물이라는 인상 밖에 받지 못했다.

두 사람은 경찰청의 다카마와 히노라고 신분을 밝혔다.

다카마는 사건의 개요와 나카니시가 조사를 받게 되기까지 경위를 간략하게 설명했다. 히로미는 신지에게 들어서 익히 알고 있는 내용이었지만 형사 앞에서는 일단 놀라는 표정을 짓기로 했다.

하지만 이어진 형사의 이야기, 그러니까 레이코가 나카니시의 무죄를 증언했다는 이야기는 히로미를 정말로 놀라게 했다.

형사는 말했다.

"어머니가 자기 아이를 죽인 범인을 옹호할 리는 없으니까요. 그 증언은 충분히 믿을 만하다고 보는 거죠."

"그렇겠죠."

히로미도 수긍했다.

"거기서 우리 수사는 벽에 부딪히게 됐습니다. 아니, 원점으로 되돌아왔다고 봐야겠죠. 도대체 진범은 누구일까. 새로 수사를 시작하게 되었습니다."

히로미는 형사의 진의를 파악하지 못했다. 왜 이런 이야기를 자신에게 하는 건지 알 길이 없었다. 단지 불안한 마음이 솟구칠 뿐이었다.

"그런데 신지 군 말입니다."

히로미의 불안한 마음을 꿰뚫어 보기라도 한 듯 형사가 화제를 옮겨 난데없이 그녀의 세계로 뛰어들었다. 그녀는 가슴이 철렁해서 "네" 하며 등을 꼿꼿이 세웠다.

"사건 후에 어떤가요? 뭔가 달라진 점은 없습니까?"

"그야 없다고는 할 수 없겠지요."

"하긴 그런 일이 있었으니까요."

형사가 의미심장한 말투로 말했다.

"사건에 관해 그 아이와 이야기를 나눈 적이 있나요?"

"조금요."

히로미가 대답했다.

"남동생의 시신을 어머니가 발견했을 당시의 이야기도 들으셨나요?"

"어머니의 비명 소리에 눈을 떴다고……."

"맞아요. 그거예요."

형사는 상반신을 흔들며 몇 번이나 크게 고개를 끄덕였다.

"비명 소리에 눈을 떴다고 했지요."

"그게 무슨 문제라도?"

의아한 표정으로 히로미가 묻자 다카마 형사도 진지한 표정으로 "그게 문제거든요"라고 대답했다.

"어제 하기와라의 집에 가봤습니다. 수사가 원점으로 되돌아왔으니 일단 현장에 다시 가야죠. 그런데 그곳에서 우연찮게 정말 이해가 가지 않는 점을 발견했습니다."

그는 돌려 말하고 있었다. 왜 이런 식으로 얘기하고 있는 걸까 생각하면서 히로미는 형사의 입가를 바라보았다.

"그러니까 말이죠, 부모님 방에서 아무리 크게 소리를 질러도 그곳과 신지 군 방 사이에는 방이 몇 개나 있거든요. 그 말은 신지 군 방에서는 잘 들을 수 없다는 거죠. 적어도 깊이 잠든 사람을 깨울 정도의 소음은 되지 않는다는 얘깁니다."

형사의 말을 알아듣기까지 조금 시간이 걸렸다. 다카마 형사는 히로미가 알아들을 때까지 기다리는 듯 느릿한 동작으로 담배에 불을 붙이고 한껏 들이마신 연기를 천천히 내뿜었다.

히로미는 허공에 흔들리는 유백색 도형을 바라보며 망설이다가 "그러니까 신지가 거짓말을 하고 있다는 말씀인가요?"라고 물었다.

"그렇게 볼 수밖에 없습니다."

히노라는 젊은 형사가 처음으로 끼어들었다.

"하지만 왜 그 아이가······."

"알 수 없는 건 그것만이 아닙니다."

다카마는 엉덩이를 앞쪽으로 당기더니 몸을 내밀며 말했다.

"사건 전날 비가 내렸거든요. 그래서 땅이 질척거려 나카니시가 담을 넘은 발자국은 또렷이 남아 있었어요. 만약 그날 밤에 나카니시 말고 다른 침입자가 있었다면 또 다른 발자국이 남아 있어야 정상이죠. 그런데 아무리 열심히 찾아봐도 그런 건 없었거든요. 발자국뿐 아니라 다른 사람이 침입한 흔적도 전혀 없었습니다."

그제서야 히로미는 다카마가 말하고자 하는 바를 알아들었다. 동시에 왜 이렇게 우회적으로 말하고 있는지도 이해했다. 입술이 메마르고 손바닥에 진땀이 배어났다. 다카마는 그녀에게 시선을 고정한 채 담담하게 말을 이어갔다.

"아시겠습니까? 그러니까 범인은 외부인이 아니라는 겁니다. 그리고 앞서 말씀드린 모순점으로 미루어 볼 때 저희는 하기와라 신지가 동생을 살해한 것이 아닐까 추측하고 있습니다."

히로미의 머릿속에서 무언가가 파열했다.

"왜……."

가까스로 그 한마디가 입에서 새어 나왔다.

다카마는 팔짱을 끼었다.

"왜라…… 그렇습니다. 여기서 가장 중요한 건 왜 신지 군이 어린 동생을 죽였을까 하는 겁니다. 오늘 이렇게 찾아뵌 것도 그 점에 관해 선생님과 상의하고 싶은 게 있기 때문입니다."

"상의라고 하셔도…….."

히로미는 얼이 빠진 표정으로 고개를 가로저었다.

"저는 아무것도 모르겠습니다."

"그러시겠죠. 하지만 괜찮습니다. 선생님은 그저 저희가 추측한 내용이 적절한지 그 여부를 신지 군의 성격을 염두에 두고 판단하셔서 의견을 주시면 됩니다."

"뭔가 짐작 가는 거라도 있는 건가요?"

나는 전혀 알 길이 없는데……. 히로미는 무력감을 느꼈다.

"이를테면 이렇게 생각할 수는 없을까요? 신지 군은 이제껏 외동아들로 귀여움을 독차지하고 있었는데 남동생이 태어나 부모님의 사랑을 빼앗기게 되자 샘이 난 나머지……."

"그건 아니라고 봅니다."

히로미는 단언했다.

"초등학생이라면 모를까, 중학생이 그런 식으로 생각하는 경우는 거의 없을 거예요. 더군다나 신지는 부모에게 의존하는 아이가 아니라서."

"그렇군요. 선생님 말씀이 맞을지도 모르겠네요. 그럼 이런 건 어떨까요? 신지 군과 어머니 레이코 씨는 사이가 좋지 않았다. 주변 사람들 이야기를 들어봐도 신지 군은 레이코 씨를 피하는 경향이 있었고, 그녀를 어머니로 인정하지도 않은 것 같더군요. 하지만 아버지와 그녀 사이에 아이가 태어났으니 그녀는 엄연한 하기와라가의 안주인이 된 셈이죠. 그들의 유대관계가 깊어지면서 이번에는 신지 군이 그들로부터 떨어져 나가는 입장이 되었고요. 그건 그로서는 견디기 힘든 상황이었겠죠. 결국 고민 끝에 그들을 이어주는 끈인 남동생을 죽였다."

열정적으로 말하는 형사의 입가를 히로미는 멍하니 바라보았다. 그럴 리 없다는 말은 할 수 없었다. 어쩌면 정확한 추리일지도 모른다. 신지와 계모 사이가 어떻다는 것 정도는 알고 있었지만 그렇게까지 신지의 마음이 궁지에 몰렸을 거라고는 생각하지 않았었다. 하지만 그건 단순히 자신이 학생의 마음에 새겨진 구김을 읽어내지 못한 탓일지도 모른다.

"있을 수 없는 일이라고는 하지 못하겠습니다."

한숨을 쉬듯이 그녀가 말했다. 두 형사는 만족스러운 표정으로 서로 얼굴을 마주 보았다.

"하지만 저로서는 믿을 수가 없습니다. 그 아이가, 설사 이복형제라고는 해도 동생을 죽였다는 건……. 여자친구한테도 아기를 보여줬다고 했어요. 닮았다는 소리를 듣고 부끄러워하기도 했다던데……."

"하지만 그 아이가 죽였습니다."

다카마는 젊은 여교사에게 진지한 눈길을 던졌다.

"많이 닮았다는 이야기는 들었습니다. 그러나 범인은 그 아이입니다. 유감스럽게도."

"유감입니다."

히로미는 고개를 푹 숙였다.

"그럼 저희는 이만."

형사가 일어나자 히로미는 그들을 올려다보며 물었다.

"지금 하기와라 집으로 가실 건가요?"

"그렇습니다."

다카마가 대답했다.

"체포하러 가는 건 아닙니다만, 참고인으로 출두하라고 요청할 겁니다."

"그렇다면……."

히로미는 호소하는 듯한 눈빛으로 다카마를 바라보았다.

"마지막으로 부탁 하나만 들어주실 수 있을까요"

9

하기와라의 집에 도착한 것은 그날 7시경이었다. 가로등 불빛이 비추는 좁은 길을, 히로미는 천천히 대문을 향해 걷고 있었다. 잠시 후에 형사들도 올 것이다. 그녀가 그들에게 부탁한 것은 다시 한번 신지와 만나서 이야기를 해보고 싶다는 것이었다.

"직접 만나서 그 아이에게 진실을 듣고 싶습니다."

형사는 그녀의 부탁을 받아들였다.

대문 앞은 어두웠다. 어쩌면 이 집 대문 앞은 아주 오래전부터 어두웠을지도 모른다는 생각이 들었다.

그때처럼 벨을 누르려고 할 때 누군가가 앞에서 걸어오는 것이 보였다. 상대도 히로미를 보고 있었던 모양이다. 어둠 속에서 모습을 드러낸 이는 서른 안팎의 호리호리한 여인이었다. 갸름한 눈매가 인상적이다. 틀림없이 하기와라 레이코일 거라고 히로미는 생각했다.

"저희 집에 무슨 볼일이라도 있나요?"

감정이 깃들지 않은 음성으로 여인이 말했다. 역시 하기와라 레이코였다.

"신지 군에게 할 이야기가 있어서요. 담임인 나가이입니다."

히로미가 가볍게 고개를 숙이자 레이코는 "네" 하고 무관심하게 대답했다.

"신지는 학교에 나오나요?"

"네. 어제부터요."

"괜찮아 보이던가요?"

"네. 아직 예전 같지는 않지만, 그래도 제법……."

"그렇군요. 쉽게도 털어버리는군요."

레이코가 시선을 집 쪽으로 돌리면서 말했다. 그 말투가 소름 끼칠 정도로 차가워서 히로미는 순간 흠칫했다. 레이코는 히로미 쪽으로 눈길을 돌리더니 말을 이었다.

"미안합니다만 오늘은 이만 돌아가주시겠습니까? 제가 좀 할 일이 있어서요."

그녀는 별일 아니라는 듯 머리를 쓸어 올렸다. 그 순간 '하지만'이라고 말하려던 히로미는 입을 다물고 말았다. 몸서리가 쳐질 정도로 강한 충격이 히로미의 몸을 관통했다.

"그럼 이만."

레이코는 가볍게 고개를 숙이고 대문 안으로 사라졌다. 히로미는 온몸이 꽁꽁 묶인 것처럼 꼼짝도 못하고 그 자리에 얼어붙어 있었다. 그런 히로미 곁으로 두 형사가 달려왔다.

"무슨 일입니까?"

다카마가 숨을 헐떡이면서 물었다.

"오늘은 그냥 돌아가달라고…… 할 일이 있대요."

"할 일?"

"짐이라도 챙기러 온 걸까요?"

히노가 진지한 얼굴로 물었지만, 다카마는 곧바로 "큰일 났군"이라고 말하며 입술을 깨물었다.

"레이코는 신지를 죽이려는 거야."

말이 떨어지기가 무섭게 다카마는 대문을 통과해 집 안으로 달려갔다. 히노도 뒤를 따른다. 히로미는 멍하니 그들의 뒷모습을 바라보고 있을 따름이었다.

형사들이 들어가고 나서 얼마나 시간이 지났을까. 불과 몇 분에 지나지 않을 텐데 히로미는 꽤 오랫동안 그렇게 서 있었던 것 같은 기분이 들었다. 집 안에서 어떤 드라마가 펼쳐지고 있을지 히로미는 상상도 하고 싶지 않았지만 지금 이곳에서 도망칠 수 없다는 의식만큼은 마음속에 깊이 새겨져 있었다.

현관문이 거칠게 열리는 소리가 나서 히로미는 고개를 들었다. 그와 동시에 실내의 불빛을 배경으로 몇 사람이 한데 엉켜 있는 모습이 시야에 들어왔다. 얽히듯이 현관에서 나온 그들은 이윽고 둘로 갈라졌다. 먼저 걸어 나온 건 다카마와 레이코였다. 헝클어진 머리에 울어서 눈이 퉁퉁 부은 레이코를 다카마가 끌어안듯이 데리고 나온다. 두 사람의 입에서는 쉴 새 없이 새하얀 숨이 쏟아지고 있었다. 그 뒤에서 흔들거리는 그림자는 신지와 히노 형사였다.

때마침 순찰차의 사이렌 소리가 가까이 다가왔다. 어쩌면 그 소리는 아까부터 들렸는지도 모른다. 하지만 히로미가 알아차렸을 때는 이미 회전하는 빨간 경광등이 모습을 드러내고 있었다.

다카마 일행이 대문 밖으로 나왔다. 히로미는 뭐라고 말을 건네려 했지만 레이코의 모습을 보고 엉겁결에 뒷걸음치고 말았다. 마치 병자 같은 초점 없는 눈이 허공을 맴돌고 있었다. 히로미의 존재에도 반응을 보이지 않았다.

맨 먼저 도착한 순찰차에 다카마가 레이코를 태웠다. 다카마가 제복을 입은 경찰관과 이야기를 나누고 있을 때 히노가 신지를 데리고 나왔다.

신지는 오늘 히로미가 학교에서 봤을 때와 똑같은 표정으로 나타났다. 조금 얼굴이 창백했지만 등줄기를 곧게 세우고 흔들림 없이 똑바로 걸었다.

히로미가 다가가자 그도 알아차리고 멈춰 섰다.

"알 것 같아."

"……."

"네가 괴로워한 이유 말이야. 방금 전에……."

신지는 보일 듯 말 듯 입을 움직였다. 하지만 소리가 되어 나오지는 않았다.

"야간비행, 그 사람의 향기였구나."

신지는 눈을 내리깔았다. 잠시 후 얼굴을 들더니 희미하게 웃으며 말했다. 이번에는 또렷이 들렸다.

"안녕히 계세요. 고마워요, 선생님."

10

순찰차의 창밖으로 온갖 종류의 빛이 흘러간다. 길 가는 사
람들은 하나같이 우울한 듯 등을 구부리고 있다. 그러면서도
발걸음만큼은 무슨 좋은 일이라도 있는 듯 바빠 보인다. 각자
바삐 어둠 속으로 사라져 간다. 신지는 어둠으로 사라질 수 있
는 그들이 부러웠다. 낯익은 광경이 아주 귀중한 한 장면처럼
느껴졌다.

"달이 밝구나."

신지가 한마디 툭 던졌다. 하지만 옆에 있는 형사는 알아듣
지 못한 듯 신지 쪽으로 잠깐 고개를 돌렸을 뿐 다시 앞을 보
았다.

그날 밤도 달이 밝았다.

신지는 딱 1년 전 그 일을 떠올렸다. 작년 이맘때는 올해와
달리 몹시 추웠다. 침대에 누운 뒤에도 금세 잠들지 못할 정
도였다. 커튼 사이로 새어드는 달빛을 바라보면서 신지는 몸
을 웅크린 채 차가운 발끝을 비벼대고 있었다.

레이코가 방에 들어온 걸 알아차린 것은 그녀가 방문을 닫
았을 때였다. 깜짝 놀라서 고개를 들었을 때 그녀는 이미 머
리맡에 와 있었다. 레이코는 신지를 뚫어지게 바라보며 눈앞
으로 바싹 얼굴을 들이대더니 야릇한 눈길로 속삭였다. 뭐라

고 속삭였는지는 기억나지 않는다. 단지 뜨거운 숨결이 뺨에 와 닿던 감촉만은 지금도 또렷이 기억 속에 남아 있다. 그녀는 손을 이불 속으로 넣었다. 그리고 거침없이, 아무런 망설임도 없이 신지의 사타구니로 손을 뻗어왔다. 신지가 보인 반응에 레이코는 만족한 듯했다. 터져 나오는 웃음을 참을 수 없다는 듯 키득거렸다.

이불 속으로 그녀가 들어왔다. 차갑지만 부드러운 육체였다. 두 사람의 무게로 침대가 삐걱거리던 소리가 귓가에 남았다.

그에게는 첫 경험이었다.

눈앞이 아찔하지도 않았고, 꿈을 꾸는 것 같지도 않았다. 그것은 폭풍이었다. 사타구니가 욱신거리며 떨리고, 그것이 사라졌을 때는 모든 것이 끝나 있었다. 레이코도 침대에서 내려가 있었다.

"비밀이야."

그렇게 말하고 레이코는 방에서 나갔다. 얼빠진 눈으로 신지는 그녀의 뒷모습을 바라보고 있었다.

그것은 계약이었다.

신지는 그 일을 회상하면서 생각했다. 그 무렵 신지는 아버지가 어딘가에서 자기 맘대로 데려온 새어머니가 까닭 없이 싫었다. 무슨 일이 있을 때마다 반항했고, 결코 어머니로 인정하려 하지 않았다. 그런 아들을 새어머니는 유혹했다. 한 번

관계를 맺어두면 반항하지 않을 거라고 생각한 것이다. 그리고 그 성인 여성의 작전은 고스란히 성공했다. 그는 새어머니에게 동경과 흡사한 감정을 품는 지경에 이르렀다.

그리고 1년이 지났다.

신지는 그날 이후 레이코와 관계를 가지지 않았다. 레이코가 임신한 탓도 있지만 신지를 교묘하게 따돌리는 느낌이었다. 그것이 바로 그녀의 술수에 걸려들었다는 증거였다.

신지가 레이코의 불륜행각을 알게 된 것은 얄궂은 우연이었다. 아버지가 출장을 간 어느 날 밤 신지는 레이코의 침실로 향했다. 그런데 방문 앞에 이르자 안에서 소리가 새어 나왔다. 문을 살짝 열고 신지는 그 장면을 보았다.

그녀의 부정을 알게 되자 신지는 마침내 그녀의 마성이 보였다. 이제 어떻게든 떨쳐버려야 한다고 생각했다. 그렇지만 그러기 전에 한 번 더 그녀의 하얀 살갗에 안기고 싶었다. 딱 한 번만 더. 그럴 수만 있다면 더는 현혹되지 않을 것 같았다.

그리고 그날 밤이 찾아왔다.

그날 아버지는 출장을 떠나 집에 들어오지 않을 예정이었다. 신지는 창문을 통해 레이코의 방을 살피고 있었다. 오늘 밤에도 그가 올까? 만일 오지 않는다면 그가 레이코의 침실로 갈 작정이었다. 그 남자는 늘 새벽 2시경에 나타난다.

2시 정각에 남자는 모습을 드러냈다. 그는 담을 넘어서 민첩한 동작으로 정원을 가로질렀다. 유리문이 잠겨 있지 않은 듯 별다른 어려움 없이 실내로 잠입했다.

신지는 혀를 찼다. 그가 나카니시라는 건 알고 있었다. 냉정하고 계산적일 것 같다. 그의 얇은 입술이 눈에 선했다.

오늘도 안 되겠다고 생각하며 커튼을 치려던 손을 멈칫했다. 나카니시가 다시 밖으로 나온 것이다. 그리고 조심스럽게 유리문을 닫더니 들어온 경로를 거슬러서 담 너머로 사라졌다.

이상하다는 생각이 들었다. 하지만 그 이유는 생각하지 않았다. 뜻밖의 기회라는 생각에 망설이지 않고 방에서 나왔다.

침실로 곧장 갈 수도 있었지만 신지는 그러지 않았다. 나카니시처럼 정원을 거쳐 들어가기로 했다. 그렇게 레이코의 불륜행각을 알고 있다는 것을 내보임으로써 심리적으로 우월한 입장에 설 생각이었다.

주방 뒷문을 통해 정원으로 나간 신지는 살금살금 다가갔다. 아니나 다를까, 유리문은 조용히 열렸다. 엉금엉금 기는 자세로 앞으로 나아갔다. 아기 침대에서 아기는 고른 숨소리를 내고 있었다.

아코디언도어 너머가 부부의 침실이다. 신지는 거기에 손을 대려다가 전기충격을 받은 사람처럼 몸이 굳었다.

아버지의 코고는 소리가 들린 것이다.

아버지가 돌아왔다.

그것으로 모든 상황을 알 수 있었다. 이런 상황이니 나카니시도 물러날 수밖에 없었던 것이다.

나도 돌아가야 한다.

신지는 발소리를 죽여 살금살금 되돌아가기 시작했다. 그때였다. 침대 속의 아기가 조그만 소리를 냈다.

쳇! 하필이면 이럴 때…….

신지는 짜증스럽다는 듯이 아기 침대를 들여다보았다. 갓난아기가 눈을 뜨고 있다. 그 얼굴을 본 순간, 신지는 흠칫 놀라며 멈췄다.

이 아이는 내 아이다.

이 아이를 본 사람들은 하나같이 입을 모았다. '역시 형제군. 신지를 꼭 닮았네'라고. 그런데 이렇게 보니 닮은 데는 아버지쪽이 아니라 신지가 친어머니에게 물려받은 부분이었다.

어둠 속에서 신지와 아기는 한동안 서로를 마주 보았다. 신지는 자신의 미래와 이 갓난아기의 미래를 한순간에 보고 만 것 같았다.

나는 평생 이 아이에게서 헤어날 수 없다.

비록 미래를 예측할 수 없지만, 그것만큼은 이미 결정되어있다는 확신이 들었다. 아기는 인형 같은 작은 손으로 발목을 잡고서 바동거리고 있었다.

그리고 다음 순간, 신지를 송두리째 무너뜨릴 만한 일이 일어났다.

어둠 속에서 갓난아기가 웃었다.

아기가 신지를 보고 웃었다. 눈앞에 있는 소년을 보고 마음을 놓은 듯 웃고 있었다. 그렇지만 그 얼굴이 되레 신지를 막다른 곳으로 몰아넣었다.

신지의 가슴속에서 무언가 커다란 것이 무너졌다. 슬로모션을 보는 것처럼 소리도 없는 느릿느릿한 파괴였다. 신지는 자신의 살의를 확인하면서 차갑게 식어버린 손을 갓난아기의 목으로 가져갔다. 따스하고 부드러운 감촉이 신지의 뇌를 자극했다. 놀랍게도 그의 손아귀에서도 갓난아기는 여전히 웃고 있었다.

끅, 작은 생명은 마지막으로 그런 소리를 냈다. 신지는 손을 떼고 냉정한 눈으로 주위를 둘러보았다.

외부 침입자의 소행으로 보이게 하는 거다.

신지가 생각한 것은 그것뿐이었다. 소리를 내지 않게 조심하면서 가구의 서랍을 닥치는 대로 열었다. 그리고 자신의 손이 닿았다고 생각되는 곳은 남김없이 헝겊으로 닦았다.

그러고 나서 그의 방으로 돌아왔지만 결국 아침까지 잠들지 못했다. 레이코의 비명이 멀리서 들린 것을 계기로 방에서 나가기까지 수십 시간이나 기다린 것 같았다.

경찰은 신지를 전혀 의심하지 않았다. 달려온 나가이 히로미도 마찬가지였다. 그들은 신지의 눈이 충혈된 까닭을 짐작조차 하지 않았다.

순찰차 안에서 신지는 어느새 잠이 들었다. 그로서는 오랜만에 맛보는 숙면이었다. 형사는 한쪽으로 툭 떨어진 신지의 손을 다시 무릎 위에 올려놓았다. 그 손이 아들과 동생을 동시에 죽인 손이라는 건 형사도 알지 못했다.

춤추는 아이

저녁 6시부터 8시까지 영어 학원에서 공부하는 것이 다카시의 수요일 스케줄이다. 학원에서 집까지는 걸어서 20분쯤 걸린다. 그러니 늦어도 8시 30분경에는 집에 들어와야 하는데 최근에는 그보다 10분쯤 늦게 들어오는 일이 잦아졌다. 이날도 시곗바늘은 40분을 가리키고 있었다.

"무슨 일이니? 요즘 들어 좀 늦는구나."

어머니 요시코가 벽시계를 보면서 말했다.

"네."

다카시는 계단에 발을 걸친 채 어머니 쪽은 보지도 않고 대답했다.

"중학교 2학년이 되니 좀 어려워서 시간이 지났는데도 질문하는 애가 있어서요."

"흐음, 엔도 군이 그러니?"

어머니는 다카시의 동급생 이름을 댔다. 다카시와 늘 1등을 다투는 소년이다.

"뭐, 그렇죠."

"그래, 너도 열심히 해야겠구나."

어머니의 말은 어느덧 격려로 바뀌어 있었다. 원래 조금 늦게 들어오는 정도로는 걱정하지 않는다. 그만큼 학원에서 더 배우면 좋다는 게 어머니의 본심일 것이다. 격려를 뒤로하고 다카시는 계단을 올라갔다.

자기 방으로 들어간 다카시는 가방을 책상에 올려놓고 침대에 벌렁 드러누웠다. 천장에는 그가 좋아하는 아이돌 사진과 만화영화 포스터가 붙어 있다. 둘 다 손에 넣으려고 무척 애를 먹은 것이다. 하지만 지금 다카시의 눈에 그 어느 것도 들어오지 않았다.

몸에 아직 아련한 흥분이 남아 있었다. 수요일 밤에는 늘 이렇다.

학원 수업이 늦게 끝난다는 건 거짓말이다. 실은 곧장 집에 오지 않고 다른 곳에 들른다. 아니, 들른다고 표현할 정도는 아니다.

학원 가는 길에 S여고가 있다는 걸 다카시는 꽤 오래전부터 알고 있었다. S여고는 명문 사립고등학교로 다카시가 다니는 중학교에서도 해마다 성적이 우수한 여학생 몇몇만이 입학한다. 가톨릭계 학교로 규율이 엄해서 '요조숙녀 학교'로도 유명하다. 블록 담 너머로는 벽돌로 지은 학교 건물이 서 있고, 달빛 아래 솟아 있는 시계탑에서는 그야말로 세월의 흔적이 느껴진다. 학교 건물 전체가 역사다.

다카시가 지나갈 무렵에는 하교 시간이 지난 터라 안타깝게도 그 학교 학생들을 보는 일은 거의 없었다.

그녀를 본 것은 어느 수요일 밤이었다.

그날 다카시는 여느 때처럼 S여고 옆길을 지나서 빠르게 집으로 가고 있었다. 이 부근은 길도 어두운 데다 인적도 드무니까 조심하라고 학원에 갓 다니기 시작했을 때 어머니가 일러주었다. 발걸음이 빨라진 건 그 무렵부터 들인 습관이다.

다카시의 발걸음을 멈추게 한 것은 학교 안에서 흘러나오는 피아노 소리였다. 어머니가 예전에 피아노를 가르치기도 한 까닭에 다카시는 그 음색을 들으면 왠지 그립기도 하고 마음이 따스해지기도 했다.

이런 시간에 누가 피아노를 치는 거지?

다카시는 학교 건물 쪽을 보면서 천천히 걸음을 옮겼다. 피아노 소리도 그렇지만 이런 시간까지 학교에 남아 있는 사람에게도 흥미가 생겼다.

그러다 우연히 블록 담 중간에 설치한 목제 문이 빠끔히 열려 있는 걸 발견했다. 아무래도 뒷문인 모양이다. 이제껏 그 존재조차 몰랐는데.

그는 주위에 아무도 없는 걸 확인하고 약간의 스릴을 느끼면서 그 문을 열어보았다. 문에 자물쇠가 걸려 있었지만 망가져서 전혀 쓸모가 없다는 걸 알게 되었다. 고개를 들이밀고 안을 들여다보았다. 바로 눈앞에 보이는 건물 창문에 불이 켜져 있었다. 건물은 나지막하고 창문이 많았다. 아무래도 체육관 같다고 다카시는 생각했다.

피아노 소리는 여전히 들려왔다. 마치 그 소리에 이끌리듯이 다카시는 안으로 발을 내디뎠다. 평소의 다카시라면 그럴 배짱이 없었겠지만 그날은 왠지 주저하지 않았다.

체육관에는 일부분만 불을 켜둔 듯 창문에서 새어 나오는 빛의 양에 차이가 있었다. 다카시는 쭉 둘러보고 나서 조금 어둑어둑한 창문으로 다가가기로 했다. 누가 안에서 자신을 볼까 두려웠기 때문이다.

창문 아래로 다가가자 피아노 소리에 섞여 마룻바닥을 울리는 발소리가 들려왔다. 창문으로 서서히 얼굴을 가져가 들여다보니 안에서 한 소녀가 춤추고 있는 모습이 눈에 들어왔다. 손에 기다란 리본을 들고 그것을 세차게 공중에 흩날리고 있었다. 리본은 소녀의 손에 의해 움직이면서 마치 살아 있는 채 생물이 허공을 날아다니는 듯했다.

그건 리듬체조였다.

최근에는 텔레비전에도 자주 나와서 다카시도 본 적이 있었다. 곤봉이나 공을 사용하는 종목이 있다는 것도 알고 있었다. 실제로 보는 건 처음이었다.

소녀는 텔레비전에서 곧잘 보게 되는 레오타드 차림이 아니라 청바지에 티셔츠를 입고 있었다. 긴 머리도 대충 뒤로 묶었다. 그래도 몸은 역시 균형이 잘 잡혀 있어서 그녀가 조종하는 리본만큼이나 유연한 데다 민첩성도 뛰어났다.

피아노 소리가 멈추자 소녀도 동작을 멈췄다. 그리고 다카시가 있는 장소에서 조금 떨어진 창가로 걸어가더니 거기에 놓여 있는 카세트를 조작했다. 피아노 소리는 거기에서 흘러나오고 있었던 것이다. 잠시 후 방금 전과 똑같은 멜로디가 방금 전과 똑같은 음량으로 들려왔다. 쭈그리고 있던 그녀는 만족스러운 표정으로 다시 일어났다.

다카시가 소녀의 얼굴을 또렷이 본 건 그때였다.

소녀의 피부는 투명하리만치 희었다. 게다가 살결도 매끄러워 보였고, 뺨에는 형광등 불빛이 어렴풋이 반사되고 있었다. 다카시는 도자기 인형을 떠올렸다. 하지만 차가운 인상은 풍기지 않았다. 그리고 옅은 분홍빛 입술 사이로 살짝 드러난 이는 피부보다도 더 희었다. 뺨을 타고 목덜미로 흘러내리는 땀이 다카시가 있는 곳에서도 보였다. 빨간 티셔츠도 땀에 젖은 부분만 짙은 빛깔로 변해 있었다.

그녀는 다시 체조를 시작했다. 다카시의 시야에서 자유분방하게 움직인다. 다카시는 훌륭한 음악을 처음 들었을 때와 똑같은 감동을 받았다. 좋은 곡을 만나면, 그것이 난생처음 듣는 곡일지라도 이전에 어딘가에서 들어본 것 같은 착각에 빠질 때가 있다. 소녀의 춤도 그의 본능적인 무언가를 자극하는지 모른다. 지금 소녀의 춤을 보고 있는 심정이 그때와 똑같았다. 어딘가에서 이런 장면을 본 적이 있다. 아니, 어딘가에서 그녀를 만난 적이 있는 것 같은 기분이 들었다.

여자고등학교에 몰래 들어와 있다는 긴장감도 잊은 채 다카시는 제법 오랫동안 거기에서 춤추는 소녀를 지켜보았다. 오토바이가 지나가는 소리를 듣고 정신을 차렸을 때는 이미 15분이나 지나 있었다.

다카시는 다음 날도 같은 시간에 적당한 구실을 만들어 집에서 나갔다. 그리고 학교 근처로 가서 전날과 마찬가지로 뒷문을 찾았다. 하지만 피아노 소리는 들리지 않았다. 체육관에도 불은 켜져 있지 않은 듯했다.

그다음 날에도 가보았지만 소녀의 모습은 보이지 않았다. 결국 그가 그녀를 다시 만날 수 있었던 것은 다음 주 수요일, 그러니까 그가 학원에서 집으로 가던 길이었다. 매주 수요일이 그녀가 연습하는 날이라고 다카시는 짐작했다.

그날 이후 다카시에게 은밀한 즐거움이 생겼다.

딱히 나쁜 짓을 하는 것도 아니라고 다카시는 스스로를 다독였다. 여자고등학교에 다니는 리듬체조 선수가 연습하는 모습을 보는 것뿐이다. 10분 동안 누릴 수 있는 즐거움. 그 생각을 하면 수요일이 기다려지고 학원으로 향하는 발걸음도 가벼웠다.

2

다카시의 아버지는 모 상사의 부장이다. 관리직이긴 하지만 행동파여서 집에 있는 일이 드물었다. 외동아들인 다카시에 관한 일은 아내 요시코에게 일임한 상태다. 그렇다 보니 책임감을 느끼는지 요시코는 다카시의 교육에 대단한 관심을 보였다. 수요일에는 영어 학원에 가지만 과학과 사회만 따로 가르치는 학원에도 보내고 있다. 다카시에게 드는 돈은 아끼지 말라는 것이 남편의 주의고, 다카시도 불평 없이 요시코의 말이라면 모두 받아들였다. 아직 어려 불평이라는 걸 모른다고 할 수 있었다.

금요일은 수학 가정교사가 오는 날이다. 사립 Y대학에 다니는 구로다라는 남학생으로 다카시가 중학교 1학년 때부터 가르치기 시작했다. 늘 햇볕에 그을린 모습으로 공부도 중요하지만 노는 것도 중요하다고 입버릇처럼 되뇌고 다녔다. 대학에서는 보트부 활동을 한다고 했는데 그걸 말해주듯이 팔도 굵고 어깨도 넓다. 구로다는 여름철에는 늘 땀 냄새가 밴 민소매 티셔츠 차림에 상당히 낡은 운동가방을 들고 온다. 그리고 그 가방 안에서 중학교 2학년 수학 교재를 꺼낸다. 가방에 영문을 알 수 없는 스티커가 잔뜩 붙어 있는데 그중 하나에 매직펜으로 'KIYOMI'라고 쓰여 있다.

• 춤추는 아이 • 125

"딴생각을 하고 있구나?"

구로다의 말에 다카시는 퍼뜩 정신을 차렸다. 눈앞에는 아무것도 적히지 않은 노트가 놓여 있다. 샤프펜슬을 들고 뭔가를 쓰려던 참이었다. 구로다가 다카시의 얼굴을 들여다보면서 같은 말을 되풀이했다.

"딴생각 하고 있었지?"

다카시는 당황해서 고개를 저었다.

"아니에요."

"거짓말하지 마."

구로다가 그의 눈을 보면서 말했다.

"아무것도 귀에 들어오지 않는다는 얼굴이었다고."

"죄송합니다."

다카시는 고개를 숙였다.

"괜찮아. 그런데 무슨 생각을 했을까?"

"……."

"이걸 쳐다보는 것 같던데."

구로다는 자신의 가방을 집어 들어 다카시 앞에 내밀었다.

"이 더러운 가방 때문이냐?"

"그게 아니라……."

그렇게 대답하면서도 다카시의 시선은 자꾸만 한곳으로 이끌렸다. 구로다는 이내 알아차렸다.

"이거 말이냐?"

그가 가리킨 곳은 'KIYOMI'라고 적혀 있는 부분이었다. 다카시가 부정하지 않자 구로다는 실실 웃으면서 말했다.

"예전에 사귀던 여자친구 이름이야. 이런 데 눈이 가는 걸 보니 너도 슬슬 이성에 눈을 뜨는 모양이구나. 그러고 보니 멍하니 있던 것도 그리운 그녀를 생각하느라 그런 거 아니야?"

"아니에요. 그런 게 아니라고요."

"그럼 뭐지?"

다카시는 적당히 둘러댈까, 아니면 솔직하게 털어놓고 상의할까 망설였다. 이런 문제를 의논할 수 있는 상대도 달리 없었다.

"할 얘기 없으면 공부 시작한다."

구로다가 그렇게 말하는 바람에 다카시는 엉겁결에 "잠깐만요"라고 내뱉고 말았다. 구로다가 잠자코 그의 입가를 바라본다. 다카시는 잠시 머뭇거리다가 조그만 소리로 "한 번도 이야기해 본 적이 없는 사람한테 말을 걸려면 어떻게 해야 돼요?"라고 물었다. 구로다는 허를 찔린 듯 입을 벌리더니 웃었다.

"거봐, 역시 여자문제잖아."

다카시는 "아니에요, 그게 아니라고요"라며 손사래를 쳤다. 목덜미에서 눈가까지 벌겋게 달아오르는 것을 스스로도 알 수 있었다.

"선생님이 생각하는 그런 게 아니라고요. 전혀 모르는 사람이란 말이에요. 나 혼자 아는 것뿐이에요. 이름도 모르고요. 그래도 이야기를 할 수 있었으면 좋겠다는 생각이 들어서요. 이야기만 할 수 있으면 돼요."

그리고 다카시는 큰맘 먹고 리듬체조를 하는 그녀에 관한 이야기를 털어놓았다. 하지만 연습하는 모습을 보는 것이 수요일 학원에서 돌아오는 길이라는 말은 하지 않았다.

구로다는 웃음을 거두고 다카시의 이야기를 진지하게 들었다. 그러다 다카시가 이야기를 마치자 "뭐야, 그럼 연상이잖아?"라며 익살을 떨었다. 다카시의 마음을 편하게 해주려는 그 나름의 배려였다.

"역시 가망이 없는 걸까요?"

다카시는 구로다의 농담을 진지하게 받아들인 모양이다.

"아냐. 그렇지 않아. 난 너한테도 그런 일이 생겼으면 좋겠다 싶었거든. 정확히 말하면 기대했지. 범생이처럼 공부만 하다가 중학교 시절이 끝나는 것도 한심하니까 말이야."

"어떡하면 돼요?"

다카시의 눈빛은 진지했다.

"어렵게 생각할 건 없어. 연습이 끝나기를 기다렸다가 학교에서 나올 때 말을 걸면 돼. 리듬체조를 하는 아이라면 이게 딱 좋겠다. 종이 한 장 가져가서 팬이라고 하면서 사인해 달라고 해봐. 여자아이들은 스타로 대우받는 걸 가장 좋아하거든. 그러니까 그것만으로도 널 귀여워해 줄 거야."

"그러고요?"

"글쎄다, 아무튼 그러면서 말을 거는 거야. '힘내세요'든 뭐든 말이야. 운동선수는 응원 받으면 무조건 기분이 좋아지는 법이거든."

"흐음, 응원이라……."

다카시는 그녀를 떠올려보았다. 그녀에게는 어떤 응원을 해줄 수 있을까?

"알겠어요. 해볼게요."

"잘해라."

"선생님도 이 작전으로 성공했어요?"

구로다는 한쪽 눈을 찡긋하더니 "난 그 수법에 걸려들었지"라고 말하곤 웃었다.

3

다음 주 수요일.

그날도 다카시는 학원 수업이 끝나자 곧바로 집에 가지 않고 S여고 뒷문을 통해 안으로 들어갔다. 언제나처럼 피아노 연주가 흐르고 있었다. 곡은 대개 같지만 가끔씩 다를 때도 있다. 오늘은 처음 들었을 때와 같은 곡이다.

담 안쪽으로 들어가면 그다음에는 늘 똑같다. 전에 갔던 길을 거쳐 전에 봤던 창문으로 다가간다. 그녀의 모습이 잘 보이면서도 그쪽에서는 바라보는 사람을 알아채기 힘든 위치라고 판단한 곳이다.

그녀는 이미 땀에 흠뻑 젖어 있었다. 늘 그렇듯 새빨간 티셔츠가 체육관이 비좁다는 듯 뛰어다니고 있었다. 가쁜 숨결이 다카시가 있는 곳까지 들려오는 것 같았다.

응원이라……

구로다가 좋은 걸 가르쳐 주었다고 생각하면서 그는 손에 들고 있는 하얀 봉투 안을 들여다보았다. 거기에는 학원 수업이 끝난 뒤 자동판매기에서 산 스포츠 음료 두 병과 작은 종이 한 장이 들어 있었다. 종이에는 '늘 리듬체조 연습을 보고 있습니다. 당신의 팬이'라고 적혀 있었다. 오늘 학원에서 문법을 배우던 중에 쓴 것이다.

다카시는 한동안 그 자리에서 그녀의 리듬체조를 감상한 뒤 체육관 벽을 따라 입구 쪽으로 걸어갔다. 이 부근은 깜깜하다. 그는 주위에 인적이 없는 것을 확인하고 입구로 가서 스포츠 음료가 들어 있는 봉투를 내려놓고 왔던 길을 빠른 걸음으로 되돌아갔다. 그것만으로도 진땀이 났다.

이걸로 됐다.

그녀는 연습을 마치고 나오다가 이 봉투를 보게 될 것이다. 그리고 쪽지에 적혀 있는 글을 읽을 것이다. 팬의 정체를 당장 알지 못한다 해도 상관없다. 매주 스포츠 음료를 가져다 놓는 것이 누구인지 틀림없이 신경 쓰일 것이다. 그녀가 나를 기다려줄 날이 분명히 올 것이다. 그날을 생각하자 다카시는 가슴이 설레었다.

그다음 주에도 그는 스포츠 음료를 가져갔다. 그녀는 설마 오늘도 팬이 와 있으리라고는 꿈에도 생각지 않을 것이다. 지난주와 마찬가지로 다른 건 아무것도 눈에 들어오지 않는 듯이 열심히 연습하고 있었다.

그리고 그다음 주에 다카시는 마음 한구석에 기대를 품은 채 살며시 뒷문으로 들어갔다. 어쩌면 그곳에서 그녀가 자신을 기다리고 있을지도 모른다고 생각했다. 하지만 담 너머에서는 여전히 피아노 소리가 흐르고 있었고, 그녀는 체육관에서 춤을 추고 있었다.

3주나 계속했으니 신경이 쓰일 텐데……

다음 주가 기대된다고 스스로를 달래면서 다카시는 일부러 큰 소리를 내며 스포츠 음료가 들어 있는 봉투를 내려놓았다. 그 소리로 그녀가 알아차릴지도 모른다는 바람을 품었지만 그녀의 귀에 닿을 리 없었다.

그리고 그다음 주 수요일이 되었다.

"어머, 오늘은 일찍 왔구나."

다카시를 보자 어머니가 말했다. 예전에는 늘 이 시간쯤에 들어왔지만, 지난 몇 주 내내 늦었기 때문에 어머니의 머릿속에서는 늦는 게 보통이 되고 만 모양이다.

"뭘 들고 있는 거니?"

다카시의 손을 보고 어머니가 물었다. 그는 하얀 봉투를 들고 있었다.

"아, 이거요? 집에 오는 길에 샀어요. 스포츠 음료예요."

"왜 그런 걸 샀는데?"

"왜라뇨. 마시고 싶으니까 샀죠."

"주스가 있는데."

"이게 마시고 싶었어요."

다카시는 언짢다는 듯 대답하면서 봉투를 주방 식탁에 내려놓고는 뒤도 돌아보지 않고 2층으로 올라갔다.

방에 들어간 다카시는 수요일이면 으레 그랬듯이 침대 위에 벌렁 드러누웠다. 여느 때라면 한동안 이렇게 누워서 약동하던 몸을 눈앞에 떠올렸을 것이다. 투명한 피부, 흘러내리는 땀방울……. 하지만 오늘은 떠올릴 것이 없었다.

왜 오늘은 없었던 걸까?

뒷문으로 들어가 체육관 불이 꺼져 있는 것을 보았을 때부터 줄곧 품어온 의문을 되뇌었다. 그녀는 그곳에 없었다. 피아노 소리도 들리지 않았고, 체육관은 마치 시간이 죽은 것처럼 멈춰 있었다.

자신에게 원인이 있는 건 아닐까 하는 생각이 맨 먼저 떠올랐다. 그런 짓을 했으니 기분이 나빠서 수요일 연습을 그만둔 건 아닐까? 하지만 다카시가 보기에 연습에 임하는 그녀의 자세는 그 정도 일로 그만둘 만큼 어설픈 것도 아니었고, 자신의 행위가 그녀를 불쾌하게 했을 거라는 생각도 들지 않았다.

다음 주에 한 번 더 가보자.

다카시는 그렇게 결심하고 침대에서 일어났다. 그래, 아직 그녀가 연습을 그만두었다고 단정할 수는 없다. 오늘은 어쩌다 컨디션이 좋지 않았는지도 모른다. 아니면 급한 볼일이 생겼는지도 모른다. 구로다 선생님도 말하지 않았던가. S여고는 부잣집 딸들이 많이 다니는 학교라고. 그러니까 아마 오늘 밤에는 집에서 파티나 뭐 그런 게 있었을 거다. 그래, 그럴 것이다.

마치 스스로를 위로하듯 그렇게 상상의 날개를 펼치자 정말로 다음 주 수요일이 기대되고 기다려졌다.

하지만 그다음 주 수요일에도 체육관은 여전히 깜깜했다.

다카시는 그날도 스포츠 음료를 집에 들고 돌아와야 했다. 어머니는 의아해했지만, 다카시는 어머니가 무슨 말을 하기 전에 재빨리 자기 방으로 도망쳤다.

"왜 그래? 기운이 없네."

커다란 손으로 다카시의 등을 두드리면서 구로다가 물었다.

"차인 거냐?"

대답 대신 다카시는 '휴' 하고 한숨을 내쉬었다. 그걸로 모든 것을 알았다는 듯이 구로다는 '아하하' 하고 웃었다.

"홈런을 치려고 하면 헛스윙을 하게 마련이고, 구애를 하려고 하면 실연을 하게 마련이란다. 비관할 거 없어. 그래서 무슨 소리를 들었는데?"

다카시는 다시 한번 한숨을 내쉬었다.

"무슨 말이라도 들었다면 그나마 낫죠."

"심각하군. 어떻게 된 건데?"

그제야 다카시는 수요일의 비밀을 구로다에게 털어놓았다. 사실 누군가가 이야기를 들어주었으면 하는 마음도 있었다.

"제법 멋진 작전을 썼구나."

이야기를 듣고 나서 구로다는 우선 그렇게 다카시의 행동을 평가했다.

"하지만 그래서 기분이 나쁘지는 않았을까요?"

불안해하며 다카시가 물었지만, 구로다는 그 말이 끝나기가 무섭게 괜찮다고 대답했다.

"그런 일을 기분 나쁘게 받아들이는 여성도 더러 있긴 하지만, 그렇다고 해서 도망치지는 않는다고. 자기한테 관심을 보이는 사람이 생기면 어떻게든 그 사람의 정체를 알고 싶어지는 게 습성이란 거지. 연습하러 오지 않는 건 다른 이유가 있을 거야."

"그 이유가 뭘까요?"

"생각해도 별수 없는 건 생각하지 않는 거야. 아무튼 다음 주에도 가보면 돼."

그렇게 말하고 구로다는 다카시의 어깨를 툭 쳤다.

그러나 다음 주에도 다카시는 그녀를 만날 수 없었다. 그다음 주에도 그리고 그다음 주에도 다카시는 그녀를 만나러 갔지만 마찬가지였다. 눈을 감으면 그녀가 춤추는 모습이 선명하게 되살아나지만, 현실 속의 체육관은 늘 불이 꺼져 있었다.

결국 다카시가 다시 그녀를 볼 수 있었던 건 가을이 끝나가고 가로수가 하나둘 잎을 떨어뜨리기 시작할 무렵이었다.

4

다카시가 그녀를 다시 본 것은 사진 속에서였다. 학원 친구

집에 놀러 가서 앨범을 보다가 그중 한 장에서 그녀를 발견한 것이다. 다카시는 머리로 피가 몰리는 걸 느끼면서 그 사진을 가만히 응시했다. 틀림없는 그녀다. 긴 눈매, 모양이 예쁜 입술…… 사진 속 그녀는 세일러풍 교복을 입고 다른 학생들과 나란히 서 있었다. 학급 단체사진이었는데 다카시는 그 많은 학생 중에서 한눈에 그녀를 찾아낸 것이다.

다카시가 넋을 잃고 사진을 보고 있자 친구는 이상하다는 표정을 지으면서 말했다.

"그거 누나 사진이야. 어쩌다가 잘못해서 이 앨범에 들어가게 된 거야."

"누나는 몇 학년이었……"

애써 태연한 척했지만 다카시는 말끝을 흐리고 말았다.

"지금 고등학교 1학년이야. 그건 중학교 3학년 때 사진 같네."

그렇다면 그녀도 S여고 1학년이라는 이야기다.

"그 사진이 왜?"

"응, 좀 아는 사람이 있어서. 누나는 지금 집에 있니?"

"없어. 누나 졸업 앨범을 갖다줄까? 거기 사진이 더 크거든."

그렇게 말하며 친구는 일어섰다.

그 주 금요일, 여느 때처럼 집에 온 구로다에게 다카시는 낭

보를 전했다.

"운이 좋구나."

구로다의 첫마디였다.

"주소도 알아냈냐?"

"일단은요. 하지만 언뜻 본 걸 외웠을 뿐이라 별로 자신은 없어요."

친구 앞에서 주소록을 베끼기는 거북했다. 다카시가 내민 메모를 보고 구로다는 "어라, 여기라면 우리 집에서 별로 멀지 않네"라고 말했다.

"편지를 보내볼까요?"

"좀 있어봐. 먼저 그쪽 사정을 알아볼 필요가 있어. 왜 연습하러 오지 않는지도 알아두는 게 좋겠고."

"하지만 알아본다 해도……."

"내가 알아봐 줄게. 집도 가까운 데다 보트 대회도 끝나서 한가하거든."

"그래도……."

"뭐 불만이냐?"

"선생님도 그녀를 좋아하게 되면 곤란하거든요."

구로다는 허를 찔린 듯 눈이 휘둥그레졌다. 그러더니 할 말을 잃은 듯 쓴웃음을 짓고 어깨를 으쓱했다.

"어이가 없구나."

5

이튿날인 토요일, 구로다는 그녀의 집을 찾는 데 예상보다 많은 시간을 소비했다. S여고에 다닌다는 선입관에 고급 주택가를 상상했는데, 메모에 적힌 주소 근처는 서민 아파트나 임대주택이 밀집한 곳이라 빈말로도 생활이 여유로워 보인다고 할 수 없는 지역이었다. 그는 같은 곳을 몇 번이나 왔다 갔다 하며 사람들에게 물어서 가까스로 찾는 집에 이르렀다.

그런데 이곳이 정말로 다카시의 '춤추는 아이'가 살고 있는 집일까?

그 집 앞에 서서 구로다는 고개를 갸웃거렸다. 그곳은 연립주택의 한 가구였다. 나무틀로 짠 유리문을 받치는 상인방이 한쪽으로 기울어서 문을 여닫는 것도 수월치 않아 보였다. 길가 쪽 기와는 충치처럼 몇 장인가 빠져 있고, 집 앞에서 모닥불을 피우는 탓인지 앞면 전체에 검댕이 달라붙어 있었다. 어떻게 보더라도 미소녀가 이 집에서 S여고에 다닌다고는 생각하기 힘들었다.

구로다는 포장도 제대로 되어 있지 않은 좁은 길을 건너서 맞은편에 있는 담배가게로 갔다. 그곳에는 주름투성이 얼굴의 여윈 노파가 담요를 걸친 채 졸고 있었다.

구로다는 노파를 깨워 담배를 사면서 건너편 집 주인은 무슨 일을 하느냐고 물었다. 노파는 아직 잠이 덜 깬 눈을 껌벅이면서 대답했다.

"전에는 폐품을 회수하고 다니는 것 같던데 지금은 모르겠네."

"부인은 일을 하지 않나요?"

"몸이 좀 안 좋거든. 부업인가 뭔가를 한다는 이야기는 들은 적이 있지. 그런데 댁은 흥신소 사람인가?"

노파는 수상쩍다는 듯 구로다를 올려다보았다.

"그렇다고 할 수 있죠."

구로다는 얼버무렸다.

"그 댁에 딸이 있지요?"

구로다는 다카시에게 들은 이름을 댔다. 노파는 잠시 생각하더니 "아아, 그 아이. 제법 귀여운 아이였는데, 그런 일이 생기다니 말이야"라고 한숨 섞인 목소리로 말했다. 그 말투가 마음에 걸려서 캐묻듯이 물었다.

"그런 일이라뇨?"

그러자 노파는 몸을 앞으로 내밀면서 나지막이 말했다.

"모르나? 그 집 딸, 석 달 전에 자살했어."

"자살이라고요?"

구로다는 가슴을 세게 걸어차인 것 같은 충격을 받았다. 석 달 전이라면 다카시가 그녀의 모습을 볼 수 없게 된 무렵과 일치한다.

"요 역 앞 빌딩에서 뛰어내렸다더군. 난 못 봤지만 정말 끔찍했던 모양이야."

"왜 자살을?"

"글쎄, 최근에는 자살이 유행이라고 하니 이유 같은 건 없지 않을까?"

"흐음."

다카시에게 뭐라고 말하지? 구로다는 벌써부터 그 생각을 하고 있었다. 그토록 한결같이 그녀를 좋아하는 그 아이가 이 사실을 알게 된다면 얼마나 의기소침해지겠는가. 일단은 집을 찾지 못했다고 하면서 적당히 넘어가야겠다.

"하지만 어째서 그 나이에 죽어야 했을까요? 이제 고작 고등학교 1학년이잖아요."

"고등학교?"

노파는 이상하다는 듯 구로다를 보았다. 그러다 "아아!" 하며 고개를 끄덕였다.

"하긴 나이는 그쯤 됐지."

"나이는, 이라뇨? 고등학생이 맞잖아요."

하지만 노파는 누런 이를 드러내며 웃었다.

"그 집에 그럴 여유가 어디 있어. 중학교를 졸업하자마자 일을 시작한 모양이더만."

'북경반점'이라는 중국집이 담배가게 노파가 알려준 가게였다. 중학교를 졸업하고 소녀는 이곳에서 일을 한 모양이다. 그 가게는 골목길이 미로처럼 얽혀 있는 역 뒤편에 있었다.

기름이 덕지덕지 묻은 테이블이 다섯 개 놓여 있고 카운터에는 만화책이 수북이 쌓여 있었다. 오후 4시가 지난 애매한 시간 탓인지 손님은 구로다 한 명뿐이다.

화장이 짙고 몸집이 자그마한 여종업원이 주문을 받으러 왔다. 나이는 짐작하기 어려웠지만 목덜미 언저리의 탄력 있는 피부를 보고 스무 살 안팎일 거라고 구로다는 추측했다. 여종업원은 카운터에 앉아 있는 남자에게 주문 내용을 전하고 카운터 옆에 있는 의자에 앉아 여성 주간지를 읽기 시작했다.

자리에서 일어난 구로다는 카운터 쪽으로 가서 만화책을 고르는 척했다. 하나같이 오래된 만화책뿐이지만 아무렇게한 권 집어 들고 여종업원 쪽을 보며 말을 걸었다.

"전에 여기서 젊은 여자아이가 일했죠?"

여종업원은 자기한테 말을 걸었다는 걸 알아차리지 못한 모양이었다.

구로다는 소녀의 이름을 댔다. 그러자 여종업원의 무뚝뚝한 얼굴에 반응이 나타났다.

"그 아이를 아세요?"

"아는 사람이라고 하기는 좀 뭣하지만, 아무튼 여기서 일한다는 얘기를 들었거든요."

"그 아이, 죽었어요."

"그런 모양이더군요. 자살이라면서요?"

"어두운 아이였거든. 우울하고요. 자살했다는 말을 듣고도 놀랍지 않았어요."

"여기서는 어떤 일을 했죠?"

여종업원은 카운터 안쪽을 턱으로 가리켰다.

"설거지요. 그렇게 침울한 얼굴로 손님을 상대할 수는 없으니까요."

댁의 무뚝뚝함은 어떻고? 그렇게 말하고 싶은 걸 참으며 구로다는 다시 물었다.

"왜 자살했는지 짐작 가는 건 없나요?"

여종업원은 '흥' 하고 콧방귀를 뀌었다.

"그러니까 자살을 할 것 같은 아이였다고요. 무슨 생각을 하는지도 도통 알 수 없었고요."

그때 구로다가 주문한 만두와 볶음밥이 나왔다. 여종업원은 익숙한 손놀림으로 접시 두 개를 테이블로 가져갔다.

"그 아이의 취미라든지 그런 건 생각나지 않나요?"

"취미요? 그런 건 몰라요."

"이를테면 춤이라든지 그런 거 말이에요."

그녀는 빨간 입술을 벌리고 웃었다.

"그런 고상한 부류가 아니었다고요, 그 아인."

하지만 그녀는 무슨 생각이 난 듯 입을 다물었다.

"아아, 그러고 보니……."

"생각나는 거라도 있나요?"

"뭐, 별건 아니지만, 리듬체조 프로를 자주 보더라고요. 설거지하던 손길을 멈추고요. 그래서 야단도 자주 맞았죠."

"그래요?"

여종업원과 나눈 대화는 거기까지였다. 다른 손님이 들어온 탓도 있고 실제로 그 이상은 그녀도 모르는 듯했다. 구로다는 가게에서 나와 다시 한번 간판을 보았다. '정기 휴일·매주 수요일'이라고 쓰여 있었다.

6

그다음 주 금요일, 구로다가 방으로 들어서자마자 다카시는 "어떻게 됐어요?"라고 눈을 반짝이면서 물었다.

"그 아이를 만났나요?"

"아니, 못 만났어."

"왜요? 집은 알잖아요."

"알지만 그 아이는 못 만났어. 집에 없더라고."

거짓말은 아니라고 구로다는 스스로를 다독였다.

"그랬군요."

다카시는 실망한 듯 어깨가 축 처졌지만 표정만큼은 밝았다. 그런 그를 보자 구로다는 더더욱 사실을 말하기가 힘들었다.

"그래도 집은 보고 왔죠?"

"응, 그런 셈이지."

"어땠어요? 역시 으리으리하게 큰 집이던가요?"

"음, 생각한 것만큼 크지는 않더라고. 그냥 보통이야."

"우리 집이랑 어느 쪽이 더 커요?"

"응? 이 집이랑 말이냐?"

구로다는 우물거리다가 "무승부쯤 되려나"라고 대답했다.

다카시는 반짝이는 눈으로 허공을 응시했다. 자기 나름대로 소녀의 집을 그리고 있는 듯했다. 구로다는 저도 모르게 다카시의 눈길을 피하고 있었다.

"저, 이번 주에도 갔었어요."

다카시의 말을 듣고 놀란 구로다가 되물었다.

"가다니?"

"체육관에요. 뻔하잖아요."

"아아."

구로다는 얼굴을 문질렀다.

"그래, 뻔하지. 그래서 어떻게 됐는데? 그녀는 있었냐?"

그렇게 물으면서 구로다는 자기혐오와 공허감에 휩싸였다.

"그게 말이죠, 여전히 없더라고요."

다카시는 고개를 흔들었다.

"이제 밤에 하는 연습은 그만둔 걸까요?"

"그러게, 그만둔 건지도 모르겠구나."

"그래도 전 앞으로도 계속해서 학원 끝나고 오는 길에 들를 거예요. 다시 연습을 시작할지도 모르잖아요. 선생님도 그렇게 생각하죠?"

"응. 그래."

구로다는 결국 그날 밤 아무 말도 하지 못했다.

이튿날 구로다는 찻집에서 대학 친구를 만났다. 구로다와 같은 학부에 다니는 에리코라는 여학생이다. 그는 어젯밤 학생 명단을 보고 그녀가 S여고 출신이라는 걸 알았다. 난데없이 만나자고 하자 에리코는 다소 놀란 듯했지만 뭐든 사겠다는 말을 듣고는 바로 승낙했다.

"S여고의 리듬체조부? 난 그런 애들은 몰라."

초콜릿파르페를 먹으면서 에리코가 퉁명스럽게 말했다.

"잠깐 다리만 놔주면 돼. 나머지는 내가 알아서 할게."

"대체 목적이 뭔데? 설마 여고생을 꼬이겠다는 건 아니지?"

"순수하게 용건이 있어서야. 부탁이야. 스테이크도 사줄게."

"성가신데."

말은 그렇게 하면서도 에리코는 초콜릿파르페를 깨끗이 먹어치우더니 "가자"라고 말하며 먼저 자리에서 일어났다.

토요일 오후에 학교에 남아 있는 건 동아리 부원들뿐이다. 구로다는 S여고 정문 앞에 서서 운동장을 뛰어다니는 학생들을 멍하니 바라보고 있었다. 그는 에리코를 기다리고 있었다. 그녀가 리듬체조부원을 여기로 데려온다고 했다.

그 아이도 이렇게 바라보고 있었을 것이다.

학생들의 화려한 모습을 바라보면서 구로다는 자살한 소녀를 생각했다. 아마 그 아이는 불운한 자신의 처지를 저주하며 자신과는 달리 혜택받은 아이들에게 적의 같은 것을 품고 바라보았을 것이다. 그리고 그 울적한 마음을 달래는 방법이 한밤에 체육관에서 뛰어다니는 것이 아니었을까. 그 아이에게 그 시간은 청춘의 모든 것이었고, 유일하게 스스로 주인공이 되는 순간이 아니었을까.

왜 그녀는 그런 시간을 저버린 것일까. 왜 자살을 한 것일까. 그것이 구로다로서는 의문이었다.

마침내 에리코가 돌아왔다. 머리가 짧고 소년같이 생긴 여자아이가 그 뒤를 따르고 있었다. 햇볕에 많이 타지는 않았지만 일직선으로 다문 입술이 누구에게도 지기 싫어하는 듯한 인상을 풍겼다.

"유감스럽게도……."

에리코가 사무적인 어투로 말을 꺼냈다.

"리듬체조부원은 없었어. 이 학생은 체조부원인데 안 될까?"

"왜 없는 건데?"

"토요일은 체조부와 리듬체조부가 교대로 한 주씩 연습하기로 되어 있어서요."

체조부 아이가 설명했다. 아무래도 체육관 이용에 따른 문제인 모양이다.

"괜찮아. 체조부나 리듬체조부나 그게 그거니까."

에리코는 쉽게도 말한다.

체조부 아이도 "제가 아는 거라면 말씀드릴게요"라며 구로다의 질문을 기다리는 모습이다.

그래, 밑져야 본전이지.

그렇게 생각하며 구로다는 말을 꺼냈다.

"석 달쯤 전에 매주 수요일 밤 리듬체조 연습을 하러 체육관에 온 여자아이가 있었던 모양이야. 이 학교 학생은 아니었다고 하던데……. 혹시 그런 얘기를 들은 적이 있니?"

이렇게 이야기를 하다 보니 마치 무슨 괴담 같다는 생각이 들었다. 어쩌면 기분이 나쁠지도 모르겠다.

하지만 체조부 아이는 고개를 크게 끄덕이더니 "그 사건 말이군요"라고 제법 박력 있는 말투로 대답했다. 구로다는 살짝 놀랐다.

"알고 있니?"

"알고 있다기보다는 유명한 이야기거든요. '수요일의 춤추는 아이 사건'이라고 해요."

"사건이라니?"

그녀는 벌써 두 번이나 사건이라는 단어를 입에 올렸다. 구로다는 그 점이 마음에 걸렸다.

"수요일마다 체육관에 몰래 들어와서 리듬체조 흉내를 낸 모양이에요. 내내 아무도 몰랐는데, 어느 날 밤 리듬체조부원 몇 명이 체육관에 숨어서 지켜보고 있었대요. 그러자 그 여자아이가 나타나더니 제멋대로 도구를 쓰면서 놀기 시작했대요. 그래서 붙잡아 혼쭐을 냈다는 이야기예요. 리듬체조부원 중에는 고약한 아이들이 많거든요."

체조부와 리듬체조부 사이에 불화라도 있는지, 그날 그곳에 있었다는 부원들을 야유하는 듯한 어감이 느껴졌다.

"혼쭐을 내다니, 어떤 식으로?"

"자세한 건 모르지만 무릎을 꿇리고 그 아이가 사용한 도구를 죄다 닦게 하는 등 아무튼 지독하게 군 모양이에요."

"그랬구나."

구로다는 마음이 무겁게 가라앉는 걸 느꼈다. 어쩌면 소녀가 자살한 것은 그 때문이 아닐까? 그녀에게는 살아가는 낙이던 시간을 빼앗겼을 뿐 아니라, 적의를 품은 사람들에게 굴욕까지 당한 것이다. 죽고 싶다는 생각이 들어도 이상할 것이 없다고 구로다는 생각했다.

"그런데 어떻게 리듬체조부원들은 그 아이가 오는 걸 알게 된 거지? 그때까지 아무도 몰랐다면서."

그러자 체조부 아이는 별일 아니라는 듯 물음에 대답했다.

이제 곧 해가 바뀌려고 하는데도 다카시는 '춤추는 아이'를 잊지 못했다. 구로다는 결코 자기가 먼저 이 화제를 꺼내지 않으려 조심하고 있다. 그래도 다카시는 한 번씩 그 아이 이야기를 한다. "편지를 보내볼까요?"라든지 "집에 한번 가볼까요?"라며 의견을 구할 때도 있다. 그때마다 구로다는 "갑자기 그러는 건 안 좋아. 좀 더 기다리는 게 낫겠다"라고 얼버무렸다.

"아마 공부하느라 바쁠 거예요."

마치 스스로에게 이르듯 다카시는 고개를 끄덕였다.

"리듬체조를 좋아하니까 밤에도 연습하고 싶지만, 중학교와 달리 고등학교 수업은 어려울 테니까요. 당분간 공부에만 몰두하기로 했을 거예요. 아마 우리 엄마처럼 잔소리가 심한 어머니가 성적이 오를 때까지 리듬체조 연습은 쉬라고 했을 거예요."

다카시는 말을 계속 잇는다.

"게다가 이제 춥잖아요. 해가 바뀌어 날씨가 좀 따뜻해질 때까지 기다리고 있는 거예요. 선생님도 그렇게 생각하죠?"

"그렇겠구나."

구로다는 어설프게 대답했다. 앞으로 몇 번이나 더 이런 대답을 해야 하는 걸까? 모든 것을 이야기하면 모든 것이 끝난다. 그러나 그건 다카시에게 너무나 잔혹한 일이었다.

명랑하게 이야기하는 다카시의 얼굴을 볼 때마다 구로다는 그 체조부 아이의 말을 떠올린다. 어떻게 리듬체조부원들이 '수요일의 춤추는 아이'에 대해 알게 되었느냐고 물었을 때 그 체조부 아이가 대답한 내용은 이랬다.

"제가 들은 얘기로는, 매주 목요일 아침이면 어김없이 체육관 입구에 스포츠 음료가 놓여 있었대요. 리듬체조부원 앞으로 보내는 편지 같은 것도 함께 들어 있었는데, 어느 부원도 짐작 가는 바가 없다고 했대요. 결국 그렇다면 누군가가 수요일 밤에 들고 오는 거라고 결론을 내렸대요. 그래서 그 스포츠 음료를 들고 오는 사람을 찾아낼 요량으로 부원들이 기다리고 있었는데, 그 여자아이가 나타난 거예요. 그 여자아이와 스포츠 음료는 아무 관계도 없었다고 하니, 그 아이 입장에선 정말로 재수가 없었던 거죠. 그 아이는 늘 뒷문으로 드나들었다니 입구에 놓여 있던 봉투에 대해선 알지도 못했 겠죠."

그것이 모든 일의 근원이었다.

이 이야기를 하면 다카시도 그녀에 대한 환상을 버릴 수 있 을 것이다.

하지만 구로다는 다카시에게 알려줄 용기가 없었다. 바로 네가 '춤추는 아이'를 죽인 것이라고는…….

끝없는 밤

전화벨이 울렸을 때 아쓰코는 아직 침대에 있었다. 시계를 보니 9시가 조금 지났다. 도자기로 만든 탁상시계는 유럽으로 신혼여행을 갔을 때 산 것이다. 그녀는 그 시계를 1, 2초쯤 멍하니 쳐다보다가 퍼뜩 정신을 차렸다. 침대에서 벌떡 일어나 가운을 걸치고 방에서 나갔다. 몸에 열기가 남아 있는 탓인지 손바닥에 닿은 차가운 수화기의 감촉이 상쾌했다.

"여보세요."

아쓰코는 쉰 목소리로 전화를 받았다.

"여보세요. 다무라 씨 댁인가요?"

수화기 저편에서 물었다. 굵지만 시원시원한 목소리였다. 그 억양을 듣고 '오사카에서 걸려온 전화구나'라고 아쓰코는 순간 알아차렸다.

"그렇습니다만."

"부인이신가요?"

"네."

그녀가 대답하자 상대는 주저하는 듯 잠시 침묵했다. 그리고 숨을 가다듬는 기척이 나더니 "저는 오사카 경찰청에 근무하는 사람입니다만"이라고 짐짓 감정을 억누른 목소리가 들려왔다.

"실은, 부군이신 다무라 요이치 씨께서 누군가의 칼에 맞아 돌아가셨습니다."

"뭐라고요?"

"그래서 지금 당장 부인께서 이쪽으로 와주셨으면 합니다. 여보세요? 부인? 듣고 계신가요?"

2

전화를 받고 나서 두 시간 뒤, 아쓰코는 신칸센 2호 차량의 좌석에 앉아 있었다. 신칸센을 이용할 때는 반드시 금연칸에 자리를 잡는다. 타인이 내뿜는 연기가 괴롭기도 하지만 그보다는 몸에 담배냄새가 배는 것이 견딜 수 없었다.

아쓰코는 집에서 나오기 전에 향수를 뿌리지 않았다는 데 생각이 미치자 핸드백에서 향수를 꺼내 목 언저리에 뿌렸다. 요이치가 좋아하는 프랑스 향수였다.

하는 김에 콤팩트도 꺼내 화장을 점검했다. 신오사카역에서 형사가 기다리고 있을 것이다. 울어서 퉁퉁 부은 흔적을 그들에게 보이고 싶지 않았다.

"여보."

창밖으로 흘러가는 경치를 바라보면서 아쓰코는 요이치를 불렀다. 옅은 초록빛 전원 풍경을 배경으로 윤곽이 또렷한 요이치의 얼굴이 떠올랐다.

아쓰코가 요이치와 결혼한 건 4년 전 가을이었다. 연애결혼이었다. 당시 요이치는 시부야에 있는 빌딩에서 근무하고 있었다. 경영자는 그의 맏형인 가즈히코였고, 요이치는 20대라는 젊은 나이에 부장이라는 타이틀을 달고 있었다.

결혼하고 얼마 지나지 않아 시내에 있는 널찍한 맨션을 샀다. 요이치가 출근하고 나면 아쓰코는 결혼 전부터 다닌 양재학교에 나갔다. 그녀는 그곳에서 강사로 일했다. 일이 없는 날에는 친구와 함께 에어로빅 교실이나 문화센터에 나갔고 쇼핑을 하기도 했다. 여대에 다닐 때 사귄 친구나 직장에 근무하던 시절 친해진 이들로 대부분 도심에서 꽤 떨어진 곳에 살고 있었다. 친구들은 하나같이 아쓰코를 부러워했다.

상황이 바뀐 건 딱 1년 전이었다. 술을 그다지 즐기지 않는 요이치가 웬일로 기분 좋게 취해서 돌아왔다. 이유를 물으니 "축배야"라고 그는 대답했다.

"축배요?"

"그래. 오늘 형들이랑 만났거든. 형들 말이 나한테 오사카

점을 완전히 맡기겠대.”

오사카점은 새로 생기는 지점으로 6개월 후에 개점할 예정
이었다. 요이치가 그곳 경영을 맡게 된 모양이다.

“하지만 그 지점은 히로아키 형님이 맡을 예정 아니었나요?”

히로아키는 요이치의 둘째 형이다.

“형이 나한테 양보해 줬어. 맘껏 해보라고. 오사카야말로
전형적인 상업도시니까 좋은 공부가 될 거라면서.”

요이치의 목소리는 들떠 있었다. 늘 형들 밑에서 일하면서
자신의 능력을 시험해 보고 싶다는 말을 버릇처럼 해온 만큼
그는 이번 일을 무척 기쁘게 받아들였다.

하지만 아쓰코는 요이치가 오사카에 가는 것을 맹렬히 반
대했다. 마침내 안주하게 된 이곳이다. 이만큼 살기 좋은 곳
도 없을 것이고, 다른 지방 따위 몰라도 도쿄만 제대로 알면
창피할 것도 없다고 믿었다. 이제 와서 다른 곳으로 갈 생각
은 눈곱만큼도 없었다.

더군다나 오사카라니.

좋은 이미지 같은 건 하나도 없었다. 돈에 야박하고 빈틈이
없는 데다 저질스러운 인상마저 든다. 간사이 지방 사투리도
싫었다. 텔레비전에 자주 오사카 쪽 연예인들이 나오지만 뭐
가 재미있다는 건지 도통 알 수가 없다. 오사카에 가면 매일
그런 말투와 사람들을 접해야 할 것이다. 물론 오사카에는 신

주쿠도 긴자도 롯폰기도 없다.

"거절해요."

아쓰코는 부탁했다.

"경영자 같은 거 되지 않으면 어때요. 저는 지금 이대로도 좋으니까 그 이야기는 거절해 줘요. 난 오사카 같은 데는 가고 싶지 않단 말이에요."

요이치는 지겹다는 표정을 지었다.

"억지 부리지 마. 이날을 위해서 그동안 열심히 일해온 거라고. 괜찮을 거야. 당신도 금세 적응하게 될 거라고. 그쪽에서 어느 정도 실적을 올리면 다른 사람에게 맡기고 도쿄로 돌아올 수도 있고 말이야."

그러나 아쓰코는 받아들이지 않았다. 그렇게 가고 싶으면 혼자서 가라고 했다. 당연히 요이치는 화를 내며 "그럼 나 혼자 가지"라고 내뱉었다. 그리고 정말로 오사카에서 혼자 살 준비를 시작했다.

친구들은 대개 그녀에게 공감하는 눈치였다.

"글쎄, 오사카라…… 왠지 좀 그렇다. 그치?"

그렇게 말한 것은 대학 친구 마치코였다.

"맨션도 샀으니까 요이치 씨가 좀 양보해 주면 좋을 텐데. 그 제안 거절해도 조만간에 도쿄에 다른 지점을 열게 될지도 모르잖아."

하지만 개중에는 아쓰코를 비난하는 목소리도 있었다. 직장에 다닐 때 사귄 미유키는 별거는 무조건 좋지 않다고 말했다.

"바람을 피우라는 소리나 다를 게 없어. 일단 따라갔다가 도쿄로 돌아가고 싶다고 하면 되잖아. 게다가 그렇게 오래 머무는 것도 아니고 말이야."

아쓰코도 미유키의 말이 지극히 옳다는 건 인정했다. 남들이 보기에는 자기밖에 모르는 구제불능 인간으로 비칠 것이다. 그리고 사실이 그럴지도 모른다.

"그래도 오사카는 싫어."

신칸센 창문에 얼굴을 가까이하고 아쓰코는 중얼거렸다.

신오사카역에 도착해서 형사가 일러준 개찰구에 서 있었더니 옅은 회색 양복을 입은 남성이 다가왔다. 햇볕에 그을린 준엄한 인상의 남자였다. 나이는 30대 중반쯤 됐을 것이다.

남성은 오사카 경찰청 형사로 이름은 반바라고 했다.

"차를 대기시켜 놓았습니다."

그렇게 말하면서 반바는 오른손을 내밀었다. 아쓰코가 들고 있는 보스턴백을 들어주겠다는 뜻인 듯했다. 하지만 그녀는 보일 듯 말 듯 고개를 저어 사양했다. 형사도 더 이상 말하지 않았다. 대기하고 있는 차는 흰색 크라운이었다. 순찰차를 상상한 아쓰코는 슬며시 마음이 놓였다.

"지금 바로 병원에 가서 확인을 할 겁니다."

차가 출발하자 형사가 말했다.

"확인이요?"

그렇게 되묻고 나서야 그것이 시신 확인이라는 것을 아쓰코는 깨달았다.

"부군과는……"

형사가 주저하듯 말했다.

"별거 중이셨나요?"

"네. 일 때문에요."

고개를 숙인 채 아쓰코가 대답했다.

"그러셨군요."

형사는 고개를 끄덕였다.

차창 밖을 내다보니 도로에 빼곡히 들어찬 차들이 앞을 다투듯 달리고 있었다. 오사카는 승용차 보유율은 낮은 데 반해 경트럭이나 밴 같은 상업용 차량이 많다는 이야기를 들었다. 그리고 사실이 그런 듯했다. 게다가 그런 차는 어김없이 무리하게 끼어들기를 되풀이하면서 조금이라도 먼저 가려고 하는 듯했다.

"좋은 냄새군요."

문득 형사가 말했다.

"네?"

아쓰코가 되물었다.

"향수 말입니다."

그가 대답했다.

"아아, 네."

아쓰코는 자신의 어깨로 눈길을 돌리며 너무 많이 뿌렸는지도 모르겠다고 생각했다.

병원에 간 아쓰코는 요이치의 시신을 확인했다. 아니, 제대로 본 건 아니다. 언뜻 보자마자 얼른 얼굴을 돌렸다. 그래도 눈가에 남아 있는 모습은 틀림없는 남편이었다.

병원에서 잠시 쉬고 나서 아쓰코는 사건 현장으로 가겠다는 의사를 밝혔다. 현장은 신사이바시에 있는 요이치의 가게다. 1층에서는 가방과 액세서리를, 2층에서는 구두를 팔고 있다. 그리고 지하는 부티크다.

아쓰코는 이 매장에는 한 번밖에 와보지 않았다. 그것도 휴일에 왔기 때문에 어느 정도 손님이 드는지 정확히 본 적은 없다.

1층 가방 매장 안쪽에 사무실이 있다. 요이치는 그곳에서 살해되었다고 했다.

"부군께서는 여기에 이렇게……"

반바는 바닥에 그려진 하얀 선을 가리켰다.

"쓰러져 계셨습니다. 똑바로 누운 채 가슴에 과도가 꽂혀 있었습니다. 보시는 대로 똑바로 누운 자세였습니다."

형사의 말대로 하얀 선은 시신이 얌전하게 누워 있었다는 것을 말해주고 있었다. 이런 현장은 단 한 번도 본 적이 없는 아쓰코지만 왠지 모르게 부자연스럽다는 건 알 수 있었다. 물론 형사가 말해주지 않았다면 알아차리지 못했겠지만.

"똑바로 쓰러져 있었다는 걸로 뭔가 알 수 있는 건가요?"

아쓰코가 물어봤지만 형사는 고개를 저었다.

"딱히 무언가를 알 수 있다는 건 아닙니다. 다만 좀 이상하다는 정도지요."

아쓰코는 고개를 끄덕이고 다시 한번 하얀 테두리를 보았다.

"어제는 가게가 쉬는 날이어서 점원이 마지막으로 부군을 본 건 그저께 밤이었다고 합니다."

반바는 수첩을 보면서 말을 이었다.

"시신을 발견한 건 모리오카라는 여점원입니다. 오늘 아침 8시경에 출근해서 발견했다고 합니다."

"언제쯤 살해되었는지 아시나요?"

"압니다. 대충이긴 합니다만."

형사가 대답했다.

"사망 추정시각이라는 것이 있는데, 그것에 따르면 살해된 건 어제 저녁 7시에서 9시 사이라고 합니다."

자세히 알 수 있는 거구나. 아쓰코는 감탄했다.

"자세히 알 수 있군요."

"그야 의학이 발달했으니까요."

형사는 자기가 칭찬을 받은 것처럼 잠시 표정을 누그러뜨리더니 이내 준엄한 본래 눈빛으로 돌아갔다. 그리고 "부인께서 마지막으로 부군과 이야기를 하신 건 언제입니까?"라고 물었다.

아쓰코는 잠시 생각하다가 대답했다.

"그저께 밤인 것 같아요. 남편이 전화를 했어요. 그런데 그게 무슨 상관이라도?"

"어떤 이야기를 하셨나요? 괜찮으시다면 말씀해 주셨으면 합니다만."

"어떤 이야기라…… 내일은 가게가 쉬는 날이니 오지 않겠느냐고 했어요."

그 목소리를 아쓰코는 지금도 기억하고 있다. 좀 건성인 듯하면서도 어딘지 모르게 허물없는 말투였다.

'내일 이쪽으로 오지 않을래? 가게도 쉬니까 느긋하게 오사카를 안내해 줄게.'

'됐어요. 오사카 구경 같은 건.'

'너무 그러지 마라. 바빠서 좀처럼 쉬지도 못한다고.'

'그럼 당신이 오면 되잖아요.'

"그래서 부인은 뭐라고 대답하셨나요?"

회상하던 중 질문을 받자 아쓰코는 흠칫 놀라서 형사의 얼굴을 쳐다보았다.

"뭐라고 대답하셨나요?"

반바가 다시 한번 물었다.

"아, 가지 않겠다고 했어요."

"그래요?"

형사는 의아한 표정을 내비쳤다.

"왜죠?"

"그건……"

아쓰코는 얼버무리며 눈을 내리깔았다. 형사의 시선이 자신의 입가로 쏟아지고 있다는 걸 알 수 있었다. 이윽고 결심이 서자 당당하게 고개를 들고 말했다.

"전 오사카가 싫어요."

순간 어이가 없다는 듯 반바의 얼굴에서 표정이 사라졌지만 이내 비위라도 맞추려는 듯 서서히 웃음이 번졌다.

"그렇군요. 그건 제법 설득력 있는 대답이네요."

형사가 말했다.

"죄송합니다."

아쓰코는 가볍게 머리를 숙였다.

"사과하실 필요 없습니다. 저 역시 싫어하는 지방은 있으니까요. 제 경우는 추운 지방을 별로 좋아하지 않지요."

형사는 아쓰코의 마음을 편안하게 해주려고 하는 듯했다.

그러고 나서 반바는 현장 상황에 관해 들려주었다. 칼은 원래 이 사무실에 있던 것이다, 지문은 닦여 있었다, 난투의 흔적은 없었다. 그런 이야기를 반바는 초등학교 선생님처럼 친절하게 설명하는 말씨로 들려주었다.

"없어진 물건도 없는 모양입니다. 어제는 가게가 쉬는 날이었으니 매상도 없었지요."

마지막으로 그는 요이치가 살해된 것에 대해 뭔가 짚이는 것이 없느냐고 물었다. 아쓰코는 없다고 대답했다. 그런 게 있을 리 없다.

"그렇습니까?"

하지만 반바는 그다지 실망한 기색을 내보이지 않았다. 가게에서 나오자 이제 어떻게 할 거냐고 물었다.

"일단 오늘 밤은 이곳에서 묵고, 그러고 나서 어떻게 할지 생각해 보겠습니다."

아쓰코가 대답했다.

"그럼 부군의 맨션에 묵으실 건가요? 괜찮으시다면 모셔다 드리겠습니다."

요이치는 다니마치 쪽에 있는 독신자용 맨션에서 지냈다. 창문으로 작은 공원이 내려다보이는 원룸이다.

"아뇨."

아쓰코는 고개를 저었다.

"오늘은 가지 않겠어요. 좀 더 마음을 추스르고 나서 짐을 정리하러 가겠습니다."

반바 형사는 무슨 말인가 하고 싶은 듯했지만 결국 "그러시겠습니까?"라며 고개를 끄덕였을 뿐이다.

"그럼 오늘 밤은 호텔에서 묵으시나요?"

"네. 아직 방은 잡지 않았지만 가능하다면 오사카 시내를 내려다볼 수 있는 곳에 묵고 싶네요."

"그렇다면 좋은 곳이 있습니다."

그렇게 말하더니 그는 발걸음을 옮겼다. 아쓰코도 그 뒤를 따랐다.

반바가 데려간 곳은 요이치의 가게에서 걸어서 5분 거리에 있는 새하얀 고층 건물이었다. 항공사 계열 호텔로 긴자에서도 본 적이 있다.

2층 프런트에서 형사가 방을 잡아주었다. 25층의 싱글룸이었다.

"어쩌면 내일 도움을 요청할지도 모르겠습니다."

헤어질 때 반바는 그렇게 말하며 고개를 숙였다. 아쓰코도 가볍게 고개를 숙여 인사했다.

그날 밤 아쓰코는 25층 창가에 서서 오사카 시내를 내려다보았다. 눈 아래로 널찍한 미도스지(오사카 지구를 남북으로 가로지르는 도로)가 펼쳐져 있었다. 그곳을 성냥갑 같은 차들이 북적거리면서 지나간다.

요이치가 없다. 그 사실이 묘하게도 현실과는 동떨어진 감각을 불러일으켰다. 실감나게 가슴에 와 닿지도 않았다.

요이치가 살해되었다.

아쓰코는 그 구절을 몇 번이고 마음속으로 되뇌었다. 그러자 마치 아픈 어금니를 누르는 것처럼 마음이 조금 편해지는 것 같았다.

'오사카도 꽤 괜찮은 곳이라고.'

문득 요이치의 목소리가 들려왔다. 오사카에 가게를 내고 한 달쯤 지났을 무렵 그가 한 말이었다.

"뭐가 그렇게 좋은데요?"

신사이바시의 야경을 바라보면서 아쓰코는 소리 내어 말했다. 도대체 요이치는 이 도시의 어디에 매료된 것일까. 이런 도시에서 사는 것은 영원히 아침이 오지 않는 밤을 보내는 것과 다를 게 없다는 생각이 든다.

"이 도시가 그 사람을 죽인 거야."

직접 손을 쓴 사람이 누구든 그것이 진실이라고 아쓰코는 생각했다.

3

다음 날 아침, 전화가 걸려왔다. 아쓰코가 언뜻 예상한 대로 반바에게 걸려온 전화였다.

"잘 주무셨나요?"

그의 음성은 어제와 마찬가지로 시원시원했다. "별로요"라고 아쓰코가 짧게 대답하자 "그러셨겠죠"라고 말하는 그의 어조도 가라앉았다.

아침식사를 함께 하고 싶다는 것이 그의 용건이었다. 아쓰코는 알았다며 2층 커피숍에서 기다려 달라고 말했다. 아쓰코가 내려갔을 때 반바는 먼저 와서 주간지를 읽으며 커피를 마시고 있었다. 그는 아쓰코의 모습을 보더니 얼른 주간지를 덮고 일어나서 인사했다.

"피곤하실 텐데 미안합니다."

형사가 사과했다. "아니에요"라고 말하며 아쓰코는 자리에 앉아 테이블로 다가온 웨이터에게 밀크티를 주문했다. 뭔가 먹어야 한다는 생각은 들었지만 도저히 목으로 넘어갈 것 같지 않았다.

"실은 부군의 가게 일로 새로운 정보가 들어왔습니다."

자리에 다시 앉으며 형사가 말했다.

"저희가 파악한 바에 따르면, 가게의 최근 경영상태가 그

끝없는 밤 • 169

다지 좋지 않았던 모양입니다. 도매상에 지불할 돈도 밀려 있는 데다 매상도 제자리걸음 아니 정확히 말하면 하강곡선을 그리는 상태였답니다."

반바는 마치 자기 가게가 불경기로 고생하는 듯한 표정으로 말했다.

"그런 이야기를 부군께서 하신 적이 있습니까?"

아쓰코는 목을 움츠리며 대답했다.

"어렴풋이 눈치채고는 있었지만 남편한테 직접 들은 적은 없습니다."

형사는 고개를 끄덕였다.

"지금까지 조사한 바로는 금전적인 문제는 아닌 듯합니다. 그래도 혹시 짐작할 만한 것이 있는지 알았으면 해서요."

"아뇨."

아쓰코는 나지막한 목소리로 대답했다.

"남편은 일 얘기는 별로 하지 않는 편이에요."

"그러시군요. 남성들이 대부분 그렇죠."

형사가 위로하듯 말했다.

밀크티가 나왔다. 아쓰코는 그것을 마시면서 한 달쯤 전에 요이치의 맏형인 가즈히코와 나눈 대화를 떠올렸다. 가즈히코는 부티크로 사업을 시작해 오늘날 빌딩 단위 사업체로 키운 인물인 만큼 온화하기는 하지만 어딘지 모르게 냉혹한 인상을 풍기는 신사다.

"요이치의 가게, 별로 잘 풀리지 않는 모양이더군요."

3월 어느 날, 아쓰코를 집 근처에 있는 찻집으로 불러낸 가즈히코가 다소 거북하다는 듯이 말을 꺼냈다.

"일단은 독립채산제 형태를 취하고 있지만, 문제가 생기면 언제든 도와줄 생각이거든요. 제수씨에게는 무슨 말이 있었나요?"

"아뇨. 아무 말도 없었는데요."

"그랬군요. 지금까지 줄곧 저희와 함께 해왔으니 갑자기 독립해서 잘해낼 수 있을지 다소 불안하긴 했지요. 그 녀석은 셋째라 좀 느슨한 구석도 있고요. 약육강식의 견본 같은 도시 오사카에서 얼마나 버틸지…… 지금이 시련인 셈이죠."

아쓰코는 그렇게 불안하면 요이치에게 맡기지 않으면 될 것 아니냐고 말하고 싶었지만, 결국 입 밖에 내지 않았다. 이 시숙에게는 여러모로 신세를 져왔다.

"저나 히로아키에게는 말하기 힘들더라도 언젠가 제수씨에게는 의논할 때가 오겠죠. 그때는 무리하지 말고 우리한테 오라고 전해주세요."

"알겠습니다."

"그런데 제수씨는 아직도 오사카에 가시지 않았나요? 일 때문에 같이 못 갔다는 이야기는 들었습니다만."

"네. 아직 조금 더……."

"그렇습니까? 그래도 되도록 빨리 가주세요. 그 녀석, 외로움을 많이 타는 성격이거든요."

그렇게 말하며 가즈히코는 싱글벙글 웃었다.

형이 너무 잘난 것도 한 번 더 생각해 볼 문제야.

가즈히코와 나눈 대화를 떠올리며 아쓰코는 조그맣게 한숨을 내쉬었다. 지점을 확장해 독립하는 것보다는 요이치가 가즈히코 밑에서 계속 일하는 편이 좋았을 거라는 생각이 든다. 그랬다면 오사카에 올 필요도 없었고 이런 비극을 맞이하지도 않았을 것이다.

"그런데 좀 여쭙기 거북한 질문을 해야 할 것 같습니다만."

반바가 말을 거는 바람에 아쓰코는 정신을 차렸다.

"요이치 씨의 여자관계 말인데, 뭔가 짚이는 것이 없습니까?"

"여자관계……."

아쓰코는 그 말을 되풀이했다. 부자연스러운 울림이 느껴지는 말이었다. 생각해 본 적도 없다.

"생각해 본 적도 없습니다."

그녀는 고개를 저으며 대답했다. 그러자 형사는 거북한 듯 머리를 긁적이더니 "아니, 딱히 무슨 근거가 있어서 여쭤본 건 아닙니다. 단지 떨어져 사시니 그럴 가능성도 있지 않을까 싶어서요. 쓸데없는 억측입니다. 신경 쓰지 마세요"라고 말하곤 식어가는 커피를 단숨에 마셨다.

"하실 말씀이라는 건 그것뿐인가요?"

아쓰코가 묻자 반바는 정색을 하며 대답했다.

"아니, 실은 오늘 하루 시간을 내주셨으면 해서요."

"오늘 하루요?"

"네. 부군께서 자주 가시던 장소를 돌아다녀볼 생각인데, 동행해 주시면 큰 도움이 될 것 같습니다."

요이치는 이곳 오사카에서 어떤 생활을 했을까? 아닌 게 아니라, 그건 알고 싶다는 생각이 들었다. 게다가 반바라는 이 형사의 인상도 그다지 나쁘지 않았다.

"네. 그러죠."

아쓰코는 마음을 정하고 말했다. 반바는 살았다는 듯이 눈가에 주름을 잡으며 웃었다.

한 시간 뒤, 짐을 프런트에 맡기고 체크아웃을 마친 아쓰코는 형사와 나란히 호텔을 나섰다. 미도스지는 벌써부터 차들로 넘쳐나고 있었다. 긴 신호를 기다려서 두 사람은 길을 건넜다.

먼저 보행자 전용도로인 신사이바시 길을 북쪽으로 걸어갔다. 평일인데도 마치 만원 전철 안처럼 붐볐다. 길 양쪽에 상점이 늘어서 있지만, 무엇을 파는 가게인지 알아차릴 겨를도 없이 뒤에서 밀려오는 군중에 떠밀려 앞으로 나아가고 있는 꼴이었다.

맨 처음 반바가 안내한 곳은 길고 가는 은색 건물이었다.

"소니 빌딩입니다. 부군께서는 이곳으로 자주 쇼핑을 오셨다고 합니다."

아쓰코는 형사를 따라가면서 "소니 빌딩이라면 긴자에도 있어요"라고 말했다.

"별로 다를 것도 없어요."

형사가 슬며시 쓴웃음을 지은 듯했다.

꼭대기 층에 올라가 신사이바시를 내려다보며 반바가 아쓰코에게 물었다.

"오사카의 어떤 점이 싫으신가요?"

"전부요. 다 싫어요. 특히 사람들이 돈에 대해 집착하는 게 아주 싫어요."

아쓰코가 대답했다.

형사는 무슨 말인가 하고 싶은 듯했지만 "그렇군요"라며 고개를 끄덕였을 뿐이다.

소니 빌딩에서 나와 다시 신사이바시 길을 남쪽으로 걸었다. 숨쉬기도 힘들 정도로 길은 붐볐다. 더군다나 오사카 사람들의 걷는 속도는 이상하리만치 빨랐다. 무언가에 쫓기기라도 하는 것처럼 걷는다. 그들에게 보조를 맞추려니 주위의 풍경을 살필 여유 같은 건 없었다.

그녀가 싫어하는 오사카 사투리도 여지없이 들려왔다. 바로 앞에서 걸어가는 여고생 두 명은 아까부터 쉴 새 없이 떠들고 있다. 그 대화의 4분의 1도 아쓰코는 제대로 알아들을 수 없었다. 정말이지 말이 빠르다. 그리고 중간중간에 웃음소리가 끼어든다.

숨이 막혀 더 이상은 견디기 힘들 즈음, 조금 뚫린 곳이 나왔다. 커다란 다리가 눈앞에 놓여 있고 멀찌감치 다른 길이 보인다.

"도톤보리입니다."

형사가 말했다.

"아침에 홍차만 드셨죠? 우동이라도 드시지 않겠습니까? 부군께서 자주 가시던 가게가 있다고 들었거든요."

그다지 식욕은 없었지만 아쓰코는 그러기로 했다. 아무튼 이대로 걷는 건 싫었다. 도톤보리 다리를 건너자 왼쪽으로 구부러진 곳에서 거대한 게 모형이 눈에 들어왔다. 유명한 게 전문 요리점의 간판인데, 전기장치로 게 모형의 팔다리를 움직이는 모습을 보고 있으려니 왠지 모르게 기분이 이상해졌다. 마음이 끌리는 것 같으면서도 한편으론 불쾌한, 종잡을 수 없는 기분이었다. 그런 기분을 어떻게 처리해야 좋을지 몰라 아쓰코는 눈길을 다른 데로 돌렸다.

반바가 얘기한 가게는 게 요리점에서 멀지 않은 곳에 있었다. 작은 포렴이 걸려 있을 뿐인 가게여서 그냥 지나치기 십상이었다. 두 사람은 가게로 들어가서 기쓰네우동(유부우동)을 시켰다. 우동이 나오기 전에 반바는 주인을 불러 요이치에 관해 물었다. 주인은 요이치를 기억하고 있었다.

"아아, 그분요. 거의 매일 오셨어요. 도쿄의 우동과는 비교할 수 없을 만큼 맛있다고 말씀하시곤 했죠."

"늘 혼자 오셨나요?"

형사가 물었다.

"글쎄요, 대개 혼자 오신 것 같은데요."

"최근에 뭔가 다른 점은 없었나요?"

"글쎄요, 딱히 다른 건 없었던 것 같은데요. 좀 기운이 없으셨던가? 무슨 생각을 하시는 것 같긴 했어요."

"그랬군요. 이거, 일하시는 데 방해해서 죄송합니다."

반바가 사과할 때 마침 기쓰네우동이 나왔다.

"도쿄의 우동은 국물 빛깔이 진하고 간장 맛밖에 나지 않는다고 하던데 정말 그렇습니까?"

후루룩후루룩 소리를 내며 우동을 입에 넣더니 형사가 아쓰코에게 물었다.

"모르겠어요."

아쓰코가 대답했다.

"잘 먹지 않아서요."

자신의 귀에도 좀 무뚝뚝하게 들리는 말투였다. 그래서 형사의 표정을 훔쳐보았지만 그는 개의치 않는 듯 여전히 후루룩 소리를 내며 우동을 먹고 있었다.

우동집에서 나와 그 앞길을 걸었다. '먹고 보자'라는 간판을 내건 가게가 있고 그 앞에 북을 든 인형이 놓여 있었다. 그 인형도 전기로 움직이는 듯했지만 지금은 멈춰 있었다. 아쓰코는 거기에서도 게 모형을 보았을 때와 마찬가지로 복잡한 기분을 느꼈다.

그러고 나서 아쓰코는 반바에게 이끌려 그 주변을 걸어 다녔다. 나카자 극장 앞도 지나갔고 난바 그랜드 가게쓰라는 극장도 보았다. 극장 간판에는 연예인들의 사진이 걸려 있었다. 아쓰코가 본 적도 들어본 적도 없는 이름뿐이었다.

잠시 쉬고자 들어간 찻집에서 아쓰코는 반바의 의도를 물었다. 무엇 때문에 반바가 자신을 데리고 다니는지 알 길이 없었다.

"수사를 위해서라고 하면 납득해 주시겠습니까?"

형사는 진담인지 농담인지 분간할 수 없는 얼굴로 대답했다.

"모르겠네요. 저에게 오사카를 안내해 주시는 것이 어떻게 수사를 위한 것이 되나요?"

"그 점은 제게 맡겨주십시오."

반바는 끝내 가르쳐 주지 않았다. 찻집에서 나가자 이번에는 신가부키자를 왼쪽으로 끼고 미도스지 북쪽으로 올라갔다. 도중에 다코야키를 파는 포장마차가 있었다.

"오사카 명물이에요. 드시지 않겠습니까?"

"아뇨. 됐어요."

"그런 말씀 마시고 어서요."

반바는 아쓰코를 억지로 포장마차 의자에 앉히더니 제멋대로 주문을 했다.

"이 오사카의 맛은 다른 지방에서는 맛볼 수 없는 겁니다. 저희는 어릴 때부터 이 맛에 길들여져서 더더욱 잊지 못하죠."

눈앞까지 다가든 다코야키를 아쓰코는 한동안 손도 대지 않은 채 바라보기만 했다. 또 그 이상야릇한 감정, 마음이 끌리는 것 같으면서도 왠지 모르게 불쾌한 감정이 가슴께로 솟아올랐다. 결국 그녀는 입도 대지 않았다. 그리고 반바에게 떠밀리듯이 다시 미도스지를 걸었다.

4

"지치셨습니까?"

도톤보리 다리의 난간에 기대며 반바가 물었다.

"조금요."

아쓰코가 대답했다.

"사람 많은 것치고는 의외로 좁은 도시지요? 그러다 보니 아무래도 북적북적하는 느낌이 들 겁니다."

아쓰코는 고개를 끄덕였다. 그리고 다리 밑으로 흐르는 강을 내려다보았다.

"오사카에는 언제까지 계셨던가요?"

별것 아닌 이야기를 하듯이 반바가 물었다. 순간 아쓰코는 가슴이 철렁해서 형사의 얼굴을 돌아보았지만 그는 태연한 표정을 짓고 있었다.

"계셨잖아요."

"어떻게 그걸⋯⋯."

"알았느냐고요? 처음 뵈었을 때 직감했죠. 냄새로 압니다. 코는 자신 있거든요."

그렇게 말하고 형사는 코를 집게손가락으로 만졌다.

아쓰코는 난간을 잡고 아득히 먼 곳으로 눈길을 던졌다.

"초등학교 때까지 오사카에 있었어요. 아버지는 건축자재 도매상을 하셨죠. 쭉 와카야마 쪽에서 하시다가 이왕 장사를 할 거면 오사카에서 해야 한다며 이곳으로 오셨어요. 그 무렵 자주 이 부근에도 데려오곤 하셨죠."

"그 가게는 어떻게 되었나요?"

형사가 묻자 아쓰코는 입을 다문 채 소리 없이 웃었다.

"처음에는 장사가 잘되었나 봐요. 하지만 얼마 지나지 않아 동업자가 아버지 가게 자재보다 더 싸고 빠르게 공급하기 시작했어요. 아버지도 나름 열심히 하셨지만 도저히 당해낼 수 없었죠. 어떻게 그런 싼값에 팔 수 있는지 알 길이 없다고 늘 말씀하곤 하셨어요."

'그런 가격에 팔다니, 틀림없이 손해 보고 있을 거야.'

종종 그런 말을 하면서 술을 마시던 아버지의 모습을 아쓰코는 기억하고 있다.

"그러다가 빚만 늘어났어요. 어머니는 가게를 팔고 와카야마로 돌아가고 싶다고 하셨어요. 하지만 아버지는 오기를 부리셨죠. 마지막 승부라며 당시 팔리기 시작한 건축용 신자재를 대량으로 사들였어요. 이건 꼭 팔릴 거라며 누군가가 부추긴 모양이에요. 그리고 그 돈은 그 남자한테 빌렸죠. 가게를 담보로요."

그때 일을 아쓰코는 어렴풋하게나마 기억하고 있다. 가게를 담보로 빌린 돈을 장사에 쓴다는 것을 알고 어머니는 미친 듯이 반대했다. 부엌에서 칼을 들고 나와 자신의 턱 밑에 갖다 댔다.

"여보, 부탁이니까 제 말 좀 들어요. 들어주지 않으면 이대로 죽어버릴 거예요."

"이 멍청아, 이걸로 돈을 벌어주겠다니까."

아버지는 어머니에게서 칼을 뺏었다. 어머니는 방바닥에 웅크리더니 큰소리로 우셨다.

"결국 아버지의 승부는 실패로 막을 내렸죠. 그 신소재는 결함이 있는 제품이어서 제조사도 망했어요. 가게는 당연히 남의 손에 넘어가고……."

아쓰코는 말을 끊고 침을 삼켰다.

"아버지는 목을 매서 돌아가셨어요."

반바는 아무 말도 하지 않고 물끄러미 그녀의 옆얼굴을 보고 있는 듯했다. 잠자코 있어주는 그가 아쓰코는 고마웠다.

"그 뒤로 어머니가 바느질일을 해서 저를 키우셨어요. 어머니는 늘 입버릇처럼 오사카는 무서운 도시라고 말씀하셨죠. 오사카에서 장사를 시작하면 뭔가 썩은 것처럼 사람이 변한다면서요."

"그래서 오사카를 싫어하시는 겁니까?"

반바가 조심스러운 어투로 물었다. 아쓰코는 그의 눈을 똑바로 쳐다보며 "네"라고 분명하게 대답했다.

"그런 사연이 있었군요."

형사는 뭔가 눈부신 것이라도 본 듯 눈을 가늘게 뜨더니 지나쳐 가는 사람들 쪽으로 몸을 돌렸다.

"오사카에 사신 적이 있는 것 같은데 오사카가 싫다고 하셔서 뭔가 이유가 있을 거라는 생각에 오늘 하루 함께한 겁니다.

함께 오사카 거리를 걷다 보면 부인의 마음을 알 수 있을 것 같아서요. 그랬군요. 그런 일이 있었군요."

그리고 그는 다시 강 쪽을 보았다.

"그렇지만 저는 오사카를 좋아합니다. 뭐 솔직히 말해 지나치게 유별난 면도 있긴 하지요. 직업상 오사카의 썩어빠진 부분도 지겨우리만치 보고 있고요. 하지만 이곳에는 이곳에서만 볼 수 있는 좋은 면도 있습니다. 이건 제 상상이긴 합니다만, 부군께서도 그런 좋은 면을 보시지 않았을까요?"

그의 말을 들으면서 아쓰코는 강가에 설치되어 있는 거대한 구리코의 네온사인을 바라보았다. 색다른 고안이라곤 없이 구리코의 그 마라톤 선수 그림을 빌딩 벽 전체 크기로 확대해놓았을 뿐이다(구리코는 일본 굴지의 제과 회사로 이 네온은 1935년에 처음 설치된 이래 오사카의 야경을 장식하는 하나의 풍경이 되었다). 도쿄 사람들이 보기에는 촌스러울지도 모른다. 그러나 설사 촌스럽다고 해도 호소력은 충분했다. 그리고 이것이 오사카 사람들의 방식이다.

"형사님."

다시 강을 내려다보며 아쓰코가 반바를 불렀다.

"왜 그러시죠?"

형사가 물었다. 무척이나 느긋한 목소리였다.

"저요."

아쓰코는 반바를 돌아보았다. 그는 온화한 표정으로 그녀를 보고 있었다.

"제가, 제가 그 사람을 죽였어요."

무언가가 가슴에서 솟아오르고 그리고 다시 사라져 가는 감각이 느껴졌다. 심장박동이 빨라지고 호흡도 흐트러졌다.

하지만 형사의 표정은 변하지 않았다. 온화한 웃음을 지은 채 물끄러미 그녀의 얼굴을 바라보고 있었다. 마치 그녀의 감정이 가라앉기를 기다리는 듯했다.

"네."

반바가 던진 첫마디였다. 그러고 나서도 그는 여전히 입가에 웃음을 띠고 있었다.

"역시 알고 계셨군요."

아쓰코가 숨을 고르면서 말했다. 사실 서 있는 것조차 힘들 지경이었다.

"확신이 있었던 건 아니에요."

형사가 말했다.

"오늘 하루 함께 보내면서 점점 제 생각에 자신감을 갖게 되었습니다."

아쓰코는 고개를 끄덕였다. 어차피 스스로의 죄는 언젠가 드러났겠지만, 이 형사가 담당이어서 다행이라는 생각이 들었다.

"실은 저 그저께 여기에 있었어요. 전날 밤 남편한테 전화가 왔을 때 오기로 했거든요."

"오사카가 싫은데 오신 겁니까?"

"어쩔 수 없었어요."

사실 그때 전화로 그녀는 일단 거절했다.

'너무 그러지 마라. 바빠서 좀처럼 쉬지도 못한다고.'

'그럼 당신이 오면 되잖아요.'

'그럴 순 없어. 그리고 맨션 권리증서를 가져와 줬으면 하는데.'

'권리증서요? 그건 왜요?'

'좀 확인하고 싶은 게 있어서 그래. 자세한 이야기는 만나서 할게.'

그리고 요이치는 일방적으로 전화를 끊었다. 그래서 할 수 없이 아쓰코는 다음 날 저녁 오사카에 온 것이다.

"그래서 가게에서 만나신 거군요."

형사의 말에 아쓰코는 천천히 고개를 끄덕였다.

"그 사람은 내 얼굴을 보자마자 맨션 권리증서부터 달라고 했어요."

그녀는 다시 강으로 시선을 던졌다. 강가의 네온사인이 반사되어 빛나고 있다. 그 빛에 요이치의 얼굴이 오버랩되었다.

"얼른 줘."

요이치의 어투는 명령조이면서도 어딘지 모르게 알랑거리는 듯한 느낌이었다.

"뭘 하려고요?"

아쓰코가 물었다. 무엇에 쓰려는지 대충 짐작하고 있었다.

"뭘 하든 상관없잖아. 당신한테 나쁘게 하지 않아."

"싫어요. 팔 생각이죠?"

"당장 돈이 필요해."

"역시……."

"뭐가 역시야?"

"가게에 쏠 거죠?"

"잠시 빌리는 것뿐이야. 일이 잘되면 여기에 맨션을 사자. 이젠 같이 살아야지."

"돈 문제라면 아주버님한테 도움을 청하면 되잖아요. 큰아주버님이 당신한테 그렇게 전해달라고 내게 당부하셨어요."

"그런 식으로 모자란 사람 취급당하는 게 싫다고. 어떻게 해서든 이번 위기는 내 힘으로 넘길 거야. 그러니까 좀 도와줘."

"집까지 팔아가면서 꼭 해야 하는 일인가요?"

"장사하는 사람의 오기야. 이해해 줘. 자, 빨리 권리증서 내놔."

짜증스럽다는 듯 얼굴을 찌푸리고 요이치는 오른손을 내밀었다. 아쓰코는 가방을 움켜쥐고 뒤돌아섰다. 그때 책상 위에 놓여 있는 과도가 눈에 들어왔다.

"어여 내놔."

요이치가 어깨를 잡는 순간 아쓰코는 손을 과도로 뻗었다. 요이치는 조금 놀랐지만 겁을 먹은 것 같지는 않았다.

"왜 그래? 위험하잖아."

아쓰코의 뇌리에 오래전의 꺼림칙한 기억이 되살아났다. 가정을 파괴하고 행복을 앗아간 사건이었다.

"당신, 방금 오사카 사투리를 썼어요."

"오사카 사투리?"

"그래요. '어여'라고 그랬어요. 억양도……."

"그래서? 그게 어쨌다는 거야? 오래 살다보면 결국에는 닮는 게 당연하잖아."

그녀는 양손으로 과도를 움켜쥐고 자신의 턱 아래로 가져갔다. 그날의 어머니와 똑같은 모습이었다.

"부탁이에요."

아쓰코는 애원했다.

"내 말대로 해요. 이대로 가다가는 수렁에 빠지고 말아요."

그 말에 비로소 요이치는 기가 꺾인 듯했다. 하지만 그것도 한순간이었을 뿐 곧 그녀에게 다가왔다.

"말도 안 되는 소리 하지 마. 터무니없는 짓은 그만두고……. 자, 그 칼이랑 권리증서 이리 내놔."

그리고 그는 그녀의 팔을 잡았다. 그녀는 필사적으로 과도를 움켜쥐었다. 어머니는 쉽사리 아버지에게 칼을 빼앗겼고, 그래서 실패했다. 아쓰코에게 지금 여기서 과도를 건네는 건 다시금 비극을 되풀이하는 일처럼 여겨졌다.

"손 떼!"

"싫어요!"

옥신각신하던 두 사람은 바닥에 쓰러졌다. '윽!' 하는 신음 소리가 들렸고 요이치의 몸이 한 번 심하게 떨렸다. 아쓰코가 제정신을 차렸을 때 요이치는 이미 움직이지 않는 상태였다. 그의 가슴에 과도가 꽂혀 있었다.

"그러고는 어떻게 된 건지 저도 잘 모르겠어요. 가능한 한 지문을 지우고 황급히 가게에서 나왔어요. 그리고 신칸센 막차를 타고 도쿄 맨션으로 돌아갔어요."

단숨에 이야기를 끝내고서 아쓰코는 '휴' 하고 커다랗게 한숨을 내쉬었다. 난간에 기대서서 듣고 있던 형사는 그녀의 이야기가 끝나자 코밑을 문질렀다.

"지금 이야기로 제 의문도 풀렸습니다."

"의문요?"

"네. 왜 사랑하는 사람을 죽였는지 짐작조차 가지 않았거든요."

그리고 반바는 또 코밑을 문질렀다.

"형사님은 어떻게 제가 범인이라는 걸 아셨죠?"

아쓰코가 조용한 말투로 물었다.

그러자 그는 코를 손가락 끝으로 튕기면서 "냄새입니다"라고 대답했다.

"시신을 검사할 때 머리카락에서 좋은 냄새가 났어요. 헤어젤 냄새는 아니었죠. 그건 향수 냄새였어요. 바로 범인이 여성이구나라는 생각이 들었죠. 그것도 피해자를 사랑하는 여성이라는 걸 알았어요."

"사랑하는? 어째서요?"

"냄새는 머리에서만 났거든요. 그래서 왜 향수 냄새가 머리에만 배었는지 생각해 보았죠. 머리에만 냄새가 배었다는 건 아무래도 좀 이상하거든요. 그래서 떠오른 생각이, 범인이 피해자를 이렇게 껴안지 않았을까 하는 거였죠."

형사는 갓난아기를 껴안는 시늉을 했다.

"어쩌다가 실수로 찔러 죽이고 말았지만 범인은 현장을 떠나기 전에 다시 한번 피해자를 안아서 일으키지 않았을까 생각했습니다. 안아서 일으킨 다음 다시 눕혔기 때문에 그렇게 얌전하게 쓰러져 있었던 것이 아닐까 하고요."

반바의 말에 아쓰코는 고개를 숙이고 눈을 감았다. 그가 말한 대로였다.

움직이지 않는 요이치를 일으켜서 그의 얼굴을 가슴에 품 듯이 껴안았다. 껴안고 울었다. 눈물이 메마를 때까지 울었다.

"부인의 향수 냄새를 맡았을 때 제 추리가 틀림없다는 생각 을 했습니다. 이렇게 좋은 사람이 왜 남편을 죽였는지, 그 점 은 짐작할 수도 없었지만요."

아쓰코는 처음 만났을 때 이 형사가 향수 냄새를 칭찬한 일 을 떠올렸다. 그때 이 남자는 이미 진상을 알고 있었던 것이다.

아쓰코는 천천히 눈을 떴다. 삽시간에 밤이 바짝 다가와 있 었다. 거리가 표정을 바꾸고 길 가는 사람들도 낮과는 다른 표정을 보여주고 있었다.

"오사카의 밤은 이제부터죠."

문득 형사가 말했다. 그리고 아쓰코의 얼굴을 보며 조그맣 게 중얼거렸다.

"그럼 슬슬 갈까요?"

아쓰코는 고개를 끄덕이고 주변 풍경에 눈길을 던졌다. 여전 히 많은 사람이 바쁜 듯이 나타났다가 어디론가 사라져간다.

"이제 가죠."

그녀도 작은 목소리로 말했다.

하얀 흉기

"네가 죽인 거지?"

깜깜한 어둠 속에서 여성이 말했다. 집 안의 전등은 모조리 꺼져 있다. 수도꼭지에서 물이 한 방울 떨어져 개수대에 그대로 놓아둔 그릇을 때리는 소리가 났다.

긴 침묵에 이어 이윽고.

"맞아. 내가 죽였어."

"왜?"

"왜라니? 당연하잖아. 그런 놈은 죽어도 싸다고. 그렇게 생각 안 해?"

"그런 생각이야 하지. 하지만 죽이다니. 뭔가 다른 방법은 없었을까?"

"없어. 이 방법밖에 없어. 이거 말고 우리 한을 풀 수 있는 어떤 방법이 있다는 거야?"

"틀림없이 경찰이 올 거야. 그럼 모든 게 끝이야."

"걱정 마. 하느님은 언제나 착한 사람 편이야. 우리가 벌 받는 일은 절대 없어."

"그래도, 그래도……."

"두려워할 거 없어. 괜찮을 거야. 눈 감고 천천히 잠드는 거야. 자, 언제나처럼 자장가를 불러줘."

"그래, 불러줄게. 하지만 아아, 내 머리가 이상……."

2

시신을 보고 다미야 경감은 얼굴을 찡그렸다. 누구라도 아침부터 이런 걸 보고 싶지는 않을 것이다. 눈길을 돌려 하늘을 올려다본다. 회색 건물이 하늘을 향해 뻗어 있고 유리창이 햇살을 반사하고 있었다.

"6층입니다."

다미야의 곁으로 젊은 형사가 다가오더니 위에서 두 번째 창문을 가리켰다.

"아무래도 저기서 떨어진 것 같습니다."

"어떻게 저기라는 걸 알지?"

눈길을 위로 향한 채 다미야가 물었다.

"죽은 사람은 구매부 자재과 과장이거든요. 저 창문이 있는 곳이 자재과 사무실입니다."

"흐음, 그렇군. 감식은 끝났나?"

"한참 전에 끝났습니다."

"그럼 우리도 가볼까?"

다미야는 다시 한번 시신에 눈길을 주더니 얼굴을 찡그리면서 건물로 향했다.

A식품주식회사 부지 내에서 자재과 과장 아베 고조의 시신이 발견된 건 이날 이른 아침이었다. 7시에 수위가 순찰을 돌다가 본관 뒤편의 통로에서 발견한 것이다. 시신은 피가 낭자한 채 콘크리트 바닥에 대자로 뻗어 있었다.

관할서의 수사관이 곧바로 달려왔지만 타살 가능성이 있다고 보고 경찰청 본부의 수사1과에서도 수사관을 보낸 것이다.

"이 창문에서 떨어진 게 틀림없는 것 같습니다."

다미야 일행이 6층에 있는 자재과로 가자 니시오카 형사가 활짝 열려 있는 창문을 가리키며 말했다.

"아베의 것으로 보이는 머리카락과 혈액이 창틀 위쪽에 묻어 있었습니다."

"여기에 말인가?"

다미야는 창문으로 다가가 창틀 위쪽을 살펴보았다.

"그럼 떨어질 때 여기에 머리를 부딪치기라도 했단 말인가?"

"그런 것 같습니다. 충격이 꽤 컸을 것 같은데요."

"그랬겠지."

다미야는 조금씩 벗겨지기 시작한 이마를 쓰다듬었다.

"이 창문은 열려 있었나?"

"열려 있었다고 합니다."

니시오카가 대답했다.

"합니다?"

다미야는 미간을 모았다.

"그게 무슨 소리지?"

"이 회사는 새벽 1시에 수위가 건물을 돌아본다고 합니다. 어젯밤에도 순찰을 돌았는데, 그때 이 방 불이 환하게 켜 있고 창문도 활짝 열려 있었답니다."

"그래서 수위는 어떻게 했는데?"

"창문만 닫고 계속 순찰을 돌았다고 합니다. 직원이 아직 남아 있나 보다라고 생각한 모양입니다. 가끔씩 늦게까지 남아서 일하는 직원이 있다고 하더군요."

하지만 그래서야 순찰을 도는 의미가 없지 않나 하는 생각이 들었지만, 다미야는 입 밖에 내지 않았다.

"그렇다면 떨어진 건 새벽 1시 전이라는 얘기군."

"사망 추정 시각은……."

니시오카는 수첩을 꺼냈다.

"어젯밤 9시부터 11시 사이라고 합니다."

"그렇군."

다미야는 창가에 섰다. 창문은 허리께보다 조금 높았다. 거기에서 얼굴을 내밀고 내려다보니 검시 뒷정리를 하고 있는 모습이 보였다. 아득한 높이에 저도 모르게 발이 움츠러들었다.

"아베 자리는 어디지?"

"여기입니다."

창가를 등지고 나란히 놓여 있는 두 자리 중 한쪽을 니시오카가 가리켰다. 의자에 '아베'라고 적힌 표찰이 붙어 있었다. 옆자리 의자에는 '나카마치'라고 적혀 있었다.

아베의 책상은 말끔히 정리되어 있었다. 파일과 노트가 다용도 책꽂이에 꽂혀 있고 담배꽁초가 수북이 쌓인 재떨이가 놓여 있을 뿐이었다.

다미야는 책상 옆에 있는 쓰레기통을 들여다보았다. 어젯밤 일한 흔적이 구겨지고 찢겨진 채 버려져 있었다. 그는 그중 하나를 끄집어내서 펼쳐보았다. 하지만 회의 자료 같은 건 아니었다. 매직펜으로 큼직큼직한 글씨가 쓰여 있었다.

다미야는 그것을 다시 구겨서 쓰레기통에 버렸다.

이윽고 직원들이 출근하기 시작했다. 전무, 안전부장 같은 이들이 얼굴을 들이밀었다. 다미야는 적당히 인사만 해두었다. 그런 이들에게 질문을 해봤자 헛수고라는 걸 알고 있었다.

자재과 직원들을 근처 회의실에 대기시켜 놓았다고 했다. 다미야는 그중 가장 나이가 많은 사노라는 남성을 방으로 불렀다.

사노는 몸집이 퉁퉁하고 얼굴이 허연 남성이었다. 마음이 약해 보이지만 계장이다. 그는 아베가 어젯밤 잔업을 하느라 늦게까지 사무실에 있었을 거라고 했다. 오늘 구매부 회의가 있는데 그때 보고할 자료를 준비했을 거라고 덧붙였다.

"남아 있던 직원은 아베 씨뿐인가요?"

다미야가 물었다.

"글쎄요, 늘 몇 명은 남아 있는데…… 출퇴근 카드를 보면 알 수 있을 겁니다."

다미야가 눈짓을 하자 니시오카는 바로 자리에서 일어났다.

"많이 놀라셨지요?"

니시오카를 기다리는 동안 다미야는 담배에 불을 붙이고 가벼운 말투로 물어봤다. 사노도 고개를 끄덕이고 담배를 꺼내 물었다. 그러고는 한 모금 쭉 빨더니 그제야 한숨 돌린 듯한 표정을 지었다.

"오늘 과장님한테 결재를 받아야 할 건이 두 건 정도 있어서 그 생각만 하면서 회사에 나왔습니다. 설마 이런 일이 생겼으리라곤 꿈에도 생각지 못했습니다."

담배를 손가락 끝에 끼우고 사노는 고개를 저었다.

"어제 아베 씨가 평소와 다른 점은 없었나요?"

"글쎄요, 평소와 같았던 것 같은데요."

"오늘 회의가 있다고 하셨는데, 중요한 회의입니까?"

"아뇨. 그렇진 않습니다. 단순한 정례회의입니다."

그렇게 말하고 사노는 또다시 성급하게 담배를 빨아 연기를 내뿜었다.

이윽고 니시오카가 자재과 직원들의 타임카드를 가지고 왔다. 어젯밤 잔업을 한 사람은 모리타라는 직원과 나카마치 유키코라는 여직원 두 명뿐이었다. 모리타는 9시 5분에, 나카마치 유키코는 10시 22분에 퇴근을 찍었다. 먼저 모리타부터 이야기를 들어보기로 했다.

"꼭 어제 안에 끝내고 싶은 보고서가 있어서 잔업을 했습니다."

모리타는 선하게 생긴 스포츠맨 타입이었다. 서른이 넘었고 독신이라고 했다. 여성들에게 인기가 있음직한 남성이라고 다미야는 생각했다.

"모리타 씨가 퇴근할 때 아베 씨는 무엇을 하고 있던가요?"

"무슨 자료를 만들고 계시는 것 같았습니다. 나카마치 씨가 그걸 돕고 있었고요."

"어떻게 보였나요? 이를테면 짜증이 나 있다든지……."

"웃고 계셨어요. 제가 있는 동안에도 자주 농담을 하셨지요."

"흐흠, 웃고 있었다."

적어도 모리타의 진술로 봐서는 자살일 것 같지 않았다.

나카마치 유키코는 키가 작고 동안이어서 스물넷이라는 나이보다 훨씬 어려 보였다. 잔뜩 긴장한 듯 손수건을 움켜쥔 손가락에 힘이 들어가 있다. 유키코의 주업무는 자재과의 인사와 관련된 일이라 자리가 과장 옆이라고 했다.

"어젯밤에는 쭉 과장님 일을 도왔어요. 과장님께서 만드신 초안을 워드프로세서로 정리하는 일이었죠. 10시가 지나 일이 끝나자 수고했다며 들어가라고 하셔서 먼저 퇴근했습니다."

"그때 아베 씨는 뭘 하고 있던가요?"

"뒷정리를 하시는 것 같았습니다."

유키코가 고개를 숙인 채 대답했다.

"잔업 중에 뭔가 평소와 다른 점은 없었나요? 어딘가에서 전화가 걸려왔다든지."

"아뇨. 없었습니다."

작지만 비교적 또렷한 목소리로 그녀가 대답했다.

나카마치 유키코가 나간 후 다미야는 니시오카에게 "어떻게 생각하나?"라고 물었다.

"뭐라고도 하지 못하겠네요. 나카마치 유키코의 말을 믿는다면 아베가 떨어진 건 10시 20분 이후라는 얘긴데. 두 사람의 이야기를 종합해 보면 아무래도 자살일 가능성은 없어 보이네요."

"그렇지. 게다가……"

다미야는 창틀 위쪽을 보았다.

"아무리 자살하려고 작정한 사람이라도 저런 데 일부러 머리를 부딪칠 리는 없고 말이야."

뭔가 미심쩍다는 생각이 들었다. 분명 뭔가가 있다.

"그런데 말이죠, 고인의 추정 체중을 아십니까?"

다미야의 생각을 감지했는지 니시오카가 물었다.

"몰라. 몇 킬로그램이지?"

"80에서 85킬로그램입니다."

"흐흠."

다미야는 신음 소리를 흘렸다. 이 방에는 싸운 흔적이 전혀 없고, 창틀의 높이로 볼 때 뒤에서 떠미는 정도로는 떨어질 것 같지 않았다. 하물며 80킬로그램이라…….

"좀 무리일까?"

'밀어서 떨어트리는 건?'이라는 의미였다.

"적어도 제게는 무리입니다. 프로레슬링 선수라면 모를까."

니시오카가 말했다.

"그럼 사고인가? 실수로 떨어졌단 말인가?"

다미야는 다시 한번 창가로 다가가서 아래를 내려다보았다.

"대체 뭘 어떻게 실수하면 이런 데서 떨어질 수 있는 거지?"

오후에 경찰들이 떠나자 자재과 직원 열다섯 명은 자기 자리로 돌아갈 수 있었다. 모리타도 자신의 자리로 가서 앉았다. 그의 자리는 아베의 앞이고, 사노의 맞은편이다. 그러니까 과장은 오른쪽 옆에서, 계장은 정면에서 그를 볼 수 있는 배치다. 하지만 오늘은 과장 자리에 아무도 없다. 오늘뿐 아니라 앞으로도 계속 아베 과장이 그를 볼 일은 없는 것이다. 그런 생각을 하면서 공석이 된 책상을 바라보자 모리타는 왠지 기분이 이상야릇해졌다.

조금이라도 일을 하자는 생각이 들었을 때 비스듬한 앞쪽에서 나카마치 유키코가 일어섰다. 복사실로 가는 듯했다. 모리타는 적당한 서류를 집어 들고 그녀의 뒤를 쫓았다.

복사실에는 유키코 말고 아무도 없었다. 유키코는 힐금 그를 보더니 잠자코 오른손을 내밀었다. 복사할 서류를 달라는 뜻인 듯했다.

하지만 모리타는 그 손을 무시하고 "무슨 질문을 받았어?"라고 나지막한 목소리로 물었다. 유키코는 묵묵히 몇 장을 복사하고 나서 대답했다.

"어제 몇 시에 퇴근했느냐, 과장님은 어떤 사람이냐, 뭐 그런 거요."

"그래서 뭐라고 했는데?"

"출퇴근 카드에 찍힌 대로고, 과장님은 평소와 다르지 않았다고요. 그랬잖아요."

"그랬지. 그래서 나도 그렇게 대답했어."

유키코는 대꾸하지 않고 하던 일을 계속했다. 복사기 소리를 들으면서 모리타가 말했다.

"할 이야기가 있어."

4

"이번에는 그놈이야. 그놈을 죽일 거야."

"안 돼. 그런 짓을 해선 안 된다고."

"안 될 게 뭐 있어. 그놈도 한통속이라고. 믿지 않아?"

"물론 미워. 미칠 것 같이 미워. 그런데도 그들은 자기 죄를 눈곱만큼도 알지 못하지."

"그들은 그래. 그런 인간이야. 죽여 버리자. 망설일 거 없어. 증오심을 곱씹는 거야."

"그래. 증오심을 곱씹고."

"어떻게 죽일까? 어떤 식으로?"

"뭔가 좋은 방법을……"

"생각해 내는 거야."

                                    5

　다미야는 초조했다. 연일 계속되는 탐문수사에도 단서가 될
만한 것을 무엇 하나 얻지 못했다. 나카마치 유키코가 회사에
서 나간 시각은 10시 22분. 사망 추정 시각으로 미루어 생각
해 보면 그 후 한 시간 이내에 아베가 떨어진 것이 확실하지
만 한밤중이어서 아무도 그 소리를 듣지 못했다. 또 그 시간에
는 회사 출입이 비교적 자유로우니 누군가가 들어왔다고 해
도 전혀 기록에 남지 않는다. 그렇기에 출퇴근 카드는 나카마
치 유키코가 맨 마지막으로 찍었다 해도 아베가 잔업을 한다
는 걸 알고 있는 사람이라면 누구든지 살인의 기회는 있었다
는 얘기가 된다.
　또 다른 문제점도 있다. 거구인 아베를 추락시키는 방법이
다. 부검 결과에 따르면 살해되고 나서 떨어졌을 가능성은 낮
다고 하고, 낙하 위치를 놓고 추정해 본 감식 소견에 따르면
제법 강한 힘에 밀려 떨어졌을 가능성이 높다고 했다.
　그렇다면 역시 자살인가?
　"절대로 그럴 리 없어요. 그이는 일과 가정을 빈틈없이 해

내는 걸 아주 만족스러워했어요. 이번 휴가 때는 온 가족이 함께 여행을 가기로 한걸요."

그의 부인이 눈물을 흘리면서 한 말이다. 부인의 '절대로'라는 말을 믿을 수 없다는 건 알고도 남는 일이지만, 다른 사람들에게 들은 이야기도 그와 비슷한 느낌이었다. 대체로 아베라는 남자는 배짱이 두둑한 편이어서 어떤 일이 있든 자살이라는 결론에는 이르지 않았을 거라고 말했다.

여기서 타살설로 돌아간다.

그러나 지금 시점에서 아베가 누군가에게 원한을 샀다는 이야기는 나오지 않고 있다. 다소 무신경한 면은 있지만 남을 보살피기 좋아하고 붙임성이 있어서 오히려 사람들에게 호감을 사는 편이었다는 보고뿐이다. 그러고 보면 사건이 일어난 밤에도 그는 모리타와 나카마치 유키코에게 농담을 했다고 했다.

그렇다면 아베가 죽는 것으로 득을 보는 사람이 있는가? 이것도 결론부터 말하면 해당자가 없다. 억지로 갖다 붙이면 아래 직원의 출세가 빨라질 가능성이 있지만, 그런 이유로 살인을 저질렀다고는 볼 수 없다.

결국 타살설도 흔들리고 있었다.

두 번째 사건이 일어난 것은 그즈음이었다.

6

아베가 죽은 지 일주일이 지났다. 마침내 자재과도 업무 리듬을 되찾기 시작했고, 과장 자리가 비어 있는 것도 위화감을 느끼지 않고 받아들이게 되었다.

사노의 책상에 놓여 있는 전화기가 울리기 시작했다. 사노는 자리를 비운 상태였다. 오늘은 거래처 공장을 돌아보려고 외근을 나갔다.

"네. 자재과입니다."

그때 마침 지나가던 직원이 전화를 받았다.

"네. 사노 씨는 저희 계장님입니다만. 네? 설마요. 그게 사실입니까? 네, 네……."

그 응답에 모리타를 비롯해 다른 직원들도 얼굴을 들고 그를 주목했다. 그는 얼굴을 일그러뜨리고 무언가를 쉴 새 없이 메모하고 있었다. 이마에는 비지땀이 배어났다. 그가 난폭하게 수화기를 내려놓더니 "큰일 났어요"라고 누구에게랄 것도 없이 중얼거렸다.

"사노 씨가 죽었답니다."

언뜻 보기에는 단순한 교통사고였다. 자동차 전용 도로의 굽은 길에서 미처 핸들을 꺾지 못해 차가 중앙분리대로 돌진한 것이다. 다행히 다른 차에 피해는 끼치지 않았지만 사노 본인은 즉사했다. 사고 발생 직전에 사노의 차 뒤에서 운전한 사람은 차가 비틀거리며 위태로워 보였다고 증언했다. 그래서 가급적 거리를 두고 운전한 덕에 자신은 살았다고 덧붙였다.

현장 검증 결과, 졸음운전으로 인한 사고로 판정을 내렸다.

그렇지만 진작부터 아베의 죽음에 대한 진상을 조사하던 경찰본부 수사1과는 이 사고에 의혹을 품고 시신을 부검해줄 것을 요청했다. 뺑소니차 범죄일 가능성이 있다면 모를까, 자기 과실로 사망에 이른 경우에는 부검을 하지 않는 것이 상례다.

그럼에도 결과가 나왔다. 사노의 체내에서 수면제가 검출되었다고 한다.

다미야와 니시오카는 다시 A식품 본사로 가서 몇몇 자재과 직원과 이야기를 나누었다. 거기서 알게 된 것은, 사노가 외근을 나간다는 것과 자동차를 쓴다는 것을 자재과 직원 모두 알고 있었다는 사실, 그리고 사노가 회사를 나서기 직전에 차를 마셨다는 사실이다. 차는 매일 아침 10시에 나카마치 유키코가 모두에게 가져다준다고 했다.

나카마치 유키코를 불렀다. 유키코는 지난번과 마찬가지로 조금 고개를 숙인 채 나타났다. 의자에 앉아 있을 때 몸이 굳는 것도 똑같다.

다미야는 태연한 말투로 차에 관해 확인했다. 분명히 그날 아침에도 차를 냈다고 유키코는 대답했다.

"차를 어디서 준비하죠?"

"복도에 탕비실이 있어요."

"혼자서 준비하나요?"

"그렇습니다."

"그날 아침 차를 준비할 때 누군가가 들어오진 않았나요?"

유키코는 고개를 비스듬히 기울이고 잠시 생각에 잠겼다.

"생각이 잘 안 나요. 때때로 사람들이 들어오기도 해요. 그날은 어땠는지 생각 나지 않습니다."

"그렇다면 차를 준비하다 중간에 탕비실에서 나가지는 않았나요?"

잠시 틈을 두었으나 이번에는 비교적 단호하게 "그런 일은 없었을 겁니다"라고 대답했다.

다미야는 유키코를 바라보았다. 그녀는 손바닥을 마주 비비기도 하고 움켜쥐기도 했다. 자그마하지만 하얗고 도자기처럼 매끄러운 손이었다.

"미안합니다만 저희를 그곳으로 안내해 주지 않겠습니까?"

문득 생각이 나서 다미야가 말했다. 그러자 딱히 난처해하는 기색도 없이 "그러죠"라며 유키코는 자리에서 일어났다.

탕비실은 좁은 공간에, 개수대와 물을 끓이는 커다란 주전자가 갖추어져 있었다. 유키코는 재빨리 찻주전자를 씻어서 찻잎을 넣더니 선반에서 찻잔 두 개를 꺼내 다미야와 니시오카를 위해 차를 준비해 주었다. 형사들은 미안해하며 찻잔을 받았다.

"맛있는 차로군요. 그런데 찻잔은 각자 정해진 걸 쓰나요?"

선반을 들여다보며 다미야가 물었다.

"아니요. 지금 형사님께서 들고 계시는 것과 똑같은 찻잔이 선반에 마흔여섯 개 있어요. 그걸 적당히 씁니다."

"그렇군요."

그렇다면 차에 수면제를 넣는 것만으로는 어느 것이 사노 앞으로 갈지 알 수 없다는 이야기다.

"차를 낼 때는 어떻게 하나요? 나카마치 씨가 한 잔 한 잔 직원들의 책상에 직접 가져다줍니까?"

"그렇습니다."

"힘드시겠군요. 아, 저희는 이제 됐어요. 잘 마셨습니다."

찻주전자에 다시 뜨거운 물을 붓는 유키코를 보며 다미야는 얼른 사양했다. 하지만 유키코는 억양이 없는 목소리로 "이왕 끓인 김에 직원들에게도 가져다주려고요"라고 말하더니 쟁반 위에 똑같은 모양의 찻잔을 놓기 시작했다.

"아무래도 잘 모르겠단 말이야."

회사에서 나와 역을 향해 걸으면서 다미야가 중얼거렸다.

"상황만 놓고 본다면 나카마치 유키코가 가장 수상하지요. 아베가 떨어져 죽었을 때는 마지막까지 같이 있었고, 이번 범행 역시 그녀라면 가능하니까요."

"분명 그렇지. 하지만 둘 다 상황뿐이야. 수면제도 그 차에 들어 있었다고 장담할 수는 없으니까."

"그렇긴 하죠."

"아무튼 아베와 사노의 주변을 철저히 파헤쳐 봐. 분명 숨어 있는 공통점을 찾아낼 수 있을 거야."

7

사노에 관한 정보를 수집했지만 그중 다미야를 만족시킬 만한 것은 전혀 없었다. 사노에 대한 관계자들의 인상은 마음은 약하지만 성실하고 책임감이 강한 인물이라는 점에서 완전히 일치했다. 게다가 술도 마시지 않고 도박도 일절 하지 않는다고 한다. 다미야는 처음 사노를 만났을 때를 떠올렸다. 분명 그런 느낌이었다.

"아베와의 관계도 조사해 봤습니다만, 직장 상사와 부하 직원이라는 것 외에는 아무것도 나온 게 없습니다. 그러니까 두 사람이 공통으로 아는 사람은 같은 부서 직원뿐이라는 얘 깁니다."

이 사건을 맡은 수사관은 지칠 대로 지친 얼굴로 보고했다.

역시 단순한 사고가 아닐까? 아베의 추락 사고와 겹친 것 은 우연이 아닐까? 그런 목소리도 들리기 시작했다. 하지만 수면제 건은 여전히 해결되지 않았다.

"사노의 부인 말로는 그는 수면제 같은 건 먹어본 적도 없 답니다. 워낙 성실한 사람이라 차를 운전하기 전에는 술찌끼 로 담근 장아찌도 먹지 않았다고 합니다."

수사관 한 명이 자신 있는 목소리로 말했다.

그러나 전혀 진전이 없는 것은 아니었다. 직원들의 알리바 이를 조사한 수사관은 아베가 추락사한 걸로 추정되는 시간 대에 전원의 알리바이를 확인했다. 그러니까 아베가 추락사 한 현장에 있을 수 있는 사람은 나카마치 유키코, 단 한 사람 이 되는 것이다.

물론 이것이 범인을 검거할 결정적 단서가 되지 않는다. 범 인이 반드시 아베의 부하 직원이라고는 할 수 없다. 하지만 아베와 사노의 공통점을 생각해 보면 그녀의 존재를 무시할 수 없었다.

"나카마치 유키코라, 분명 신경은 쓰이지."

다미야는 턱을 쓰다듬었다.

나카마치 유키코에 관해서는 아베 사건이 일어났을 때 어느 정도 조사해 두었다. 그 보고서를 보면 젊고 평범해 보이는 여성이 의외로 고생을 했다는 사실을 알 수 있다.

그녀가 이 회사에 들어온 것은 4년 전, 그녀가 살던 지방의 단기 대학을 졸업한 해다. 입사 당시에는 자재부에 배치되었다.

거기까지는 순조로웠다고 할 수 있다.

첫 번째 불행은 그로부터 1년 후에 일어났다. 어머니가 암으로 돌아가신 것이다. 아버지는 어릴 때 돌아가셨고 형제도 없는 그녀는 외톨이가 되었다. 그래도 그녀가 버틸 수 있었던 데에는 당시 같은 직장에 다닌 나카마치 요이치의 역할이 컸다고 한다. 요이치는 여러모로 그녀에게 힘이 되어주었다. 평소 얌전한 그녀도 요이치 앞에서는 말이 많아지고 웃는 일도 잦았다. 그러다 그녀가 스물세 살이 된 가을, 그러니까 작년 가을에 둘은 결혼했다.

그 후로 반년이 그녀의 인생에서 황금기였다고 할 수 있다. 유키코는 결혼하고 나서 몰라볼 정도로 예뻐졌다는 소리를 여기저기서 들을 정도였다고 한다.

앞에서도 밝혔지만 그 행복은 반년밖에 이어지지 않았다. 올해 5월에 요이치가 차 사고로 사망한 것이다. 비 오는 날

핸들을 미처 꺾지 못해서 전신주를 들이받았다. 그녀도 그 사고만큼은 쉽게 딛고 일어서지 못한 것 같다. 2주 동안 회사에도 나오지 않았다고 했다. 회사 측은 그녀에게 새로운 일자리를 주었다. 그것이 지금의 구매부 자재과다.

"남편의 죽음에 뭔가 미심쩍은 점은 없었나?"

보고서를 읽던 다미야가 고개를 들고 곁에 있는 니시오카에게 물었다.

"일단 확인해 봤습니다만 의심스러운 점은 없었다고 합니다. 유감스럽게도 부검은 하지 않았다고 합니다만."

"아베나 사노와 연관되는 건 없나?"

"그것도 철저히 조사했습니다. 관계가 없다고 단언해도 될 정도였습니다."

"맙소사, 아무것도 없단 말인가."

다미야는 양손을 머리 뒤로 깍지 끼고 한껏 기지개를 켰다.

"그리고 그 후에 알게 된 사실인데, 그녀는 유산을 했더군요."

"뭐라고? 유산을?"

기지개를 켜다 만 자세로 다미야가 되물었다.

"네. 유산이요."

니시오카가 같은 말을 되풀이했다.

"지난달에 나카마치 유키코는 아이를 유산했습니다."

"자세히 설명해 봐."

다미야는 자세를 바로하고 앉았다.

니시오카가 알아본 바로는 지난달 초순에 나카마치 유키코는 열흘간 휴가를 냈다. 하지만 토요일과 일요일을 끼고 있어서 실제로는 2주일을 쉰 셈이다. 보고서에 따르면 한밤중에 갑자기 복통을 호소해서 구급차로 병원에 실려 갔다고 한다.

"그런데 유산이었단 말이군."

"네. 담당 의사 말로는 세상을 떠난 남편이 남긴 아기여서 그녀에게는 유일한 삶의 보람이었을 거라고 하더군요. 며칠간 극심한 노이로제 증상을 보여서 손쓸 수도 없었다고 합니다."

니시오카가 조용한 말투로 말했다.

"그런데 용케 극복했군."

"그게 1주일쯤 지나자 점차 안정을 찾았다고 합니다."

"임신과 유산에 관해선 회사 사람들도 물론 알고 있겠지?"

"물론입니다. 퇴원하고 나서 한동안은 비교적 편한 업무를 하게 했다고 하니까요."

다미야는 앓는 소리를 내더니 아랫입술을 삐쭉이 내밀었다.

"그 일이 이번 사건과 관계가 있는지 여부가 관건이겠군."

"지금 시점에서는 관계있는 요소가 전혀 없어요. 아기를 잃고 그녀는 절망했지만, 아베나 사노와는 아무런 연관도 없습니다."

"흐음."

다미야는 자리에서 일어나 창밖을 내다보았다. 어딘지 모르게 그늘이 있는 나카마치 유키코의 얼굴이 눈앞에 떠오른다. 사랑하는 남편을 떠나보내고 그의 아기마저 잃은 슬픔이 얼마나 컸을까.

8

사노가 교통사고로 죽고 사흘이 지났다. 자재과는 어딘지 모르게 우울한 분위기에 휩싸여 있었다. 그 원인은 두 사람이 죽었다는 것만이 아니다. 어디에서 그런 이야기가 흘러나오는지 알 수 없지만, 직원 중에 범인이 있다는 소문이 조용히 그러나 파다하게 퍼지고 있었다. 사내에서는 부서명이 적힌 명찰을 가슴에 달도록 되어 있는데, 구매부 자재과라는 걸 알면 이상한 눈으로 쳐다본다고 호소하는 이들도 몇몇 있었다.

이쯤 되면 아무래도 회사에 있기 거북해진다. 요즘 들어 자재과 직원들의 잔업 횟수는 현저히 줄어들었다. 모리타도 이날은 퇴근 시간에 맞춰 사무실을 나섰다. 다만 여느 직원들과는 다른 이유에서였다. 사무실을 조금 걸어 나간 곳에서 모리타는 나카마치 유키코를 따라잡았다. 그의 얼굴을 보자 그녀의 까만 눈동자가 당황한 듯 흔들렸다.

"회사 사람들이 오지 않는 찻집을 찾아냈어."

모리타가 주위를 둘러보면서 속삭였다.

"거기서 지난번에 하던 얘기를 마저 하고 싶은데."

"저, 시간이 별로 없어요."

"잠시면 돼."

모리타가 말하자 그녀는 작은 목소리로 "네"라고 대답했다.

10분쯤 걸어서 모리타가 말한 가게에 도착했다. 커피 전문점인데 조명이 어두운 편이었다. 예상한 대로 아는 얼굴은 없었다. 젊다고는 해도 유키코는 미망인이다. 그것도 남편을 잃은 지 넉 달밖에 되지 않은. 그런 그녀를 억지로 불러냈다는 걸 회사에서 알게 되면 그냥 넘어가지 않을 게 분명했다.

모리타는 담배를 한 개비 꺼내 물고 아무 말 없이 반쯤 피웠다. 유키코는 고개를 숙인 채 눈을 내리깔고 있다. 뺨을 타고 흐르는 얼굴선이 어둠침침한 가운데 또렷이 드러났다.

"상식적이지 않다는 건 알아."

모리타는 첫 번째 담배를 재떨이에 비벼 끄고 또 한 개비를 꺼내면서 말을 이었다.

"하지만 도저히 못 기다리겠어. 대체 얼마나 기다리면 되는 거야? 1년이면 되니? 아니면 2년?"

유키코는 희미한 웃음을 떠올리며 고개를 살짝 갸웃했다.

"그게, 저는 아직 그런 생각은 전혀 해보지 않아서요."

"그건 알고 있다고. 그러니까 생각하지 않아도 돼. 그냥 아무 생각도 하지 말고 당분간 나랑 사귈 수는 없어?"

"그래도……."

"물론 남들 눈에는 띄지 않도록 조심할게."

유키코는 입을 다물었다. 하지만 기분이 상한 것 같지는 않았다. 밀어붙이는 모리타가 어이없는지 입꼬리에 살짝 미소를 머금은 채 비스듬히 눈을 내리깔고 있었다.

찻집에서 나온 모리타는 그녀에게 바래다주겠다고 했다. 그녀도 무조건 싫다고는 하지 않았다. 무엇 하나 그럴듯한 답변은 얻어내지 못했지만 희망이 없는 건 아니라고 모리타는 생각했다.

그녀가 지금 자리로 옮겨왔을 때부터 모리타는 유키코에게 마음이 끌렸다. 미인은 아니지만 그녀에게는 소박한 매력이 있었다. 늘 화려한 외모의 여성과 사귄 모리타에게 그런 매력은 신선했다.

그녀가 결혼한 적이 있다는 사실 따윈 신경도 쓰지 않았다. 오히려 지난달에 있었던 유산으로 충격을 받았다. 죽은 남편의 망령이 어디까지라도 따라올 것 같은 기분이 들었다.

깔끔한 2층 건물 앞에 왔을 때 유키코는 문득 걸음을 멈췄다. 좁은 주차장에 누군가가 서 있었던 것이다. 키가 크고 호리호리한 그림자가 이쪽으로 다가온다. 이윽고 불빛 아래 얼굴이 드러났다. 키는 크지만 아직 어린 티를 벗지 못한 소년이었다. 손에 커다란 가방을 들고 있었다.

"신짱, 미안해."

유키코가 말했다.

"어디 좀 들렀다 오느라고 늦었어. 많이 기다렸니?"

소년은 고개를 저었다. 그러곤 잠자코 가방을 내밀었다. 유키코는 그것을 받아 들었다.

"열심히 해라."

유키코가 말했다. 소년은 그녀의 얼굴을 보고 고개를 끄덕이더니 모리타 쪽으로 눈길을 돌렸다. 하지만 그의 눈은 모리타를 보고 있는 것 같지 않았다. 그는 가볍게 고개를 숙이더니 모리타 옆을 지나쳐서 밤길로 사라져갔다.

"죽은 남편의 동생이에요."

소년이 사라진 어둠을 바라보며 유키코가 말했다.

"야간고등학교 1학년이에요. 자동차 수리 공장에서 일하면서 그곳에서 먹고 자죠. 일주일에 한 번씩 빨랫감을 가지고 와요."

"네가 빨래를 해주는 거야?"

모리타가 비난하듯 따져 물었다.

하지만 그녀는 대꾸하지 않고 "안녕히 가세요"라는 말을 남기고는 건물 입구로 걸음을 내디뎠다.

9

부하 직원의 보고를 기다리는 동안 다미야는 창밖을 내다보고 있었다. 그때 문득 눈에 들어오는 것이 있었다. 맞은편 건물 창가에서 누군가가 발판 위에 올라가 있었다. 창문이 닫혀 있기에 망정이지 그렇지 않다면 굉장히 위험한 자세다. 발판 위에 올라서 있던 남자는 액자를 같은 것을 들고 내려갔다. 벽에 걸려 있던 액자를 뗀 모양이다.

그 모습을 보고 있던 다미야의 머리에 떠오르는 것이 있었다.

"이봐."

다미야는 니시오카를 불렀다.

"바닥에 서 있는 사람을 창가에서 밀어서 떨어뜨리는 거야 지극히 힘들겠지만, 창가에서 의자나 뭐 그런 걸 딛고 올라가 있는 사람이라면 살짝 밀기만 해도 쉽게 떨어지지 않을까?"

"네?"

니시오카는 얼빠진 반응을 보였다.

"상대가 이 위에 서 있다고 치자."

다미야는 창가로 의자를 가져갔다.

"그야 그렇다면 간단하겠죠."

니시오카가 말했다.

"하지만 창가에서 의자 위에 서 있을 일이 있을까요?"

"있을 수 있지. 창문과 천장 사이에 액자를 걸기도 하고 종이를 붙이기도 하잖아. 그럴 때는 창가에서 무언가를 딛고 올라가야 하지."

니시오카는 미간을 모으더니 관자놀이 부근을 손가락으로 눌렀다. 상황을 그리고 있는 듯했다.

"아베가 무슨 종이를 붙이려고 했단 말씀입니까?"

"그래. 그리고 거기 적힌 내용은 이렇지. '담배를 지나치게 피우지 맙시다.'"

"어떻게 그걸?"

"그날 쓰레기통에 그렇게 쓰인 종이가 한 장 버려져 있는 걸 봤거든. 아마 아베는 그 종이를 창문 위에 붙이려고 의자에 올라갔을 거야. 그리고 범인은 천천히 다가가서 아베가 빈틈을 보인 순간 창문을 연다. 그리고……."

다미야는 양손을 앞으로 쑥 내밀었다.

"혼신의 힘을 다해 떠민다. 의자에 서 있던 아베는 균형을 잃고 창 바깥쪽으로 쓰러진다. 그 순간 창틀에 머리를 부딪칠 수도 있겠지."

"그렇군요."

감탄한 니시오카는 몇 번이고 고개를 끄덕였다.

"그런 방법도 있었군요."

"다만 이 방법은 아베가 믿는 사람이어야 성공할 수 있지. 그곳에 있을 리 없는 사람이 다가갔다면 아베도 경계했을 테니까."

"알겠습니다. 그러니까 그때 아베와 함께 있어도 이상할 게 없는 사람이겠군요."

"맞아."

그리고 다미야는 말을 이었다.

"이렇게 되면 남는 건 동기뿐이야."

"그거 말인데, 방금 떠오른 게 있어요. 나카마치 유키코가 유산한 거 말이에요. 그거 정말로 아베와 사노는 관계가 없었던 걸까요?"

니시오카의 말투가 묘하게 의미심장했다.

"무슨 뜻이야? 서로 연관이 있단 말이야?"

"아니요. 저도 모릅니다. 하지만 요컨대, 나카마치 유키코가 어떻게 생각하느냐 하는 문제죠. 실은 얼마 전에 신문에서 언뜻 읽은 적이 있어서 그런 생각이 떠오른 겁니다."

"뭔데 그렇게 거드름을 피우는 거지?"

다미야는 쓴웃음을 지었다.

"도대체 무슨 이야기를 하고 있는 거야?"

"그러니까 방금 전에 힌트를 주셨잖아요."

니시오카가 창문 쪽을 가리키며 말했다.

"벽에 붙인 종이 말이에요."

10

점심시간이 되면 직원들은 대부분 구내식당으로 간다. 하지만 나카마치 유키코가 점심을 싸 오는 날이 있다는 걸 모리타는 알고 있었다. 오늘이 그렇다.

모두 식당으로 가자 모리타는 유키코에게 다가갔다. 그녀의 도시락은 노란 밀폐 용기에 담겨 있었다.

"맛있어 보이는군."

그가 말을 걸었다.

그녀는 젓가락을 손에 든 채 한동안 도시락을 바라보다가 모리타를 올려다보았다.

"식당에 안 가세요?"

"오늘은 볼일이 있어서."

모리타는 그녀 뒤쪽의 창가로 다가가서 아래를 내려다보았다. 바로 얼마 전에 여기에서 떨어진 사람이 있다니, 아직도 믿기지 않았다.

"언제 느긋하게 식사라도 같이 하지 않을래?"

그가 말했다.

"잠깐 만나서 얘기하는 걸로는 아무런 진전도 없다고. 괜찮은 식당이 있어. 남들 눈에도 잘 띄지 않는 곳이고, 유키코 마음에도 들 거야."

"안 돼요."

그녀는 젓가락을 놓더니 눈을 내리깔았다.

"뭐가 안 되는데? 때가 아니란 말이야? 그런 게 무슨 상관이야? 나랑 식사하는 게 싫다면 됐어. 그렇게 말하면 된다고."

반응이 궁금해서 그는 유키코의 얼굴을 들여다보았다.

그래도 유키코는 한동안 잠자코 있었다. 하지만 뭔가 결심이 선 듯 얼굴을 들더니 모리타의 눈을 바라보았다.

"꼭 식당에 가야 하나요?"

그녀가 물었다.

"아니, 그러니까 느긋하게 이야기를 하고 싶을 뿐이야. 찻집 같은 데는 좀 어수선하잖아."

모리타가 말하자 그녀는 천천히 고개를 저으며 말했다.

"제 말은 그게 아니에요. 저를 모리타 씨 집으로 초대해 주시지 않겠어요? 그러면 느긋하게 있을 수 있잖아요."

그녀의 말뜻을 모리타는 곧바로 알아듣지 못했다. 하지만 이내 함박웃음을 지으며 그녀의 어깨에 손을 얹었다.

"유키코만 괜찮다면 나야 물론 좋지. 좀 지저분하니까 오늘 밤 당장 청소를 해야겠네. 그래서 언제가 좋은데?"

"언제든지요."

그녀가 말했다.

"그럼 내일. 전에 같이 간 찻집에서 만나자. 7시, 괜찮지?"

유키코는 살짝 고개를 끄덕였다. 모리타는 '뚜뚝' 손가락을 꺾어 소리를 냈다.

"최고야. 내일은 최고의 날이 될 것 같다."

"단."

모리타의 들뜬 표정과는 대조적으로 유키코는 딱딱한 표정을 지었다.

"이 얘기는 절대로 아무한테도 하지 말아주세요. 만약 누군가에게 말하면 두 번 다시 만나지 않을 거예요."

말투도 거칠었다.

모리타는 주눅이 들었지만 "알았어. 약속할게"라고 조금 흥분한 목소리로 대답했다.

II

다미야와 니시오카는 유키코가 유산했을 때 입원한 병원

으로 가서 담당 의사에게 면회를 요청했다. 윤곽이 뚜렷하고 야무지게 생긴, 그야말로 예리해 보이는 의사였다. 다미야는 먼저 유키코가 유산한 당시 정황에 대해 물어 봤다. 니시오카에게 들은 이야기와 거의 일치했다.

"유산한 원인에 대해 선생님께서 설명하셨나요?"

다미야가 물었다.

"일반적인 이야기는 했습니다. 하지만 너무 세세한 이야기까지 하지 않았습니다. 몹시 낙담해 있었거든요. 무엇보다도 다음 조치가 중요했으니까요."

의사로서 이미 끝난 일보다는 사후 환자상태가 더 중요하다고 그는 덧붙였다.

"그렇군요. 그런데 그때 유키코 씨가 심한 노이로제 증상을 보였다고 하던데요."

"가여웠지요."

당시 상황을 떠올리는지 의사는 고개를 설레설레 저으며 눈살을 찌푸렸다.

"그래도 시간이 지나자 점차 안정을 찾았다는 얘기를 들었습니다. 뭔가 딛고 일어날 만한 계기 같은 것이 있었을까요?"

그러자 의사는 팔짱을 끼고서 말했다.

"계기라고 할 수 있을지 모르겠습니다만, 그러고 보니 이런 얘기를 했어요. 유산한 걸 알았을 때는 죽은 남편에게 미안해서 미칠 것 같았는데, 자기 잘못이 아니라는 걸 알게 되자 조금은 안심했다고요."

"자기 잘못이 아니라고, 그런 말을 했습니까?"

"네. 분명히."

다미야는 몸을 앞으로 내밀었다.

"선생님, 한 가지만 더 여쭙겠습니다. 그녀가 이런 질문은 하지 않던가요?"

수사본부에 돌아오자마자 다미야는 A식품에 전화해서 모리타를 불러내라고 지시했다. 급히 해둘 이야기가 있었다.

하지만 모리타를 불러낼 수는 없었다. 퇴근 시간이 되기가 무섭게 허둥지둥 집에 갔다고 했다.

"중요한 손님이 온다고 했다는데요. 누군지는 극비라면서."

"중요한 손님? 극비?"

불길한 예감이 들었다. 그럼 나카마치 유키코는 아직 사무실에 있느냐고 물었다. 젊은 수사관은 다시 묻더니 이내 다미야 쪽을 보면서 고개를 저었다.

"그녀도 바로 퇴근했다고 합니다."

"큰일 났군."

다미야는 입술을 깨물었다.

"이봐, 서둘러서 모리타 집으로 가줘."

12

"정말로 아무한테도 얘기 안 한 거죠?"

맨션 입구까지 와서도 유키코는 걱정스러운 듯이 또 확인했다. 이게 벌써 몇 번째인가. 어제 모리타의 집으로 오겠다는 약속을 했을 때부터 그녀는 끈질기게 물었다.

그녀가 사람들 눈을 신경 쓰는 건 모리타도 이해할 수 있었다. 그렇기에 오늘 그녀를 만난다는 이야기는 누구에게도 하지 않았다. 더군다나 남에게 할 만한 이야기도 아니었다.

"걱정 마. 우리 둘만의 비밀이야."

모리타는 짙은 색 선글라스를 끼고 있는 유키코에게 말했다. 이 맨션에는 그녀를 아는 사람도 없건만 선글라스와 하얀 모자를 벗으려고 하지 않는다. 그러고 보니 입고 있는 옷도 오늘 회사에서 본 것과는 다르다.

모리타의 맨션은 방이 하나다. 들어가면 바로 왼쪽이 침실이다. 모리타가 그곳에서 옷을 갈아입고 나오자 유키코는 커피를 끓이고 있었다.

모리타는 커피를 테이블로 가져가서 소파에 앉았다. 유키코도 옆에 앉았다.

"이렇게 너랑 이야기하는 게 소원이었어."

그렇게 말하고 모리타는 커피를 마셨다.

"모리타 씨 이야기를 들려주세요."

유키코는 테이블 위에 놓여 있는 말보로를 집어서 모리타에게 내밀었다. 그가 한 개비를 꺼내 물자 바로 옆에 놓여 있는 라이터로 불을 붙여주었다.

모리타는 담배 맛도 최고라고 생각했다.

"자, 무슨 이야기를 할까?"

"글쎄요."

그녀는 입술 가장자리로 집게손가락을 가져가더니 "담배 얘기요"라고 말했다.

"담배는 밭에서 재배하는 일년초로……."

모리타는 천장을 향해 연기를 뿜어냈다.

"이 세상에서 으뜸가는 기호품의 원료가 된다. 단 지나치면 율 브리너가 된다."

"율 브리너요?"

"폐암으로 죽었거든."

모리타는 커피를 마시고 다시 담배를 피웠다.

"모리타 씨는 폐암에 걸리지 않나요?"

유키코가 물었다.

"난 걸리지 않아. 걸리지 않을 거라고 믿고 있지."

그리고 모리타는 옛 이야기를 했다. 아이스하키를 하던 학창 시절 체중을 늘리려고 애쓴 이야기, 골을 넣으려다 자기가 골대에 들어가 버린 이야기…….

갑자기 졸음이 몰려왔다.

눈언저리가 달아오르는 것 같더니 눈꺼풀이 무겁다. 앉아 있는 것조차 힘들었다.

"어떻게 된 거지?"

모리타는 유키코에게 기댈 뻔했다. 하지만 그러기 전에 그녀는 재빨리 일어났다. 어렴풋이 뜬 모리타의 눈에 자신을 내려다보는 그녀의 모습이 들어왔다.

왜 그런 얼굴을……. 그런 생각을 하다가 그는 눈을 감았다.

13

"마침내 해냈어. 이걸로 끝이야."

"그래, 끝이구나. 모든 게 잘됐어."

"그래. 이제야 잘 수 있겠어. 진짜로 잠들 수 있겠어."

"그래. 더 이상 괴로워할 필요 없어. 그 살인마들은 이 세상에 없으니까. 모두 지옥에 떨어졌단다."

"내가 말한 대로지? 경찰은 아무것도 모른다고. 그놈들은 어떻게 된 건지 전혀 몰라."

"그래, 네 말대로구나. 우리가 벌을 받는 일은 없어. 하느님은 우리 편이지."

"우리 편이야. 우리 편."

14

심한 충격을 느끼고 나서야 모리타는 눈을 떴다. 끔찍한 표정을 짓고 있는 남성이 눈앞에 보인다. 조금씩 정신이 돌아온다.

"이제야 정신이 드는 모양이군요."

남성이 말했다. 자세히 보니 일전에 만난 적이 있는 형사였다. 니시오카라고 했던가.

몸을 일으키니 머리가 욱신욱신 쑤셨다. 아무래도 뺨을 맞은 모양이다.

"그녀는요?"

집 안을 둘러보며 모리타가 물었다. 창문과 현관문이 열려 있다. 니시오카뿐 아니라 낯선 남성 몇이 집 안을 돌아다니고 있었다.

"그녀는요?"

모리타는 다시 한번 물었다. 그러자 니시오카가 어깨를 잡고 진지한 눈빛으로 그를 바라보았다.

"아마 그녀의 집에 있을 겁니다. 그곳에서 체포되겠지요."

모리타는 눈을 크게 떴다.

"왜요?"

"살인 및 살인 미수 혐의로요. 당신, 자신이 살해될 뻔했다는 걸 모르는 겁니까?"

"설마……."

"사실입니다. 그녀는 당신에게 수면제를 먹이고 가스관을 열어놓은 뒤 도망쳤어요. 어쨌든 운이 좋았어요. 그녀가 가스에 대해 무지한 것에 감사해야 할 겁니다. 여기는 천연가스를 쓰니까 일산화 탄소 중독이 될 일은 없거든요."

"어떻게 그럴 수가…… 당신은 그 이유를 알고 있는 건가요?"

"일단은요. 지금부터 설명해 드릴 겁니다. 들어도 믿기 힘들겠지만요."

15

다미야 일행이 유키코의 집으로 달려갔을 때, 그녀의 집 앞에는 먼저 온 손님이 있었다. 까만 티셔츠를 입은 호리호리한 소년이었다. 소년은 커다란 가방을 들고 있었다.

다미야 일행을 보더니 소년은 모든 것을 알아차린 듯 슬픈 눈빛으로 천천히 고개를 가로저었다.

"넌?"

다미야가 물었다.

"나카마치 신지입니다."

소년은 고개를 숙였다.

"아아, 돌아가신 남편의…… 그런데 여기는 무슨 일이지?"

"빨랫감을 가지고 왔어요."

신지는 커다란 가방을 들어 보였다.

"그리고 때때로 살피러 와야 할 것 같아서요."

"살피러 온다고?"

다미야는 눈살을 찌푸렸다.

"그건 무슨 뜻이지?"

그러나 소년은 대답하지 않았다. 그 대신 "형수를 체포하러 오셨나요?"라고 떨리는 목소리로 물었다. 다미야는 조금 놀랐지만 이내 고개를 끄덕였다.

"넌 알고 있었던 거니?"

"확실히는 아니지만, 아마 형수가 그랬을 거라고 생각하고 있었어요."

"어째서 그런 짓을 했는지도 알고 있는 건가?"

소년은 고개를 숙였다.

"형이 죽고 형수는 굉장히 슬퍼했어요. 가까스로 기운을 차린 건 형의 아이를 임신했다는 걸 알고 나서부터예요. 아이랑 둘이 살아갈 거라고 했죠. 그런데 그렇게 유산을 하고 말았으니……. 유산한 후로 형수는 좀 이상해졌어요. 멍하니 생각에 빠져 있다가 느닷없이 울음을 터뜨리곤 했죠. 그러다가 점점 말이 없어졌어요. 한번은 형수가 제게 이런 말을 했어요. 아이가 죽은 이유를 알았다고, 형수가 직장에서 담배 피우는 사람들에게 둘러싸여 있다고요. 임신 중에 그런 곳에 있었기 때문에 유산된 거라고 했어요. 그래서……"

소년은 힘겹게 침을 삼켰다.

"그래서 반드시 앙갚음을 할 거라고 했어요. 그렇게 무서운 형수의 얼굴을 본 건 그때가 처음이었어요."

가늘게 떨리는 신지의 어깨에 손을 얹고 "잘 알았다"라고 다미야는 말했다.

"이제 우리에게 맡기렴."

그러자 신지는 고개를 들더니 매달리는 듯한 눈빛으로 다미야를 보았다.

"형사님, 책에서 읽었는데 정신이 이상한 사람이 저지른 범죄는 너그럽게 봐주는 거죠?"

"그래. 그건 그렇지만 네 형수의 경우는 어떨는지……."

"형사님."

"응?"

"제가 왜 여기 서 있는지 아세요?"

다미야는 소년을 보고 고개를 저었다.

"아니."

"때때로 저는 여기 이러고 있어요. 재울 때까지요."

"재운다고?"

"여기서 귀를 기울이고 잘 들어보세요."

신지는 주방 쪽 창문을 조금 열더니 다미야에게 자리를 내어 주었다. 다미야는 소년이 시키는 대로 그곳에 서서 귀를 기울였다. 주방 뒤편으로 보이는 방에 앉아 있는 유키코의 모습이 보였다. 그녀는 갓난아기 인형을 안고서 쉴 새 없이 중얼거리고 있었다.

"이제 아무 걱정 없는 거지? 그래, 아무것도 걱정할 필요 없단다. 내가 태어나는 걸 방해한 놈들은 없어졌어. 그래, 이제 없단다. 그러니까 오늘 밤은 푹 자렴. 엄마, 고마워. 그게 무슨 소리니? 엄마는 아무것도 하지 않았단다. 전부 네가 한 거지. 네가 그놈들을 죽인 거야. 엄마는 그냥 보고만 있었을 뿐이란다. 엄마, 자장가를 불러줘. 그래, 불러주마. 같이 부르자……."

굿바이, 코치

I

처음에는 아무도 없었다.

이내 왼쪽에서 나오미가 나타났다.

나오미는 벽 쪽에 놓인 긴 의자에 걸터앉아 이쪽을 똑바로 보았다. 립스틱을 엷게 바른 것 말고는 여느 때처럼 화장기는 없다. 뒤로 보이는 하얀 벽 때문인지 다갈색 피부가 한결 두 드러져 보인다. 짧게 자른 머리 사이로 살짝 드러난 귀에 빨 간 산호 귀고리가 달려 있다.

그녀는 눈을 몇 차례 깜박이더니 입술을 살며시 움직였다. 그리고 한 번 크게 심호흡하더니 애절한 눈으로 이쪽을 바라 보았다.

"코치."

이윽고 나오미가 입을 열었다.

"저 이제 지쳤어요."

그리고 입을 다물었다. 유니폼 가슴께에 오른손을 올리고 호흡을 가다듬듯 살며시 눈을 감았다. 몇 초 동안 그 자세로 있었다. 그리고 천천히 눈을 떴다. 가슴에 놓인 오른손은 움 직이지 않는다.

"이제까지 몇 번이나 이런 일이 있었죠. 그때마다 쓰러질 것 같았지만 코치는 매번 그랬죠. 이제 조금만 더 견디면 되니까 힘내라고요."

나오미는 고개를 젓더니 말을 이었다.

"하지만 더는 안 되겠어요. 전 그렇게 강한 여성이 아닙니다. 더는 못하겠어요. 참을 수 없어요."

나오미는 시선을 떨어뜨리더니 손을 마주 비볐다. 다음 말을 생각하고 있는 듯한 몸짓이었다.

"그 무렵에 있었던 일, 기억하세요?"

고개를 숙인 채 말하더니 그녀는 다시 고개를 들었다.

"제가 잘하던 시절이요. 그때는 저 말고 다른 부원도 있었지요. 나카노 씨와 오카무라 씨도 함께였어요. 그 사람들은 지금 어엿한 엄마가 되었대요. 은퇴하고 직장으로 돌아갔어도 역시 마음이 편치 않았는지 결국에는 회사를 그만두었지만요."

거기까지 말하더니 나오미는 손을 머리로 가져갔다.

"제 이야기를 하려고 했었는데."

쓸쓸해 보이는 쓴웃음을 머금었다.

"기억하시죠? 제가 30미터에서 국내 신기록에 도전했을 때요. 전국 선수권 대회 마지막 날이었죠. 그때까지 받은 점수가 좋아서 우승 가능성도 있었는데. 저는 다리가 부들부들 떨려서 도저히 과녁을 맞힐 수 있는 상태가 아니었어요. 여섯

발 정도 남기고는 심장박동에 맞춰 팔까지 떨리기 시작했죠. 그때 코치는 이렇게 제 손을 잡더니…….”

나오미는 뭔가 소중한 것을 감싸듯이 양손을 살포시 포갰다.

“두려워할 필요 없다. 그렇게 말씀하셨죠. 네 뒤에는 내가 있다. 나는 너만 보고 있다. 그러니까 너도 나한테만 보여줄 생각으로 후회 없이 쏴라. 다른 사람은 신경 쓸 필요 없다. 이 경기장은 넓지만 여기에 있는 건 너와 나뿐이다.”

나오미는 ‘휴’ 하고 깊은 한숨을 내쉬었다. 그리고 한동안 잠자코 있었다. 눈을 살짝 내리깔고서 움직이지 않았다.

“그 말에 얼마나 용기를 얻었는지.”

그녀는 다시금 이쪽을 보았다.

“그때 저는 거의 실수가 없었어요. 그래서 선두에 올랐고, 마지막 한 발이 10점에 들어가면 30미터 국내 신기록도 세울 수 있었죠. 하지만 마지막 한 발은 9점이었어요. 코치, 그때 눈치채셨나요? 그 마지막 한 발을 쏠 때, 전혀 떨리지 않았어요. 그전에는 이렇게 떨리지만 않으면 완벽하게 쏠 수 있을 거라고 생각했죠. 그런데 마지막 순간에 떨림이 멎어도 9점이었어요. 어째서 떨리지 않았는지 지금 저는 알 수 있어요. 그때 전 아주 행복했어요. 정말로 코치와 둘만의 세계에 있는 것 같아서 경기 같은 건 신경도 쓰이지 않았어요. 그래서 두려움이 사라지고 몸도 떨리지 않은 거죠. 하지만 코치, 역시 그러면 이기지 못하는 거더군요. 1점 차로 결국 제게는 아무것도 돌아오지 않았죠."

단숨에 거기까지 이야기하더니 나오미는 잠시 쉬듯이 혀로 입술을 축였다.

"그래도 코치, 이기지는 못했지만 저는 만족했어요. 제게는 생애 최고의 시합이었죠. 가장 화려한 날이었어요. 코치는 경기가 끝나고 제게 오셔서 잘했다고 칭찬해 주셨어요. 마지막에 놓치는 것이 너답다며 웬일로 농담을 다 하시고."

그녀의 말이 갑자기 끊겼다. 고개를 숙이고 무릎 위에 놓인 양손을 움켜쥔다. 어깨는 가느다랗게 떨리고 있다. 고개를 숙인 채 그녀는 말했다.

"코치, 그때는 정말 즐거웠어요. 제 성적을 회사에서 인정해줘서 예산도 대폭 올랐죠. 홍보부장님이 연습을 보러 오신 적도 있었고요. 다음에는 올림픽을 목표로 하자. 그 말이 씨가 되어 정말로 그렇게 되었죠."

고개를 든 나오미의 눈가는 벌겋게 충혈되어 있었다. 눈을 깜박이자 두 눈에서 눈물이 떨어져 뺨을 타고 흘러내렸다. 그녀는 그 눈물을 닦지 않고 천천히 방 안을 둘러보았다.

"이 방도 쓸쓸해졌네요. 예전에는 그렇게 많던 부원이 지금은 저 한 사람뿐이에요. 왜 이렇게 되고 말았는지 정말 모르겠어요."

그녀는 왼손을 뻗어 알람시계 같은 것을 집어 들었다. 타임 스위치였다. 거기에 달린 전선이 그녀의 유니폼 속으로 연결되어 있었다. 그녀는 타이머의 문자판을 보여 주었다.

"지금 3시 반이에요. 앞으로 한 시간 후에 스위치가 켜지고, 그럼 전선에 전류가 흐르겠죠. 어디로 전류가 흐르느냐 하면……."

나오미는 자신의 가슴을 가리켰다.

"전선은 제 가슴과 등에 연결되어 있어요. 여기로 전류를 흘려 보내면 고통 없이 죽을 수 있대요. 이제 수면제를 먹을 거니까 잠든 사이에 죽음이 찾아오겠죠."

그녀는 곁에 놓여 있는 컵을 한 손으로 들고, 다른 손으로는 그 옆에 있는 알약을 집었다. 그리고 알약을 입에 넣더니 컵에 든 물을 마셨다. 한순간 얼굴을 찌푸린 것은 알약이 목을 통과하는 불쾌감 때문이었을 것이다.

'하' 하고 숨을 내쉬더니 그녀는 컵을 제자리에 놓고 벽에 기대었다.

"굿바이, 코치."

나오미가 속삭이듯이 말했다.

"코치와 함께할 수 있어서 행복했어요. 딱히 무언가를 후회하는 건 아니에요. 좀 지쳤을 뿐이에요. 안녕히 계세요, 코치. 정말 즐거웠어요."

나오미는 눈을 감았다. 의자에 앉아 이쪽을 보고 있는 나오미의 모습. 그대로 몇 분쯤 흘러갔다. 이윽고 그녀는 조용히 드러눕고, 또 시간이 흘러간다.

그리고 비디오 화면은 꺼졌다.

"그랬군요."

모니터 스위치를 끈 건 관할서 형사였다. 나이는 나보다 다섯 살쯤 위일 것이다. 입언저리에 수염을 길렀지만 깔끔하게 손질해서 불결한 느낌은 들지 않는다. 마른 얼굴임에도 눈이 동그래서 사람이 좋아 보였다.

"작정하고 자살을 한 거로군요. 그렇다 해도 자신의 마지막 순간을 비디오로 찍어두다니. 시대가 변하니 유서 형태도 변하나 봅니다."

놀란 투로 말하더니 형사는 비디오테이프를 되감았다.

"그녀가 자살을 하다니, 믿을 수 없는 일이에요."

"하지만 믿을 수밖에 없네요. 이렇게 실제로 보게 되었으니까요."

수염을 기른 형사가 고개를 살짝 꼬고 비디오 기기 쪽을 보았다. 나는 말없이 고개를 끄덕이고 옆으로 눈길을 돌렸다. 벽 쪽에 방금 전 영상에서 나오미가 앉아 있던 긴 의자가 놓여 있다. 나오미의 모습은 이미 없고, 수사관들이 돌아다니고 있었다.

바로 30분쯤 전까지 저 의자에 나오미가 누워 있었다.

"이 카메라군요."

형사는 의자에서 일어나더니 방 가운데에 삼각대로 설치해 놓은 비디오카메라로 다가갔다.

"조작 방법은 간단하겠죠?"

형사가 물었다.

"간단합니다."

비디오 기기 앞에 앉아서 대답했다.

"모치즈키 씨도 조작하는 데 익숙했나요?"

"평소에는 제가 나오미를 찍었지만, 그녀도 사용한 적은 있습니다. 게다가 조작법이 정말 간단해서 누구든 금세 익힐 수 있습니다."

"그래요?"

형사는 그렇게 말하며 카메라를 들여다보았다. 하지만 지금은 전원을 켜지 않았으니 아무것도 보이지 않을 것이다.

수염을 기른 형사는 불만 어린 표정으로 카메라에서 얼굴을 떼더니 헛기침을 한 번 하고 내 곁으로 돌아왔다.

"다시 한번 확인하겠습니다. 당신이 여기 온 건 오후 5시경이라고 하셨죠?"

"그렇습니다."

"방문은요?"

"잠겨 있었습니다."

"어떻게 여셨죠?"

"열쇠를 가지고 있거든요."

주머니에서 키홀더를 꺼내 방 열쇠를 형사에게 보여주었다. 형사는 그것을 뚫어지게 쳐다 보더니 물었다.

"그리고 긴 의자에 누워 있는 모치즈키 씨를 발견한 겁니까?"

방금 전에도 한 말이라 고개만 끄덕였다. 형사도 잠자코 고개를 끄덕였다.

"바로 자살이라는 걸 알았습니까? 그 상황을 보고서?"

형사가 말하는 '그 상황'이란 누워 있는 나오미의 몸에서 나온 전선이 타이머를 거쳐 방의 콘센트에 연결되어 있던 당시 상황을 가리키는 듯했다.

힘없이 고개를 저었다.

"그 순간에는 뭐가 뭔지 알 수 없었습니다. 그저 단순히 낮잠을 자고 있나 보다, 라고 생각했을 정도로요."

그랬겠지 하는 얼굴로 형사는 나를 보았다.

"하지만 이내 타이머가 무엇을 의미하는지 깨달았고, 그래서 당장 콘센트에서 뺐습니다. 그리고 그녀를 흔들어 보았는데……."

거기서 말을 멈췄다. 이제 와 이런 이야기를 아무리 반복한다 해도 이미 소용없는 일이다.

　"그래서 경찰에 신고하신 거군요."

　수염을 기른 형사는 그렇게 말하며 한쪽 구석에 놓여 있는 전화기를 턱으로 가리켰다.

　"그렇습니다."

　"비디오카메라를 보게 된 건요?"

　"방에 들어왔을 때부터 알고는 있었습니다. 평소에는 이런 곳에 세워두지 않으니까요. 그래서 경찰과 회사에 알리고 나서 안에 들어 있는 테이프를 재생해 본 겁니다. 그랬는데⋯⋯."

　"모치즈키 씨의 마지막 순간이 담겨 있었다는 얘기군요."

　"네."

　형사는 수염을 문지르면서 무슨 생각을 하는 듯하더니 이윽고 손길을 멈췄다.

　"그 전선과 타이머는 원래 이 방에 있던 겁니까?"

　"타이머는 여기에 있던 겁니다. 겨울철에 연습을 끝내고 들어왔을 때 방을 데우려고 전기스토브에 연결해 쓰기도 했지요. 최근에는 위험하다고 해서 쓰지 않았지만요."

　"전선은요?"

　"모르겠습니다."

　"모치즈키 씨는 왜 이런 자살 방법을 생각해 냈을까요? 뭘가 짚이는 건 없습니까?"

"글쎄요."

고개를 꼬았다. 아닌 게 아니라, 듣고 보니 이상하다. 그녀는
왜 이런 방법을 생각해 낸 것일까?

"모르겠습니다."

"그리고 수면제 말인데요, 모치즈키 씨는 약을 어떻게 구
한 걸까요?"

"그건 아마 그녀가 때때로 먹던 약일 겁니다."

"때때로요?"

형사는 의아하다는 듯 눈살을 찌푸렸다.

"무슨 말씀이죠?"

"중요한 시합을 앞두고 긴장으로 잠을 이루지 못하는 경우
도 있다고 하더군요. 그런 밤에 수면제를 먹었나 봅니다. 큰
대회에서는 약물 검사를 하니 못 먹게 했습니다만."

"그렇군요."

형사는 고개를 끄덕였다. 그리고 실내를 한 번 둘러보더니
내 얼굴을 빤히 쳐다보면서 물었다.

"그래서 자살 원인은 뭐라고 생각하시나요?"

2

모치즈키 나오미는 학창 시절부터 양궁계에서 웬만큼 이름이 알려진 선수였다. 우승 경력은 없지만, 성적에 기복이 없고 늘 상위권에 머물렀다.

그런 그녀가 우리 회사에 들어온 당시에는 양궁부도 그런 대로 활기가 넘쳤다. 유명 선수를 몇 명 데리고 있었고, 늘 누군가가 국가 대표 팀에 소속되어 있었다. 나도 그 무렵에는 부원의 한 사람이었다.

그 후로 8년이 지났다.

그동안 많은 일이 있었다. 비디오 화면에서 나오미가 말했듯이 그녀의 활약으로 우리 양궁부가 활기를 띤 시절도 있었다. 그녀의 말대로 그 무렵이 전성기였다는 생각이 든다. 그 이후는 그야말로 내리막길이었다.

나를 비롯한 몇몇 선수가 일선에서 물러났고, 실력 있는 선수가 새로 들어오는 일도 없었다. 모 대기업에서 유망한 선수들을 잇달아 접촉해 스카우트한 탓에 중소기업에 속하는 우리 회사를 군이 지원하는 선수는 없었다. 당연히 공식 대회 성적도 저조할 수밖에 없다. 그렇게 되면 회사에서 지원하는 연간 예산이 줄어드는 것이 이 세계의 숙명이다. 3년 전에는 부원이 나오미를 포함해 셋이었는데, 얼마 지나지 않아 나오미 한 명만 남게 되었다. 회사 측은 몇 번이나 양궁부를 해체할 생각을 한 모양이다. 하지만 간신히 버틸 수 있었던 것은 나오미가 올림픽에 출전할 수 있다는 가망이 있어서였다. 올림픽에 출전하게 되면 회사를 널리 선전하는 효과가 있다.

그리고 얼마 전에 올림픽 국가 대표 선발 대회가 있었다. 회사도 물론 기대했지만, 나오미 본인도 모든 것을 걸고 도전했을 것이다. 20대라는 인생에서 가장 즐거운 시기를 희생한 것이다. 이미 그녀에게 다음 기회라는 말은 없었다.

그러나 그녀는 대회에서 실수를 연발했다. 그 원인을 생각해 본들 무슨 의미가 있을까. 정신 상태에 크게 좌우되는 경기에서는 그런 일이 종종 일어난다. 그녀의 경우 그런 실수가 가장 중요한 순간에 일어난 것뿐이다.

그렇게 그녀는 마지막 기회를 놓쳤다.

"그래서 모치즈키 씨가 절망한 나머지 죽음을 택했다는 겁니까?"

"아마 그랬을 겁니다. 그 선발 대회에서 떨어진 후로 몹시 낙담했으니까요."

"그렇지만 모치즈키 씨는 아직 서른 살이잖아요. 다음 올림픽까지 기다려도 서른넷이죠. 양궁에 대해 잘 모르긴 하지만, 한 번 더 기회가 있었을 거라는 생각이 드는데요."

형사는 납득이 가지 않는다는 표정을 지었다.

"그런 게 아닙니다"라고 조용히 말했다.

"그 대회를 위해 그녀는 최선을 다했습니다. 이번이 마지막이라는 생각을 했으니까 긴장감을 유지할 수 있었을 겁니다. 이번에 안 되면 다음, 그런 생각은 하지도 않았을 겁니다."

"그렇다고 해도 올림픽에 나가지 못한다고 죽는 건, 저로서는 이해하기 힘드네요."

"그러시겠죠. 하지만 그건 그녀가 그 대회를 위해 무엇을 희생했는지 형사님이 모르셔서일 겁니다."

형사는 허를 찔린 듯한 표정을 지었다. 그리고 턱을 쓰다듬더니 체념한 듯 고개를 끄덕였다.

"아마 그렇겠지요."

마침내 형사에게서 벗어날 수 있었지만, 아직 회사 측에 설명할 일이 남아 있었다. 생각하기에 따라서는 이쪽이 오히려 더 성가시다.

방에서 나가기 전, 서서 충분히 시간을 두고 방 구석구석을 살폈다. 나오미가 이렇게 된 이상 이 방이 사라질 건 명백했다. 모든 것이 그녀와 함께 끝난 것이다. 나오미가 아끼던 활이 벽에 걸려 있었다. 그 선발 대회 이후 그녀는 결국 단 한 번도 활시위를 당기지 않았다.

그녀의 활 위로 거미 한 마리가 기어가고 있었다. 노란색과 까만색 줄무늬를 몸에 새긴 거미로, 다리 길이까지 합친다면

4, 5센티미터는 될 것 같았다. 손으로 쫓자 거미는 재빠른 동작으로 벽을 타고 올라가더니 천장의 환기구로 도망쳤다.

3

나오미의 장례식은 그로부터 사흘 뒤에 치러졌다. 그날따라 비가 와서 2층 목조 건물 앞에는 기다란 우산 행렬이 이어졌다. 나오미의 가족은 부모님과 두 살 터울인 남동생이 있다. 남동생은 이미 결혼해서 독립했고, 그 집에서는 부모님과 나오미가 함께 살았다고 한다.

예상한 일이었지만 나를 보는 부모님의 눈빛에 증오의 감정이 뚜렷이 깃들어 있었다. 나오미가 저런 놈한테 빠지지만 않았어도……. 어머니는 주름에 파묻힌 눈가를 누르듯 눈물을 훔쳤다.

"그냥 즐기면서 했으면 좋았을 텐데."

아버지의 말투는 담담했지만 관자놀이 부근이 실룩실룩 떨리는 것을 또렷이 볼 수 있었다.

"스포츠는 즐기는 건데. 그걸 올림픽이니 뭐니 하면서 부추기는 사람이 있으니까."

아버지는 이를 악물고 있는 것 같았다. 나는 아무 말도 하지 못한 채 고개를 숙이고 있을 따름이었다.

장례식에서 돌아오자 맨션 현관에서 아내 요코는 소금을 뿌렸다.

"경찰서에서 전화가 왔어요."

상복을 옷걸이에 걸면서 요코가 말했다.

"경찰서에서?"

"네. 장례식에 갔다고 하니까 다시 걸겠다고 했어요."

"그래?"

평상복으로 갈아입고 소파에 앉았다. 나오미 일로 뭔가 알아낸 거라도 있는 걸까?

"장례식은 어땠어요?"

요코가 차를 두 잔 들고 와서 내 옆에 앉았다. 엽차 향이 풍겨 왔다.

"그냥 그랬어. 장례식이야 원래 그다지 기분 좋은 자리는 아니니까."

"부모님이 많이 슬퍼하시죠?"

"그야 그렇지."

"당신을 원망하시던가요?"

잠자코 차를 마셨다. 그것만으로도 요코는 눈치를 챈 모양이었다.

"어쩔 수 없죠."

요코가 말했다.

"어쩔 수 없지."

나도 중얼거렸다.

"실제로 내가 그녀를 죽인 거나 다름없으니까. 그녀는 몇 번이나 양궁을 그만두려고 했어. 그때마다 내가 말렸고."

그러자 요코는 살짝 고개를 갸우뚱하더니 찻잔을 두 손으로 들어 올렸다.

"당신이 아니었다면 어땠을까요?"

아내의 옆얼굴을 보았다.

"내가 아니었다면?"

"코치가 당신이 아니었다면요. 그랬다면 아무리 말렸어도 그만두지 않았을까요? 그녀는 당신을 사랑했어요. 그건 당신도 알고 있잖아요."

한숨을 쉬고 남은 차를 마셨다.

"그녀에게는 버팀목이 필요했어. 내가 그 버팀목이 될 수 있다면 좋겠다는 생각은 했지."

"든든했을 거예요."

요코가 차분한 말투로 말했다.

"그러니까 괴롭기만 한 건 아니었을 거예요. 당신과 늘 함께 있을 수 있었으니까요. 지금이니까 말하지만, 조금 질투가 나던 시절도 있었어요. 정말이에요."

잠자코 고개를 끄덕였다. 요코가 이런 말을 하는 건 처음이지만, 결코 뜻밖의 말은 아니다. 요코와 내가 결혼한 건 5년 전 내가 서른 살 때였다. 그녀는 나보다 여섯 살 연하로 같은 직장의 노무과에서 일했다. 평소 나는 거의 사무실에 나가지 않고 하루 종일 양궁장에서 선수들을 지도하거나 합숙 훈련에 동행했기 때문에 서로 만날 수 있는 시간은 극히 적었다. 그렇지만 우리는 깊이 사랑했다. 나는 여전히 그녀를 사랑한다. 그녀의 배속에 있는 아이와 함께 화목한 가정을 이루어 오순도순 사는 게 내 꿈이다.

4

형사가 찾아온 것은 그날 밤 7시경이었다. 수염을 기른 형사와 20대 후반으로 보이는 젊은 형사가 함께 왔다. 그들을 집 안에 들이면 요코가 싫어할 것 같아 근처에 있는 찻집으로 갔다.

"양궁부는 해체되었다고 하더군요."

찻집에 들어서자 자리에 앉을 겨를도 없이 수염을 기른 형사가 반갑지 않은 화제부터 꺼냈다. 어쩔 수 없이 고개를 끄덕였다.

"부원이 없는데 어쩌겠습니까."

"그렇겠지요. 그래서 지금은 사무실로 나가시나요?"

"네. 어제부터요."

이름뿐인 직장이므로 상사나 동료들의 시선이 싸늘하게 느껴졌다. 시간문제일 뿐 다른 직장으로 옮기게 되겠지만 그런 이야기까지 형사에게 할 필요는 없었다.

"그러셨군요. 한동안은 힘드시겠습니다."

형사는 담배에 불을 붙이더니 어색할 정도로 천천히 피웠다. 젊은 형사는 내게 도전적인 시선을 보내고 있다. 무슨 생각을 하는지 알 수 없는 자들이다.

"그런데 그 비디오 말입니다."

담뱃재를 재떨이에 툭툭 털며 형사가 말을 꺼냈다.

"이상한 점이 있습니다."

"무슨 말씀이신지요?"

"아니, 별건 아닙니다만."

그렇게 말하고 형사는 또다시 연기를 뿜었다.

"마지막에 모치즈키 씨가 의자에 드러눕고, 그리고 조금 있다 영상은 꺼지지요. 그건 대체 왜 그럴까요? 테이프가 끝날 때까지 계속해서 찍혀야 하는 거 아닌가요?"

"아아, 아마 카운터를 썼을 겁니다. 테이프의 어느 부분에서 녹화를 끝낼지 미리 맞춰 놓으면 그 지점에서 자동으로 녹화가 멈춥니다."

"그런 것 같더군요."

형사의 말에 당황한 건 도리어 나였다.

"알고 계시다면 별문제는……."

"아니, 작동 방식은 문제 되지 않습니다. 그 방에 있던 카메라야 이미 살펴봤으니 왜 녹화가 중간에 멈췄는지 알고 있습니다. 이상한 건 왜 녹화를 중단했느냐 하는 겁니다. 어째서 모치즈키 씨는 녹화 도중에 멈추게 카운터를 맞춰 놓았을까요? 비디오를 이용한 유서라면, 극단적인 얘기로 죽는 순간까지 찍는 편이 의미가 있지요. 게다가 무엇보다도 이제 죽겠다고 결심한 사람이 그런 성가신 기능을 설정했을까요?"

그의 말에 고개를 저었다.

"저도 모르겠습니다. 그녀가 무슨 생각으로 그랬는지. 어쩌면 그저 죽는 장면까지는 찍고 싶지 않다고 생각했을지도 모르죠."

"흐음."

형사는 고개를 한 번 끄덕였다.

"물론 그렇게 생각할 수도 있겠지요."

"무슨 말씀을 하시고 싶은 겁니까? 모치즈키의 죽음에 뭔가 의혹이 있는 겁니까?"

그러자 형사는 손가락 끝에 담배를 끼운 채 조금 당황한 모습으로 손사래를 쳤다.

"그저 확인하는 겁니다. 우리 같은 사람은 조금이라도 걸리는 게 있으면 가만히 있지 못하거든요. 그런데 모치즈키 씨에게 사귀던 사람이 있었나요?"

느닷없이 화제가 바뀐다. 커피를 한 모금 마시고 형사의 얼굴을 쳐다 보았다.

"그런 얘기는 들은 적 없습니다. 그녀에게 그럴 시간은 없었을 겁니다."

"양궁이 연인이었다는 말씀입니까?"

진부한 표현이다. 잠자코 있었다.

"예전에 양궁부에 몸담은 분께 들은 이야기입니다만."

형사는 수첩으로 시선을 내렸다.

"모치즈키 씨가 당신에게 연애 감정을 품고 있지 않았을까, 그런 얘기를 하더군요. 실은 저희도 그 비디오를 보고 그런 생각을 어렴풋이 했습니다. 어떻게 생각하십니까?"

형사는 표정을 살피듯이 슬그머니 눈을 치켜뜨고 나를 봤다.

'휴' 하고 숨을 내쉬었다.

"그녀의 마음을 몰랐다고 하면 거짓말이 될 겁니다. 그러나 저는 어디까지나 코치로서 그녀를 대했습니다. 더군다나 제게는 아내가 있습니다."

"그랬군요. 그건 괴로우셨겠습니다. 자신한테 호감을 품은 사람과 늘 함께 있으면서 코치와 선수라는 관계를 계속 유지해야 하니까요."

"별로 괴롭지는 않았습니다."

눈살을 찌푸리며 불쾌한 감정을 얼굴에 드러냈다.

수염을 기른 형사는 그런 내 반응이 흥미로운 듯 묘한 시선을 던졌다. 젊은 형사는 여전히 입을 꼭 다문 채 나를 노려보고 있다. 대체 이 남자들의 목적은 무엇일까?

"지금부터 시간 좀 내주시겠습니까?"

수염을 기른 형사가 손목시계를 보면서 말했다.

"지금 7시니까, 앞으로 한 시간 정도면 될 것 같은데요."

"그야 상관없지만 아직도 묻고 싶으신 것이 있습니까?"

"지금부터 물으려 하는 것이 중요합니다."

갑자기 젊은 형사가 말했다. 이제껏 감정을 자제하고 있었는지 묘하게 힘이 들어간 목소리였다.

"장소를 옮깁시다."

그렇게 말하고 수염을 기른 형사는 자리에서 일어났다.

"거기서 이야기하는 게 편할 테니까요."

"거기라뇨?"

"뻔하잖습니까."

형사가 말했다.

"모치즈키 씨가 죽은 그 방 말입니다."

　방은 지난번에 수사관들이 조사한 당시 그대로였다. 나오미가 누워 있던 긴 의자도 그대로다. 단 비디오카메라는 경찰이 가져간 듯 지금 방 가운데에는 삼각대만 세워져 있었다.

　"기발한 생각을 해냈어요."

　긴 의자에 앉아 다리를 꼬더니 수염을 기른 형사가 말했다.

　"비디오 유서 말입니다. 모치즈키 나오미 씨는 왜 그런 생각을 해낸 걸까요?"

　"글쎄요."

　"모르시나요?"

　"모릅니다. 제가 어떻게 알 수 있겠습니까?"

　"그러니까 이를테면 본인한테 직접 들었다든가."

　수염을 기른 형사의 얼굴을 쳐다 보았다. 지금 나에게 농담을 하나 싶었다. 하지만 그런 것 같지는 않았다.

　"죽어 버린 그녀에게 어떻게 들을 수 있단 말입니까?"

　"죽기 전에 말입니다."

　형사는 자세를 바꾸어 다른 쪽 다리를 꼬았다.

　"실은 말이죠, 그녀의 비디오 유서와 관련해 짚이는 게 있다는 사람을 찾아냈거든요. 당신도 기억하시죠? 다나베 준코라는 사람인데."

"다나베? 아아……."

나오미를 제외하면 맨 마지막에 양궁부를 그만둔 여성이
다. 성적은 두드러지지 않았지만 나름 노력파였는데 끝내 도
약하지 못한 채 양궁을 그만두었다. 그녀가 나오미의 많지 않
은 친구 중 한 명이었다는 사실을 떠올렸다.

"작년 이맘때쯤 다나베 씨는 모치즈키 씨와 이야기를 나누
었다고 합니다. 내용인즉 자살에 관해서요."

"자살에 관해서요?"

"그렇습니다. 요즘 들어 문득 죽고 싶을 때가 있다는, 그런
얘기를 모치즈키 씨가 중얼거린 것이 계기였다고 하더군요.
무슨 바보 같은 소리를 하느냐고 다나베 씨는 나무랐다고 합
니다만, 모치즈키 씨가 농담을 하는 것 같지는 않았답니다. 왜
그런 말을 하느냐고 물었더니 모치즈키 씨는 뭐랄까, 지쳤다
고 대답했다더군요."

'뭐랄까, 지쳤어요.'

"그러면서 모치즈키 씨가 이런 말을 했답니다. 만약 자살
을 한다면 마지막 순간까지 비디오로 찍겠다고, 그 테이프를
사랑하는 사람에게 남기겠다고요. 그 사람이 자신을 잊지 않
도록."

'코치가 나를 잊지 않도록…….'

"왜 그러시죠?"

갑자기 옆에서 말을 건 사람은 젊은 형사였다.

"얼굴색이 안 좋아 보이네요."

"아닙니다."

손수건을 꺼내서 이마에 맺힌 땀을 닦았다. 오늘은 별로 덥지도 않은데 왜 이렇게 땀이 나는 걸까?

"그런 이야기를 모치즈키 씨에게 직접 들은 적은 없습니까?"

수염을 기른 형사가 물었다.

"없습니다."

"그렇습니까?"

형사는 의자에서 일어나 팔짱을 낀 채 주변을 걸어 다녔다. 젊은 형사는 잠자코 있다. 좁은 방이 한층 답답하게 느껴졌다.

형사가 이윽고 걸음을 멈췄다.

"실은 모치즈키 씨의 일기장을 찾아냈습니다."

"어, 그래요?"

어떤 반응을 보여야 할지 몰라 형사의 입가를 바라보았다.

"아니, 정확히 일기라고 하기는 좀 뭣합니다. 휘갈겨 쓴 메모라고 할까, 낙서라고 할까. 모치즈키 씨의 연습 스코어 기록장 귀퉁이에 쓰여 있었습니다."

형사는 윗옷 안쪽으로 손을 집어넣어 접힌 종이를 꺼냈다.

"그 기록장을 복사한 겁니다. 필적은 틀림없는 모치즈키 씨의 것입니다만."

그가 내민 종이를 받아 두근거리는 가슴으로 천천히 펼쳤다. 난잡한 숫자가 나열되어 있는 스코어 표 귀퉁이에 쓰인 그 문장을 또렷이 읽을 수 있었다.

나는 죽음을 선택했다. 이제 다른 길은 없다는 생각이 들었으니까. 하지만 코치에게 들키는 바람에 저지당하고 말았다. 아직 희망이 있다고요? 코치, 어떤 희망이 있다는 말인가요?

손바닥에 땀이 흥건히 배었다. 고개를 들자 수염을 기른 형사가 손을 뻗더니 그 종이를 빼앗아 들었다.

"어떻게 된 영문인지 말씀해 주시겠습니까? 이 스코어 표의 날짜는 작년 이맘때거든요. 그러니까 모치즈키 씨는 작년에 이미 한 번 자살을 시도한 거네요. 당신이 그걸 말렸고요."

형사는 그 종이를 팔랑팔랑 흔들면서 다시 의자에 앉아 손바닥을 내밀며 내게 설명을 요구했다.

"자, 어서요."

잠시 망설였지만 모른다고 발뺌할 수는 없을 것 같았다. 헛기침을 한 번 했다.

"말씀하신 대로 그녀는 작년에 자살을 기도한 적이 있습니다. 그걸 발견하고 말린 건 저고요."

"좋습니다."

형사는 만족스러운 듯이 고개를 끄덕였다.

"그런데 어째서 그녀는 자살을⋯⋯."

"국가 대표 팀에서 탈락했기 때문입니다. 그 얼마 전부터 심한 슬럼프에 빠져 대회 성적도 형편없었습니다. 그 문제로 고민하던 차에 그런 일마저 일어나자 절망한 나머지 자살하려 한 모양입니다."

"자살 방법은요?"

"저기에 끈을 묶어서"라고 말하며 천장 가까이에 짜놓은 각재(긴 원목을 네모지게 쪼개놓은 목재)를 가리켰다. 예전에 부원이 많을 때는 저 각재에 각자 활을 걸어 보관했다.

"목을 매려 했습니다. 직전에 제가 발견해서 말렸습니다."

"흐음."

형사는 천장을 올려다보았다.

"작년에는 목을 매려 했다. 흐음, 알겠습니다. 그런데 그때도 비디오카메라가 설치되어 있었습니까?"

"카메라요?"

"네. 방금 전에도 말했지만, 모치즈키 씨는 자살하는 순간을 비디오로 찍어두겠다고 했죠. 그러니까 그때도 카메라를 설치했을 거라는 생각이 듭니다만."

"아아, 그랬지요."

"있었습니까?"

형사는 내 눈을 들여다보았다. 처음 만났을 때는 사람이 좋아 보였는데 지금은 인상이 전혀 다르다. 이 남자의 눈은 차갑다.

"아니요."

고개를 저었다.

"그때 카메라는 없었습니다. 그 이유는 모르겠습니다만."

"흐음, 그거 이상하군요."

"자살을 기도할 때는 흥분한 상태였을 테니 비디오로 녹화해두겠다고 한 걸 잊어버린 게 아닐까요?"

"아니요. 제가 이상하다고 한 건 그런 뜻이 아닙니다."

수염을 기른 형사는 입술 끝을 비쭉거리며 의미심장한 웃음을 떠올렸다. 그리고 방금 전처럼 윗옷 주머니에 손을 넣었다.

왠지 불길한 예감이 들었다.

형사는 또 다른 종이를 꺼내 묵묵히 내게 내밀었다. 손끝이 떨리지 않도록 주의하며 종이를 건네받았다.

"아까 보신 메모의 후편입니다. 그 스코어북의 다음 페이지에 쓰여 있었습니다."

분명히 그것은 방금 전에 본 것과 같은 메모였다. 필적도 틀림없는 나오미의 것이다.

그 테이프를 남겨 두자. 내가 죽음을 결심한 기록을.

왜 나오미는 이런 것을 써서 남겼을까? 내가 아는 한, 그녀는 이런 짓을 할 사람이 아니다.

"이상하죠?"

멍하니 서 있는 내게 형사가 물었다.

"이 메모를 보면, 모치즈키 씨는 자살하는 장면을 카메라로 녹화해 둔 게 되거든요. 그런데 당신은 현장에 카메라 같은 건 없었다고 말하고 있죠."

메모가……

"정말로 카메라가 없었습니까?"

"……"

"사실은 있었던 거 아닙니까? 그리고 모치즈키 씨가 죽으려고 한 과정도 녹화되어 있었던 거 아닙니까? 아마 자살 방법도 목을 매는 것은 아니었겠지요."

"……"

"대답을 하지 않는군요. 그럼 다시 한번 그 테이프를 봅시다."

"그 테이프라뇨?"

절로 언성이 높아졌다.

"당연히 지난번에 같이 본 테이프지, 또 뭐가 있겠습니까?"

수염을 기른 형사가 '딱' 하고 손가락을 퉁기자 젊은 형사는 민첩한 동작으로 비디오 기기 앞에 서더니 능숙한 손놀림으로 기기와 모니터의 스위치를 켰다.

영상이 시작된다.

나오미가 이쪽을 보고 있는 모습.

"코치, 저 이제 지쳤어요."

담담한 말투와 더불어 영상이 흐른다. 형사들이 무엇을 하려는 건지 짐작도 가지 않는다.

"이 장면입니다."

수염을 기른 형사가 일시정지 버튼을 눌렀다. 나오미가 조금 몸을 움직인 장면에서 화면은 멈췄다. 그녀가 자살 방법을 설명하고 있는 장면이다.

"자세히 보세요. 모치즈키 씨의 유니폼 소매 밑으로 뭔가 하얀 게 보이죠?"

화면 속의 나오미는 하얀 반소매 유니폼을 입고 있다. 형사는 그녀의 왼쪽 어깻죽지 언저리를 가리키며 말했다.

"좀 더 앞에 더 잘 보이는 장면이 나옵니다. 그렇긴 해도 주의해서 보지 않으면 알아차리기 힘들 정도죠."

형사는 영상을 움직여서 조금 앞으로 돌리더니 "여기예요"라고 말하며 다시 일시정지 버튼을 눌렀다. 나오미는 왼팔을 조금 올린 모습으로 동작을 멈췄다.

"보이죠? 유니폼 밑에 뭔가를 감고 있습니다."

분명 거기에 뭔가 있었다. 그리고 그것이 무엇인지 깨달은 순간 내 겨드랑이에서 한 줄기 땀이 흘러내렸다.

"저건 말이죠, 붕대입니다."

형사는 자못 의기양양한 표정으로 말했다.

"그런데 묘하게도 모치즈키 씨의 시신에는 붕대 같은 게 감겨 있지 않았거든요. 이건 대체 어떻게 된 일일까요?"

'코치……'

"저희가 알아본 바에 따르면, 모치즈키 씨가 올해 왼쪽 어깻죽지에 붕대를 감은 적은 한 번도 없었습니다. 그런 일이 있었던 건 1년 전 이맘때뿐입니다. 왼쪽 어깨에 염증이 생겨서 습포를 했다고 하더군요. 그건 당신도 잘 아실 테죠."

'코치……'

"그러니까 이 비디오는 작년에 촬영한 거라는 얘기지요."

'굿바이, 코치.'

6

거무칙칙한 구름이 온통 하늘을 뒤덮고 있었다. 끈적끈적한 공기가 몸에 달라붙으면서 다가오는 장마를 느끼게 했다.

그날은 각 기업의 감독과 코치가 모이는 회의에 참석하느라 나오미의 연습에 함께하지 못했다. 회의를 마치고 돌아오니 시간은 4시가 되기 조금 전이었다.

양궁부실은 체육관 2층에 있다. 1층에서는 농구부가 연습을 하고 있었다.

2층 복도는 쥐 죽은 듯 조용했다. 2층에는 소프트볼부, 배구부 등의 방이 있는데 다들 연습 중이었다. 양궁부실에는 불이 켜져 있었지만 문은 안쪽에서 잠겨 있었다. 가볍게 노크를 했다. 옷을 갈아입을 때 나오미는 안에서 문을 잠근다.

대답이 없어 가지고 있던 열쇠를 꺼내 문을 열었다.

나오미는 긴 의자에 누워 있었다. 낮잠을 자나? 처음에는 정말로 그렇게 생각했다. 그녀의 숨소리가 들렸기 때문이다. 하지만 그녀의 유니폼 밑으로 뻗어 나온 전선, 그리고 전선이 연결되어 있는 타이머를 보고 그녀가 무슨 짓을 하려는 건지 깨달았다. 허둥지둥 콘센트에서 플러그를 빼고 그녀의 몸을 흔들었다. 나오미는 가늘게 눈을 뜨더니 한동안 멍하니 나를 바라보았다. 자기가 무슨 짓을 하려고 했는지도 잊어버린 표정이었다.

"코치, 저요……."

"왜 이러는 거야?"

그녀의 어깨를 흔들며 물었다.

"왜 이런 짓을 한 거야?"

"아아, 그랬지."

나오미는 관자놀이를 누르며 두통을 참는 듯 미간을 모았다.

"저 죽지 않았군요. 코치가 방해한 거군요."

"너 제정신이야? 죽으면 그걸로 끝이라고!"

"그래요."

나오미는 입술을 희미하게 움직였다.

"모든 걸 끝내고 싶었어요. 뭐랄까, 이제 살아 있는 게 싫어져서……"

"바보 같은 소리 하지 마. 고작 국가 대표 선발에 탈락한 거 갖고. 조금만 열심히 하면 금세 복귀할 수 있어."

그러자 그녀는 웃음을 떠올리며 고개를 저었다.

"그것뿐이 아니에요. 이제 지쳤어요. 코치, 저도 곧 서른이에요. 그런데도 보통의 여성들이 해온 걸 전 아무것도 하지 않았어요. 아무것도 모르고요. 이대로 나이를 먹고 할머니가 되어도 제게는 아무것도 남지 않아요."

"남아."

"추억이 남을 거라는 말은 하지 마세요."

"……"

"이제 우리 양궁부도 끝이잖아요. 그럼 전 어떡해야 하는 거죠? 회사에 들어오고 나서 제대로 된 실무는 해본 적도 없어요. 게다가 지금 제 실력으로는 어떤 회사에서도 양궁 선수로 받아주지 않을 거예요."

"그러니까 다시 한번 열심히 해보는 거야."

"그리고 꿈은 깨지고…… 정신이 들고 보니 외톨이…… 연인도 없고……."

나오미는 내 팔에 안겨 울었다. 그녀를 입으로만 위로하는 것은 불가능했다. 그녀의 말이 결코 망상은 아니었다.

비디오카메라가 돌아가고 있다는 걸 알아차린 건 그 후였다. 왜 이런 짓을 한 거냐고 물었다.

"코치가 나의 마지막 순간까지 봐줬으면 해서요."

허탈한 얼굴로 그녀는 말했다.

"코치가 나를 잊지 않도록."

그날 밤 그녀와 시내로 나가서 술을 마셨다. 일찍이 없었던 일이다. 나에 대한 그녀의 마음을 알고 있었기에 사적인 만남은 최대한 피해 왔다.

"기댈 수 있는 사람이 있었으면 좋겠어요."

나오미는 취한 목소리로 말하더니 카운터 테이블에 놓여 있는 내 손가락을 살짝 만졌다.

"내게도 기댈 수 있는 사람이 있다는 걸 실감하고 싶어요."

말없이 그녀의 젖은 눈을 바라보았다.

그 후로 1년이 지났다. 그날 밤 이후로 나와 나오미는 단순한 선수와 코치 관계가 아니었다. 그런 상태가 부자연스럽다는 건 잘 알고 있었다. 그러나 관계를 가진 것으로 히스테릭해 보이던 나오미의 정신상태는 빠르게 진정되어 갔다. 심리적 안정은 육체에도 반영되어 그녀는 예전의 기량을 되찾는 데 성공했다. 몇몇 대회에서 좋은 성적을 거두어 국가 대표팀에 복귀할 수 있었다.

그녀가 내게 결혼 같은 구체적인 요구를 하지 않아서 우리 관계도 오래 유지할 수 있었다. 그리고 나 자신은, 나오미를 위해서라는 말도 안 되는 명목으로 스스로를 납득시키며 그 위험한 관계를 내심 즐기고 있었다.

우리에게 최상의 결말은 나오미가 무사히 올림픽에 출전하고, 그 후에 다가올 그녀의 은퇴와 더불어 두 사람의 관계도 청산하는 것이었다.

그렇지만 만약 최상의 결과를 얻지 못할 경우, 그때는 어떤 방법으로 해결해야 할지……. 거기까지는 미처 생각하지 못했다.

올림픽 대표 선발 대회를 치르고 일주일이 지난 날 나오미에게 불려 나갔다. 그녀가 내 집 근처로 찾아와 우리는 동네 공원에서 만났다.

"이제 양궁은 그만둘 생각이에요."

그녀는 딱 잘라 말했다. 왠지 모르게 예감하고 있던 일이라 그다지 놀라지 않았다.

"그래, 할 수 없지. 넌 할 만큼 했으니까."

"네. 이제 미련도 없어요."

"마지막으로 느긋하게 술이라도 마시고 싶네."

내 말에 나오미는 아무런 대꾸도 하지 않고 뺨에 희미한 미소를 떠올렸다.

"코치, 내 얘기를 부인한테 해주지 않을래요?"

"뭐?"

"얘기해 줬으면 해요. 우리 둘 사이를."

"갑자기 무슨 말을 하는 거야?"

"저, 양궁은 그만둘 거예요. 하지만 코치를 잊을 수는 없어요. 코치가 말하기 거북하다면 제가 직접 부인을 만날게요. 그리고 코치와 헤어지는 걸 부탁해 볼게요."

아무래도 나오미는 진심인 것 같았다. 이제껏 올림픽 출전이라는 외길을 달려왔으니, 그 꿈이 깨진 지금 결혼이라는 또 다른 꿈에 매달릴 수밖에 없는 것이리라. 그리고 연애 경험이 없어 자신을 안아준 남성이라면 자신을 가장 사랑하고 있을 거라고 굳게 믿는 것이다.

순간 당황했다. 그녀가 이렇게 나오리라고는 예측하지 못했다. 일단 오늘은 돌아가라고, 아직 마음의 준비가 되어 있지 않다고 그녀를 설득했다.

"좋아요. 오늘은 갈게요. 하지만 코치, 배신하지 마세요. 만약 배신하면 온 세상에 우리 둘 사이를 알릴 거예요."

그렇게 말하며 나오미는 눈동자를 번쩍였다. 등줄기에 소름이 쫙 끼쳤다.

"알고 있어. 너를 배신하거나 하진 않아."

절박한 심정을 감추고 그렇게 말했다.

그녀가 작년에 자살을 기도했을 당시 찍어둔 테이프가 없었다면 그런 터무니없는 생각은 하지 않았을지도 모른다. 그 테이프가 생각났기에 누구에게도 의심받지 않고 그녀를 죽일 수 있다고 확신했다.

이제 나오미를 죽이는 것 말고 다른 길은 없었다. 나오미는 거의 매일 전화해서 아내에게 말했느냐고 추궁했다. 내가 얼버무리면 자기가 직접 만나겠다고 하는 상황이었다. 그녀가 누군가에게 발설하는 것도 두려웠다. 회사에 알리면 모든 것이 끝장이다.

죽이는 것 말고 다른 방법은 없어. 요코와 태어날 아이를 위해서라도. 살인이라는 행위에 대한 두려움으로 심장이 오그라들 것 같으면 스스로에게 몇 번이고 그렇게 되뇌이며 준비해 갔다.

그 테이프는 선반 깊숙한 곳에 보관해 두었다. 그것을 몇 번이고 되풀이해서 보고 작년에 촬영한 테이프라는 건 알 수 없으리라고 판단했다. 문제는 영상 후반에 내가 그녀를 살리는 장면이 찍혀 있다는 것이었다. 그래서 그 앞 장면에서 자르기로 했다. 녹화가 중간에 멈춘 것에 대해 경찰은 의문을 품겠지만 어쩔 수 없다.

방 안을 당시 비디오 속 영상과 똑같이 복원했다. 이제 나오미 본인을 복원하는 문제가 남았지만 생각해 둔 것이 있었다.

"이제 양궁부도 사라질 테니 마지막으로 기념사진을 찍어 두지 않을래? 유니폼 입고 활을 잡은 모습으로 말이야."

내 제안에 그녀는 순수하게 기뻐했다. 그렇다면 한껏 멋을 내야겠다고 말했다.

"화장한 얼굴도 좋지만 난 시합에 나갈 때의 네 모습이 좋아. 머리도 더 짧은 편이 좋고. 그래, 이 사진과 같은 느낌이라면 좋겠다."

그렇게 말하며 그녀에게 보여준 것은 그녀가 자살을 기도했을 당시 찍은 사진이었다. 그녀는 그것을 손에 들고 한동안 생각하더니 "그럼 이런 느낌으로 준비하고 올게요"라고 말했다.

그리고 사건 당일 4시쯤 우리는 방에서 만났다. 여전히 다른 방에는 인기척이 없어서 일단 안심했다.

그녀는 내가 주문한 대로 머리 모양을 바꾸고 왔다. 빨간 산호 귀고리도 작년 그대로다. 잠시 이야기를 하다가 주스 병을 꺼내 그녀 앞에서 뚜껑을 따서 건넸다. 수면제를 탄 다음 다시 뚜껑을 닫아둔 것이다.

이내 그녀에게 졸음이 찾아들었다. 말을 주고받는 것도 힘들어 보였다. 이윽고 맥없이 쓰러지는 그녀의 몸을 받쳤다. 그녀는 억지로 눈을 뜨고 있는 상태였다.

"졸려요."

"자도 돼."

"코치."

"왜?"

"굿바이, 코치."

이윽고 나오미는 고른 숨소리를 내며 잠들었다. 그녀를 조심스럽게 긴 의자에 눕혔다.

그다음에는 작년에 나오미가 한 일을 그대로 따랐다. 지문이 남지 않게 장갑을 끼고 그녀의 가슴과 등에 전선을 붙인 다음 타이머에 연결하고 콘센트에 꽂았다. 그리고 눈을 감고 단숨에 타이머 바늘을 움직여서 그녀의 몸에 전류가 흐르게 했다.

한순간 그녀의 몸이 꿈틀 움직인 것 같았다. 그러고는 아무런 반응도 없었다. 겁에 질린 채 눈을 떴다. 그녀는 방금 전과 똑같은 자세로 아직도 자고 있는 것처럼 보였다. 살며시 그녀의 입가로 손바닥을 대어 봤지만 틀림없이 숨은 멎어 있었다.

전신에 소름이 쫙 끼치고 또 다른 공포가 가슴에 밀려왔다. 하지만 마냥 그러고 있을 수는 없었다. 이젠 돌이킬 수도 없다.

비디오카메라를 설치하고 선반 깊숙이 숨겨둔 테이프를 꺼냈다. 만약의 경우에 대비해 다시 한번 테이프를 재생해 본다. 괜찮다. 잘될 거다.

나오미가 자살한 상황과 한 치의 다른 점이 없게 꼼꼼히 방안을 체크했다. 타이머 오케이, 비디오카메라 오케이, 지문과 나오미의 자세에도 문제 없음.

됐다.

심호흡을 하고 구석에 놓여 있는 전화기로 손을 뻗었다. 경찰은 1, 1, 0(일본의 경찰 신고용 긴급 전화번호). 어떤 식으로 말하는 게 좋을까? 당황한 목소리로 조금 더듬는 편이 나을까? 아니야. 도리어 담담하게 말하는 편이……. 그런 생각을 하는 사이 누군가가 전화를 받자 정신없이 지껄여댔다.

제대로 한 걸까?

나를 의심하는 것 같지는 않았다. 다소 목소리 톤이 높아지긴 했지만 오히려 자연스러웠을지도 모른다. 이제 회사에 전화만 하면 된다.

그때 문득 마음에 걸리는 것이 있었다. 나오미가 마지막으로 한 말이다.

'굿바이, 코치.'

왜 그녀는 그런 말을 한 것일까?

형언할 수 없는 불안감이 가슴속으로 퍼져가는 걸 느끼면서 회사에 전화를 걸었다.

7

파리한 형광등 불빛 아래서 우리는 한동안 입을 열지 않았다. 내 긴 이야기가 끝난 뒤에도 형사들은 이야기를 듣기 전과 똑같은 자세로 있다.

단지 비디오 화면만 다시 움직이기 시작했다. 이 기종은 일시정지 상태로 5분이 지나면 저절로 돌아간다.

"뭐라고 말해야 할지 모르겠네요."

이윽고 수염을 기른 형사가 입을 열었다.

"다른 방법도 있지 않았을까요? 당신이 한 짓은 미친 짓이라고밖에 할 수 없군요."

"네. 그렇겠죠. 아마도."

비디오 화면을 바라보았다. 나오미는 아직도 이야기를 하고 있다.

"하지만 지금의 내 생활을 지키기 위해서는 달리 방법이 없었습니다."

"그렇다고 해도 살인은 말이 안 되잖아요. 아무리 면밀하게 계획을 세워도 결국은 무너지고 말죠."

"그러네요."

쓴웃음을 지었다. 뭔가를 할 기력이 남아 있지 않았다. 앞으로 나는 어떻게 될지, 그런 생각을 할 기운도 없었다.

"그래도…… 완벽할 거라고 생각했습니다."

"완벽한 건 있을 수 없습니다. 당신도 몸소 깨달았겠죠?"

"그러네요."

화면 속의 나오미가 자살 방법에 대한 설명을 마치고 조용히 눈을 감는다. 이렇게 보면 문제가 된 그 붕대 같은 건 전혀 보이지 않는다.

그렇다고 해도 왜 그걸 보지 못한 것일까?

이번 계획에서 핵심은 비디오테이프가 작년에 찍은 것이라는 사실을 들키지 않는 것이었다. 그래서 여러 번에 걸쳐 체크했다. 샅샅이 살폈다. 분명 왼팔의 붕대는 쉽게 눈에 들어오지 않았겠지만, 그만큼 꼼꼼히 살폈으니 놓쳤을 리 없는데 말이다.

왜일까?

그때 두 형사가 일어났다. 그리고 젊은 쪽이 내 어깨에 손을 얹었다.

"가시죠."

고개를 끄덕였다. 더 이상 생각한들 소용없는 일이다. 실수를 한 것은 사실이니까.

"비디오도 이제 됐죠?"

수염을 기른 형사가 기기로 손을 뻗었다. 모니터는 나오미의 모습을 계속해서 내보내고 있다. 그런데 형사가 스위치를 끄려는 순간 그것이 나타났다.

"잠깐만요."

형사에게 말하고 화면으로 얼굴을 가까이 가져갔다. 나오미가 누운 긴 의자 밑에서 무언가가 움직이고 있었다. 거미다. 노란색과 까만색 줄무늬를 몸통에 새긴 거미. 얼마 전 나오미가 죽던 날, 그녀의 활 위를 기어 다닌 거미다.

저 거미가 왜 저기에? 작년에 촬영한 테이프에 왜 저 거미가 찍혀 있는 걸까?

갑자기 지독한 귀울림이 덮쳤다. 두통도 느껴졌다. 심장박동이 빨라지고 호흡도 가빠졌다.

설마……

아니, 그렇게 생각할 수밖에 없다. 그렇다면 모든 것이 납득이 간다. 이 테이프는 나오미가 다시 만든 것이다.

나오미는 내 계획을 알고 있었던 것이다. 아마 이런저런 상황으로 미루어 눈치챘을 것이다. 머리를 자르라고 한 것이 그녀에게 확신을 주었는지도 모른다.

하지만 나오미는 내 계획을 저지하려고 하지 않았다. 내 사랑이 거짓임을 알고 다시 자살하기로 한 것이다. 나에게 살해되는 자살 방법으로.

다만 그녀는 나를 용서하지 않았다. 나를 빠뜨릴 커다란 함정을 파놓은 것이다.

범행 전날 그녀는 혼자서 이 방에 왔을 것이다. 그리고 선반 구석에서 그 테이프를 찾아내 작년 자신의 모습을 보았다. 그때 어떤 말을 했는지, 어떤 몸짓을 보였는지……. 한 번 자신이 했었던 일이니 떠올리는 것도 쉬웠을 것이다.

그리고 그녀는 카메라를 설치하고 작년과 똑같이 연기했다. 아마도 몇 번이고 테이프를 다시 보면서 찍고 또 찍었을 것이다. 그렇게 해서 마침내 작년과 거의 똑같은 영상을 만들어 내는 데 성공했겠지. 다른 점은 단 하나, 그 붕대를 보이는 것이다.

아까 형사가 보여준 스코어북 귀퉁이에 적혀 있는 메모도 아마 그녀가 일부러 만들어 놓은 것이리라. 내 수법을 경찰이 꿰뚫어 볼 수 있도록 남겨둔 것이다.

"왜 그러시죠?"

수염을 기른 형사가 내 얼굴을 들여다보았다. 고개를 절레절레 저었다.

"아뇨. 아무것도 아닙니다."

"그럼 가시죠."

형사에게 등을 떠밀려 출구로 향했다. 방을 나갈 때 다시 한번 뒤돌아 나오미가 누워 있던 긴 의자를 보았다.

이제야 알게 되었다. 왜 그녀가 마지막에 그런 말을 했는지.

'굿바이, 코치.'

범인 없는 살인의 밤

밤

손목에 손가락 끝을 대더니 다쿠야는 고개를 저었다.

"안 되겠어요."

그 말을 들은 순간 가슴에 아릿한 통증이 느껴졌다.

"죽은 건가?"

소스케 씨가 물었다. 은발이 잘 어울리는 풍채 좋은 신사로 어떤 경우에도 늘 온화하게 말하는 그 역시 목소리가 떨리고 있었다.

"네."

다쿠야가 대답했다.

"맥이 짚이지 않습니다."

다쿠야의 숨소리도 불규칙했다. 그도 그럴 만하다. 나 같으면 벌써 소리를 질러 댔을 걸 가까스로 참고 있는 지경이니 말이다.

"의사를…… 당장 의사를 데려오면 어떻게든 손쓸 수 있지 않을까?"

"아니요."

다쿠야가 참담한 심경으로 대답했다.

"이미 늦었습니다. 게다가 그렇게 되면 일만 커질 뿐입니다. 의사에게는 가슴에 박힌 칼을 뭐라고 설명하실 겁니까?"

"그렇군."

이 질문에 대한 답변은 미처 준비하지 못한 듯 소스케 씨가 입을 다물었다.

"여보, 이 일을 어떡하면……."

도키에 부인이 애원하듯 소스케 씨에게 말했다. 하지만 그녀의 남편은 입을 꾹 다물고 있을 따름이었다. 소스케 씨만이 아니다. 그 자리에 있는 다른 네 명, 부부의 아들인 마사키와 다카오, 다카오의 가정교사인 다쿠야와 나도 그녀의 질문에는 대답하지 않았다.

한동안 침묵이 흘렀다. 숨이 막힐 만큼 길게 느껴졌지만 실제로는 그리 긴 시간도 아니었을 것이다.

이윽고 다쿠야가 손수건을 꺼내 펼쳤다. 시신의 얼굴을 덮으려는 모양이다. 이 방에 있는 이들 중에서 그가 가장 차분하다는 생각이 들었다.

"분명한 건요."

그는 말을 멈추더니 작게 기침을 했다.

"이건…… 살인 사건이라는 사실입니다."

그 말에 방 안의 공기는 한층 긴장되었다.

지금

기시다 씨의 집에 가니 안색이 변한 도키에 부인이 현관에 나타났다. 새침 떠는 고양이를 연상시키는 얼굴이 한껏 일그러져 있다.

"무슨 일입니까?"

천천히 신발을 벗으면서 물었다.

부인은 내 손을 잡더니 "잠깐 이리로"라고 말하며 응접실로 끌고 간다. 그 힘이 제법 세서 당황했다.

응접실에는 먼저 온 손님이 있었다. 다카오와 그의 또 다른 가정교사인 마사미 두 사람이다. 마사미가 영어를 가르치고 내가 수학과 물리를 가르치고 있다.

안으로 들어가자 마사미가 긴장한 눈으로 나를 보았다. 다카오는 창백한 얼굴로 가느다란 목을 구부린 채 고개를 푹 숙이고 있었다. 원래 패기가 없는 데다 그날 밤 이후로 겁에 질려 있기는 했지만 오늘따라 더 이상하다. 무슨 일이 있었구나 싶어 정신을 가다듬고 내색하지 않고 있었다.

"난처한 일이 생겼어요."

내가 자리에 앉는 것을 지켜보던 부인이 말했다. 그녀의 시선이 내게로 향해 있는 걸 보면 마사미와 다카오는 그 '난처한 일'의 내용을 이미 알고 있는 듯하다.

"무슨 일이 있었습니까?"

긴장한 채 물었다.

부인은 사이드 테이블 위에서 쪽지 한 장을 집어 들더니 내게 내밀었다. 명함이었다.

안도 가즈오, 니가타 현 가시와자키 시 ×××

거기에는 그렇게 인쇄되어 있었다. 근무처도 직업도 쓰여 있지 않았다. 그러나 그것만으로도 그 남성이 누구인지 알 수 있었다. 내 심장박동도 빨라졌다.

"방금 전에 그 사람이 다녀갔어요."

다소 흥분한 목소리로 부인이 말했다.

"여동생을 모르느냐고 묻더군요."

"여동생이라는 말은……."

"네."

그녀는 고개를 한 번 끄덕였다.

"그 사람의 오빠인 모양이에요."

그 여자, 안도 유키코에게 오빠가 있었던가?

"왜 여기에 왔는지 그 이유를 물어보셨나요?"

부인은 "네"라고 조그맣게 대답하더니 말을 이었다.

"그 사람 방에 놓여 있는 주소록에 이 집 주소와 전화번호가 적혀 있었대요."

그 여자가 그런 쓸데없는 짓을 했던가.

마음속으로 혀를 찼다. 마음처럼 되지 않는구나.

"안도 씨를 만난 건 어머님뿐입니까?"

"네. 다카오는 마사미 씨와 공부를 하고 있었고, 남편도 마사키도 아직 들어오지 않았으니까요."

"그래서 어머님은 뭐라고 대답하셨습니까?"

"저는 모른다고 했어요."

"그러셨군요."

슬며시 안도했다. 어설픈 이야기를 하는 것보다는 모른다고 밀어붙이는 게 낫다.

"그녀를 모른다고 하니까 안도 씨는 뭐라고 하던가요?"

"다른 사람은 어떠냐고 물었어요. 부군이나 아드님이라면 알고 있지 않겠느냐고요."

그야 그랬겠지.

"그래서요?"

"그건 저로서는 알 길이 없다고 했더니, 오늘 밤 전화할 테니 그전에 물어봐 줄 수 있겠느냐고 했어요. 거절하는 것도 이상하다는 생각이 들어서 할 수 없이 그러겠다고 했죠."

"현명하게 대처하셨네요."

일단 부인을 치켜세웠다.

"그런 다음 안도 씨는 돌아갔고요?"

"네."

부인은 고개를 끄덕였다.

가죽 소파에 몸을 기대고 '휴' 하고 깊은 한숨을 내쉬었다. 아직은 상황이 그다지 나쁘지 않다. 어떻게든 해볼 수 있는 단계다. 하지만 일찌감치 손을 써서 나쁠 건 없다.

"이 얘기를 부군께 하셨습니까?"

"방금 전에 회사로 전화했어요. 일찍 들어오겠다고 했어요."

순간 뇌리에 걱정과 두려움이 스쳤다.

"지금 당장 다시 전화해 주세요. 그리고 만약 안도 씨에게 무슨 연락이 오더라도 그 자리에서 바로 답변하지 말라고 전해주세요. 안도 씨가 여러 사람에게 연락할 경우 서로 말이 맞지 않으면 의심을 할 테니까요. 마사키 군에게는 연락이 되지 않나요?"

"아르바이트를 하는 곳에 연락할 수 있어요. 그럼 마사키에게도 그렇게 전할게요."

"부탁드립니다."

잰걸음으로 나가는 부인의 등에 대고 말했다.

응접실 문이 닫히자 옆에 있는 마사미를 보았다.

"알고 있겠지만 이젠 빼도 박도 못하게 됐거든."

마사미는 어깨를 움츠리더니 양손으로 긴 머리를 쓸어 올렸다. 하얀 스웨터 위로 가슴 곡선이 두드러진다.

"난 처음부터 각오했어. 도망칠 수 있으리라는 생각은 하지도 않아."

"그럼 됐어."

그리고 그녀의 옆에 앉아 있는 다카오에게 눈길을 돌렸다. 마사미는 내 연인인 만큼 막상 일이 벌어지면 의외로 배짱이 있다. 우리의 약점이 될 수 있는 사람은 오히려 이 도련님이다.

"다카오 군."

도련님의 이름을 불렀다.

"너도 괜찮지? 알다시피 이번 일은 우리 모두 힘을 모으지 않으면 안 된단다."

다카오는 눈언저리와 귓가를 붉히며 기계장치가 달린 인형처럼 어설프게 고개를 끄덕였다. 답답한 녀석이다. 무심결에 투덜거리고 싶었지만 참았다.

"안도 씨는 그녀의 주소록에 쓰여 있는 모든 사람에게 연락을 하고 있는 걸까?"

마사미가 불안한 듯이 물었다.

"아마 그럴 거야. 안도 씨가 유독 이 집에만 눈독을 들일 이유는 없으니까. 그러니 지금은 걱정할 거 없어."

"안도 씨는 어떤 남자일까?"

"글쎄, 담백한 성격이라면 고맙겠지만, 점착질(보수적이고 도

덕적인 경향이 강하지만 때로는 폭발적으로 감정을 터뜨리는 기질)이라면 성가실 수도 있겠지."

마사미와 그런 이야기를 하고 있는데 도키에 부인이 돌아왔다. 아까보다는 한결 진정된 표정이다.

"남편과 마사키에게 연락했어요. 아직 안도 씨가 만나러 가지는 않았나 봐요."

역시 이 집에만 주목하고 있는 건 아니다.

"만약 안도 씨가 찾아가더라도 쓸데없는 이야기는 하지 말라고 당부해 두었어요. 둘 다 일찍 들어올 거예요."

"그럼 됐습니다. 이제 우리끼리 먼저 얘기를 나눠보죠. 안도 씨한테 전화가 오면 뭐라고 설명할 것인지에 대해서요."

"안도 유키코라는 사람을 아무도 모른다고 발뺌하는 걸로는 안 되겠지?"

마사미가 물었지만, 질문이라기보다는 확인하는 것 같았다.

"안 돼."

바로 대답했다.

"그녀의 주소록에 이 집 주소가 적혀 있는 것에 대한 설명이 되지 않는다면 오히려 문제가 될 수 있어. 그래서 중요한 건 어떤 이름으로 주소록에 적혀 있느냐 하는 겁니다만."

뒷말은 부인의 얼굴을 보면서 했다. 그녀는 한동안 허공을 노려보더니 입을 열었다.

"안도 씨 말로는 '기시다'라고만 적혀 있었다고 하던데요."

"성만 적혀 있다면 그녀가 기시다 집안의 누구와 안다고 해도 상관없다는 얘기네요."

마사미가 밝은 목소리로 말했다. 그녀는 배짱이 있는 대신 다소 생각이 얕은 편이다.

"기본적으로는 그렇지만 아주 잘 아는 사이는 좀 곤란해. 꼬치꼬치 캐물으면 성가시니까. 아주 잘 아는 사이는 아니지만, 주소록에 연락처를 적어둘 정도의 사이로 하는 것이 바람직해."

"그러니까 그 말은⋯⋯."

부인이 진지한 눈길을 보낸다. 그 눈을 마주 보면서 물었다.

"안도 유키코가 자유기고가 지망생이었다고 하셨죠?"

부인은 바로 고개를 끄덕였다.

"그럼 부군을 취재하러 왔다고 하면 어떨까요?"

내 제안에 "남편을 취재하러요?"라고 되물으며 부인은 생각에 잠겼다.

도키에 부인의 남편 기시다 소스케 씨는 일본에서도 손꼽히는 건축가다. 토지가 줄어 땅값이 폭등하자 미래의 주거에 대한 사람들의 불안감은 커지고 있었다. 그런 상황에서 건축가의 견해를 듣고자 하는 일이 늘고 있다. 내 아이디어는 안도 유키코도 그런 일로 알아보고 있었던 것으로 하자는 얘기였다.

"하지만 그런 거짓말을 하면 나중에 힘들어지지 않을까요?"

부인이 조심스럽게 말한 것은 내 의견을 부정하는 것이 미안했기 때문일 것이다. 그도 그럴 것이, 이제껏 모든 걸 내가 하자는 대로 해왔다.

"거짓말은 대담한 편이 오히려 낫거든요."

부인을 안심시키기 위해 약간 큰 목소리로 말했다.

"진실에 거짓이 조금 섞여 있는 건 안 됩니다. 오히려 그 부분만 두드러져서 파탄을 일으키는 계기가 되지요. 100퍼센트의 거짓은, 그것이 거짓이라는 걸 좀처럼 증명할 수 없는 법이거든요."

내 이야기를 듣더니 부인은 고개를 숙이고 또 생각에 잠겼다. 하지만 이번에는 금세 얼굴을 들었다.

"그러려면 이런저런 세세한 사항을 미리 상의해 두어야겠군요. 안도 유키코가 언제 왔다든지, 어떤 이야기를 했다든지 하는 걸."

"물론 상의할 필요는 있습니다. 하지만 너무 상세하면 도리어 치명타가 될 우려가 있어요. 안도 씨에게도 간단히 설명하는 정도로 해두는 것이 좋을 겁니다. 세세한 걸 물어도 바로 대답하지 말고, 상대의 반응을 주의 깊게 살펴보십시오."

"그럼 이따가 전화가 오면요?"

"안도 유키코 씨가 남편에게 취재를 요청한 모양이라고 해

두세요. 상세한 이야기를 물으면 아직 남편이 들어오지 않아서 잘 모른다고 얼버무리시고요. 여기서 어려운 점은, 속이고 있다는 걸 상대가 알아채지 못하게 하는 겁니다. 이상하게 틈을 두거나 하지 말고 명료하게 대답하는 것이 핵심입니다."

"알겠어요."

그녀는 선선히 수긍했다. 눈가의 주름조차도 그녀의 결의를 말해주는 것 같았다. 우리 이야기가 거기까지 진전되었을 때 초인종이 울렸다. 마사키나 소스케 씨가 돌아온 모양이다. 부인이 자리에서 일어났다.

"저도 잠시……."

키가 껑충한 다카오도 따라 일어나더니 부인의 뒤를 쫓듯이 나갔다. 아마도 화장실에 가려는 거겠지. 몇 분 전부터 이상하게 긴장한 모습이 심상치 않았다. 넌더리가 난다는 표정을 지으며 마사미를 보고 입을 비쭉거렸다.

마사미는 내 무릎 위에 손을 얹었다. 따뜻한 손이다.

"다쿠야는 냉정하다니까."

그녀가 말했다.

"두렵지 않아?"

"나도 두렵다고. 다만 두려운 것과 나 자신을 잃는 건 다르지. 나는 늘 냉정해."

그때 현관에서 목소리가 들려왔다.

밤

"이건…… 살인 사건이라는 사실입니다."

얼굴에 손수건을 덮고 나서 다쿠야가 말했다. 한동안 아무도 입을 열지 못했다. 나도 입을 다문 채 여전히 냉정한 다쿠야의 침착한 행동에 감탄하고 있었다. 누구라도 죽은 사람의 얼굴 같은 걸 들여다보고 싶지는 않은 법이다.

"이제 어떡하실 건가요? 당연히 경찰에 알려야 할 테지만요."

다쿠야의 말이 떨어지기가 무섭게 "그건 안 돼" 하는 소스케 씨의 대답이 돌아왔다. 흥분한 음성이다.

"살인범이 되면 인생은 엉망진창이 되고 말아. 그것만이 아니야. 가족들은 또 얼마나 수치스럽겠나. 어떻게든 일이 알려지는 것만은 막고 싶네."

"그렇다고 해도……."

갑자기 목소리를 높인 것은 장남인 마사키였다.

"그렇다고 해도 달리 방법이 없잖아요. 이렇게 사람이 죽었으니까요."

평소에도 목소리에서 쇳소리가 나는데 긴장한 탓에 더 날카롭게 울렸다. 마사키는 병에 걸려 세상을 떠난 소스케 씨의 전처 자식이다. 기시다 집안의 자식치고는 매사 다소 모자란 인물로 부모의 힘을 빌려 간신히 한 사립대학에 다니고 있다.

머리가 나쁜 만큼 외모에는 늘 신경을 쓰는 듯 남성 잡지에서 나 볼 법한 패션으로 차려입고 다닌다. 내가 가장 싫어하는 타입이다.

"언성 높이지 마. 밖에 들리기라도 하면 어쩌려고 그러냐?"

소스케 씨는 그렇게 말하더니 창문 커튼을 쳤다.

"이 일을 세상에 알릴 수는 없어. 물론 경찰에도 알릴 수 없다."

결의가 깃든 말투였다.

"그러면 어떻게 하실 생각입니까?"

다쿠야가 물었다.

"그래서 부탁이 있네."

소스케 씨가 우리 쪽으로 다가왔다.

"이 일을 못 본 걸로 해주게. 결코 폐는 끼치지 않을 테니까."

잠자코 다쿠야의 반응을 기다렸다. 그는 생각에 잠긴 듯 잠시 침묵을 지키고 나서 말했다.

"완벽히 은폐하는 건 어렵습니다."

"알고 있네. 각오하고 있어."

소스케 씨의 목소리는 조금 화난 것처럼 들리기도 했다. 신사라 해도 히스테릭해질 때는 있나 보다. 어떤 소설에서 지금과 흡사한 장면을 읽은 기억이 났다. 그 소설에서는 맨 먼저 시신에 세공을 했던 것 같다.

"아무튼 시신을 어떻게든 처리해야 합니다."

그 말은 사건 은폐에 협력할 의사가 있다는 의미였다. 소스케 씨는 잠시 틈을 두고는 "고맙네"라고 나직한 목소리로 말했다. 일단 안심한 모양이다.

그러고 보니 내가 읽은 소설도 가정교사가 일가에 협력해 범죄를 은폐한다는 내용이었다.

"시신을 처리하는 건 굉장히 힘든 일이에요."

마사키가 예의 금속성이 섞인 목소리로 말했다. 이런 식으로 남의 의견에 토를 다는 인간은 어디든 꼭 있게 마련이다. 그렇다고 해서 자신의 의견이 있는 것도 아니다.

"힘든 일이든 뭐든 해야지. 넌 잠자코 있어."

자식의 성격을 잘 알고 있는 듯 소스케 씨가 일침을 가했다.

"시신을 어떻게든 처리해야 합니다."

다쿠야도 거듭 말했다.

"단 한밤중에 하는 게 좋을 겁니다. 나르는 걸 누군가 본다면 끝장이니까요. 그런데 시신을 넣을 만한 상자 같은 건 있습니까?"

"상자라……."

소스케 씨가 신음하듯 읊조렸다.

"창고에 골판지 상자가 있었던 것 같은데."

마사키가 말했다.

"소형 냉장고를 구입했을 때 포장해 온 상자예요. 분명 나무틀도 그 안에 있을 거예요."

"가지러 가자."

소스케 씨는 마사키를 데리고 방에서 나갔다. 문이 쾅 닫히는 소리가 나는 동시에 신음 소리를 낸 이가 있었다. 차남인 다카오 도련님이다. 까마귀처럼 마른 고등학생이다.

"이러면 안 돼요. 경찰에 신고하는 게 낫다고요."

"그게 무슨 말이니? 그렇게 되면 모두가 불행해질 뿐이라고 아버지도 말씀하셨잖니."

"그래도 안 돼요. 그만둬요."

마치 생떼를 쓰는 아이 같다. 나도 이 아이에게 영어를 가르치다 보면 냅다 때려주고 싶을 때가 있다. 거꾸로 '선생님'하며 응석을 부릴 때는 역겹기 짝이 없다.

"다카오 군은 방에 들어가 쉬는 게 낫지 않을까요?"

"그렇겠네요. 잠시 방에 데려다주고 와도 될까요?"

자기 방에 가는 것쯤이야 혼자서도 충분히 할 수 있다는 생각이 들었지만, 입 밖에 내지는 않았다. 아무래도 도키에 부인은 단 1초라도 이 방에서 멀어지고 싶은 듯했다.

다쿠야가 그러라고 하자 부인은 다카오의 어깨를 감싸고 방에서 나갔다.

"객관적으로 봤을 때……"

다쿠야가 내 얼굴을 보면서 말했다.

"우리처럼 운이 나쁜 가정교사도 없을 거야. 이런 일에 휘말리다니 말이야."

웃는 표정을 지으려고 했지만 뺨 언저리가 일그러진 얼굴이 되었을 뿐이다. 웃을 기운조차 없었다.

"시신을 숨기는 건 어떤 죄목이 될까?"

"사체 유기라든지, 뭐 그런 거 아닐까?"

"그렇구나. 사체 유기라······."

담배에 불을 붙이고 한 모금 빨아들이는 다쿠야의 손가락 끝이 가늘게 떨리는 걸 알 수 있었다. 역시 그도 긴장한 것이다.

"골판지 상자를 어떻게 운반할 생각인데?"

스스로 듣기에도 거북할 정도로 새된 목소리가 흘러나왔다.

"이 집의 세컨드 카가 아마 스테이션왜건일 거야. 그걸로 운반하게 되겠지."

"흐음."

신음 같은 소리를 내뱉었다. 목이 바짝바짝 말랐다.

이윽고 부인이 돌아왔고, 잠시 후 소스케 씨와 마사키가 골판지 상자를 들고 돌아왔다.

"딱 적당한 크기가 아닐까 싶은데."

소스케 씨의 말에 "좋네요"라고 다쿠야가 대답했다.

"그러면 시신을 이 상자 안에 넣죠. 마사키 씨, 도와주지 않겠습니까?"

"내가? 할 수 없지."

마사키가 담담하게 말했다.

"무지하게 차갑군."

무사히 시신을 상자 안에 넣고 나서 기분 나쁘다는 투로 마사키가 말했다.

"그야 죽었으니까 점점 체온이 내려가겠죠."

다쿠야가 대꾸했다.

"게다가 얼굴이 평평해진 것 같네."

"근육이 이완된 겁니다."

"죽으면 경직된다고 들었는데."

마사키치고는 제법 많은 걸 알고 있다. 추리소설 정도는 읽는 모양이다.

"사후 경직은 빨라도 한두 시간이 지나야 진행되니까, 이제부터 시작되겠지요."

"아, 맞다. 자네 의대를 나왔지?"

소스케 씨가 믿음직하다는 듯이 다쿠야를 보며 말했다. 자기 아들이 너무나 어설프기 때문이리라.

"중퇴입니다. 그건 그렇고 앞으로 어떻게 해야 할지 생각해 보죠. 먼저 시신을 처리하는 문제입니다만, 지금 11시니까 앞으로 세 시간쯤 기다리는 게 좋겠네요. 그사이에도 해야 할 일이 많으니까요."

"그렇죠. 이 방을 청소하는 거라든지……."

도키에 부인이 꽤 괜찮은 의견을 입에 담았다. 아닌 게 아니라, 이 방은 마구 어질러져 있는 데다 검붉은 피가 바닥에 묻어 있었다. 그제야 깨달았지만 혈액 특유의 비린내가 방 안을 가득 채우고 있었다.

"청소도 청소지만 그보다 더 중요한 일이 있습니다."

다쿠야의 음성은 차분히 가라앉아 있었다.

"그녀가 오늘 이곳에 온 걸 아는 사람이 있습니까?"

"그건 알 수 없지."

소스케 씨가 대답했다.

"그녀가 여기 오기 전에 누군가에게 말했을지도 모르니까. 우리로선 짐작도 할 수 없는 일이야."

"그녀가 이곳에 올 예정이었다는 걸 알고 있는 사람은 있을지도 모릅니다. 그러나 실제로 온 걸 알고 있는 사람이 있을까요? 없다면 그녀는 오늘 여기에 오지 않았다고 주장할 수 있습니다. 그러니까 그녀는 집에서 여기로 오던 중에 행방불명된 걸로 해야 합니다."

그렇구나. 감탄하며 속으로 중얼거렸다. 다쿠야는 옛날부터 거짓말을 잘했다. 나도 몇 번이나 속은 적이 있다.

"제가 기억하기로는 이 집에 온 건 아무도 모를 거예요."

도키에 부인이 신중한 말투로 말했다.

"오늘 밤에 다른 손님은 오지 않았으니까요."

"확실한 겁니까?"

다짐을 하듯이 다쿠야가 묻는다.

"네."

부인이 가느다란 목소리로 대답했다.

"그렇다면 그녀는 이 집에 오지 않은 걸로 해두어야 합니다. 아시겠죠? 그녀는 이 집에 오지 않았습니다."

그 자리에서 다쿠야는 완전히 주도권을 쥐고 있었다.

지금

현관에서 목소리가 들려왔다. 마사키나 소스케 씨가 돌아온 줄 알았는데 뭔가 좀 이상하다. 자리에서 일어나 응접실 문에 귀를 갖다 댔다.

"네. 그러니까 남편에게 취재 요청을 했다는 얘기를 들었어요."

부인의 목소리가 들려온다. 심장이 덜컥 내려앉았다. 안도 유키코의 오빠가 찾아온 모양이다. 전화를 걸겠다고 했는데.

"취재라고요? 그래서 유키코는 이곳에 왔나요?"

"글쎄요, 최근에는 남편을 찾아오는 손님이 많아서 생각이 잘 안 나네요. 언제쯤이었죠?"

"그리 오래되진 않았습니다. 아마 일주일쯤 전일 겁니다."

"그렇다면 남편에게 물어보지 않고는……."

부인은 그렇게 말했지만 그리 바람직한 응답은 아니다. 지금 이 상황에서 소스케 씨가 돌아온다면 사전에 입을 맞추지 않았으니 난처해질 수 있다.

"부군께서는 들어오셨나요? 들어오셨다면 꼭 만나뵙고 싶습니다만."

안도가 말했다. 느릿느릿하고 끈적끈적한 말투다. 이런 유의 남자는 쉬운 상대가 아니다. '쳇' 하고 혀를 찼다. 그런 나를 본 듯 마사미가 걱정스러운 얼굴로 다가왔다.

"아뇨. 아직 들어오시지 않았어요. 오늘 밤에는 늦는다고 하셨는데요."

"그렇습니까? 유감이네요. 그럼 다른 가족 분들은요?"

"아들도 아직 아르바이트가 끝나지 않은 모양이에요."

"늦네요."

안도가 그렇게 말했을 때 어딘가에서 문을 여는 소리가 들렸다. 젠장! 나도 모르게 입술이 일그러진다. 다카오가 화장실에서 나온 것이다. 저 도련님은 아무래도 상황 판단력이라는 것이 없는 모양이다.

"어, 아드님이 계시지 않습니까."

반가워하는 목소리가 들려왔다. 도키에 부인의 표정이 눈에 선하다. 멍청한 다카오는 보나 마나 울음을 터뜨릴 듯한 얼굴로 우두커니 서 있을 것이다.

"이 아이는 둘째고, 아직 들어오지 않은 쪽이 첫째예요. 이 아이에게는 아까 물어봤지만 안도 유키코라는 사람은 모른다고 했습니다."

"그렇습니까? 그래도 일단 사진만이라도 봐주세요. 이렇게 생겼거든요."

안도가 거기까지 말했을 때 쿵쿵거리며 계단을 올라가는 소리가 났다. "다카오!"라고 부인이 소리쳐 부르는 소리. 저 멍청이 같은 놈, 도망을 치다니……

"죄송합니다. 저 애가 낯을 좀 가려서요."

고등학생이라고. 말도 안 되는 소리잖아.

"괜찮습니다. 제가 인상이 험악해서 경계를 하는 모양이지요."

부인은 침묵. 억지웃음이라도 짓고 있겠지. 나는 한편으로 소스케 씨가 들어올까 봐 잔뜩 마음을 졸이고 있었다. 지금 들어오면 정말이지 난처해진다.

"그럼 다시 오겠습니다."

드디어 안도가 돌아가려는 모양이다.

"그러시겠습니까? 죄송합니다."

"실례했습니다."

문이 닫히고 걸쇠를 잠그는 소리가 나더니 복도를 걷는 소리가 다가왔다. 응접실 문을 연 부인은 그 앞에 서 있는 나와 마사미를 보고 나직이 비명을 질렀다.

"안도 씨는 겨우 돌아갔네요."

그러면서 부인은 깊은 숨을 내쉬더니 무너지듯 소파에 주저앉았다.

안도가 돌아가고 5분 뒤에 마사키가 들어왔고, 그러고 나서 10분 뒤에 소스케 씨가 초인종을 눌렀다. 위험할 뻔했다.

다카오를 제외하고 모두 응접실에 모여 대책을 세웠다. 아무래도 상황을 낙관할 수 없을 것 같다는 것이 모두의 의견이었다. 그러니까 이제까지는 다소 낙관하고 있었다는 이야기다.

그 사건이 일어나고 사흘 뒤, 기시다 씨 부부를 찾아가 보고했다. 안도 유키코의 주변을 조사한 결과, 그녀와 기시다 가家를 연결할 만한 것은 아무것도 없다고. 그 보고에 입각해서 방침을 정했다. 안도 유키코라는 사람은 전혀 모르는 것으로.

그런데 아무래도 그 방침을 바꿔야 할 듯하다.

"그러니까 그쪽 조사가 불충분했다는 거 아닌가?"

후려갈겨주고 싶을 만한 대사를 내뱉은 사람은 마사키다.

하지만 나는 기특하게도 잠자코 고개만 끄덕였다.

"그녀의 방까지 조사할 수는 없었을 테니 실수라고는 할 수 없어. 주소록에 실려 있는 정도야 생각해 보면 별일도 아니고."

넥타이를 느슨하게 풀면서 소스케 씨가 말했다.

"그보다 마음에 걸리는 것은, 그것 말고 또 그녀와 우리 집을 엮을 만한 것이 있느냐야. 만약 그런 것이 있다면 우리는 곤경에 빠질 테지."

"그 점은 괜찮을 겁니다."

나는 자신 있게 말했다.

"그녀의 교제 범위로 볼 때, 이 집이 부각될 일은 일단 없는 데다 그녀의 소지품 중에 뭔가가 있었다면 안도 씨가 오늘 그 얘기를 했을 테니까요."

"그렇다면 다행이지만……."

소스케 씨는 담배에 불을 붙이더니 깊이 빨아들였다. 곧이어 유백색 연기를 천장을 향해 뿜어냈다. 마사미가 조그맣게 한 번 기침을 했다.

"그녀가 취재 요청을 했다는 설정은 좋은 것 같군."

소스케 씨가 말했다.

"최근에는 그런 일로 사람을 만나는 일이 많으니까 말이야. 그래서 실제로 만난 걸로 하는 건가?"

"가능하다면 애매하게 얼버무려서 상대가 어떻게 나오는지 봤으면 합니다. 아무튼 적의 속셈을 알아내야 합니다. 그에 따라서 우리도 유동적으로 대처해야 하고요."

"알겠네. 어떻게든 해보지. 마사키, 만약 네가 일하는 곳으로 안도 씨가 찾아가더라도 아무것도 모르는 걸로 밀어붙이는 거다. 알겠냐?"

"알고 있어요."

마사키가 퉁명스럽게 대답했다.

그리고 소스케 씨는 나와 마사미의 얼굴을 번갈아 쳐다보더니 자세를 고쳐 앉았다.

"다시 한번 부탁하는데 우리를 배신하지 말아주게. 자네들의 도움 없이는 어쩌지도 못한다네. 게다가 이런 말은 하고 싶지 않지만 자네들도 공범이라고 할 수 있으니 말이야."

"알고 있습니다."

내가 대답하고 마사미는 옆에서 고개를 꾸벅 숙였다.

이튿날 밤, 기시다 씨의 집 대문 앞에 섰을 때 느닷없이 누군가가 내 어깨를 두드렸다. 돌아보니 얼굴색이 잿빛인 남성이 서 있었다. 몸집이 작고 다소 마른, 서른은 넘어 보이는 남성이었다. 뺨은 홀쭉하고 커다란 눈은 예리한 빛을 발하고 있었다. 왠지 모르게 원숭이 두개골을 연상시킨다. 기분 나쁘게

306

생긴 녀석이라고 생각한 순간, 안도 가즈오가 틀림없다고 직감했다.

"이 집 아드님을 가르치는 분이시죠?"

입 모양이 일그러졌지만 스스로는 웃는 얼굴이라고 생각하는 모양이었다.

"그렇습니다만, 누구신지……."

"저는 안도라고 합니다. 매일 밤 이곳에 오시는 모양이더군요."

"네?"

그러자 안도는 '후후' 하고 소리를 냈다.

"이웃 사람들한테 들었습니다. 기시다 씨 집에는 매일 밤 가정교사가 온다고요. 그것도 한 사람이 아닌 것 같다고 하더군요."

불길한 예감이 들었다. 그러니까 이 남성은 기시다 씨의 집에 드나드는 사람을 조사하고 있다는 이야기다. 왜 이토록 이집에 집착하는 것일까?

"저 말고도 선생님이 한 분 더 계시죠."

내가 말하자 안도는 또 기분 나쁜 웃음을 지었다.

"맞아요. 그렇다고 하더군요. 하지만 당신이면 될 것 같네요. 좀 여쭤보고 싶은 것이 있습니다만."

"시간이 없는데요."

"오래 걸리지는 않을 겁니다."

안도는 낡을 대로 낡은 양복 윗도리 주머니에 손을 넣었다. 언뜻 보기에도 싸구려 느낌이 나는 양복에, 바지와 윗도리의 옷감도 제각각 다르다. 분명 창고 정리 세일에서 건져 입었을 것이다.

그가 꺼낸 것은 한 장의 사진이었다. 안도 유키코가 새침한 표정을 짓고 있다.

"제 여동생인데 행방불명됐습니다. 혹시 모르시는지요?"

"어떻게 제가 댁의 여동생 행방을 알 수 있단 말이죠? 도대체 댁은 누굽니까?"

하지만 안도는 옅은 웃음만 띨 뿐 내 물음에는 대답하지 않았다. 그 대신 이런 말을 꺼냈다.

"제가 알아본 바에 따르면 여동생은 지난주에 이 집에 찾아 왔을 겁니다. 그러니까 당신도 본 적이 있지 않을까 싶어서요."

"지난주에 여기에 왔다고요? 누가 그런 얘기를 했는데요?"

"누구든 무슨 상관입니까? 아니면, 누군가가 그런 말을 했다면 이상한 건가요?"

나를 빤히 올려다보았다. 기분 나쁜 눈초리다.

"아뇨. 이상할 것 없죠. 아무튼 난 이 여성을 본 적 없습니다."

그러고는 "그럼, 이만"이라고 말하며 대문 안으로 들어섰다. 현관에서 다시 한번 뒤돌아보았지만 남자의 모습은 이미 보이지 않았다.

다행히 현관문이 열려 있어서 곧바로 집 안으로 들어갔다. 때마침 마사미가 2층에서 내려오고 있었다.

"지금은 밖에 나가지 않는 게 좋겠어. 안도가 문 앞에 있어. 나를 불러 세우더라고."

내 목소리를 들은 듯 도키에 부인이 걱정스러운 얼굴로 안에서 나왔다.

"뭔가 묻던가요?"

"유키코 씨 사진을 보여주더군요. 모른다고 했습니다."

그리고 그와 주고받은 이야기를 들려주었다. 부인의 얼굴이 백지장처럼 하얗게 질렸다.

"왜 이 집에 집착하는 걸까요?"

"모르겠습니다. 어쩌면 뭔가 단서를 잡았는지도 모르죠."

내가 그렇게 말했을 때 등 뒤에서 문을 여는 소리가 들렸다. 소스케 씨가 돌아온 것이다.

"다들 무슨 일이야, 이런 곳에 모여서."

의아한 표정으로 그는 구두를 벗었다. 막 그에게 사정을 설명하려는데 마침 초인종이 울렸다. 부인이 벽에 설치되어 있는 인터폰 버튼을 눌렀다.

"누구시죠?"

그러자 작은 스피커에서 대답이 흘러나왔다.

"번번이 죄송합니다. 안도입니다."

부인은 겁에 질린 듯이 우리를 보았다. 안도는 소스케 씨가 돌아오기를 기다리고 있었던 것이다.

"할 수 없지. 들어오라고 해."

마음을 굳힌 듯 소스케 씨가 말했다.

"계속 피하면 더 수상쩍게 생각할 거 아냐. 안도 유키코라는 여성과는 아무 관계도 없다는 걸 내 입으로 설명하지."

부인은 고개를 끄덕이더니 안도에게 들어오라고 말했다.

"안도 유키코가 이 집에 오기로 되어 있던 걸 그는 알고 있습니다."

빠른 말투로 소스케 씨에게 말했다.

"그 점을 고려해서 말씀하세요."

"알았네."

그가 고개를 끄덕이는 것을 지켜본 다음 마사미와 함께 2층으로 올라갔다. 곧이어 현관문이 열리고 안도 가즈오가 들어왔다. 부인이 그를 응접실로 안내하고 잠시 후 옷을 갈아입은 소스케 씨가 들어갔다. 나와 마사미는 발소리를 죽이고 계단을 내려가서 어제처럼 문에 귀를 갖다 댔다.

"여동생은 5년 전에 집을 뛰쳐나간 후로 좀처럼 고향집에 오는 일이 없었습니다. 그래서 지난번에 살피러 왔는데 며칠이 지나도 들어오지 않는 겁니다. 여행을 갔나 싶었지만 방

안을 살펴보니 그런 것 같지도 않았습니다. 그래서 걱정이 돼서 여기저기 찾아다니고 있습니다."

"그건 걱정이 되시겠군요."

소스케 씨는 정말로 입이 무거워 보인다.

"지금까지 알게 된 것을 정리해 보면 이렇습니다."

잠시 침묵이 이어진다. 안도가 수첩이라도 꺼내고 있나 보다.

"지난주 월요일 밤에 여동생 옆집에 사는 직장 여성이 여동생이 어디 갔다 오는 걸 봤다고 합니다. 하지만 거의 모르는 사이여서 이야기는 나누지 않았다고 하더군요. 이웃인데도 말입니다. 도시라는 곳은 참 멋대가리 없는 곳인가 봅니다."

"최근에는 다들 그렇습니다."

소스케 씨는 적당히 맞장구를 쳐주었다. 좀 답답한 모양이다.

안도는 계속 말을 이었다.

"아무튼 지금 상황에서는 그 여성이 마지막으로 여동생을 본 사람인 듯합니다. 그리고 신문이 현관 앞에 산더미처럼 쌓여 있었습니다. 날짜를 보니 지난주 수요일 조간부터 쌓여 있더군요. 그러니까 수요일 아침에 이미 여동생은 집에 없었다는 얘기입니다. 그렇겠지요?"

"그렇겠군요."

"월요일 밤에는 집에 들어왔는데 수요일 아침에는 없었다. 그러니까 여동생은 화요일에 어딘가 갔다가 돌아오지 않은 겁니다. 하긴 예전에도 이런 일이 없었던 건 아닙니다. 하지만 이번에는 너무 길지 않나 싶어서요."

잠시 침묵. 소스케 씨는 담배를 피우고 있고, 안도는 그런 그를 바라보고 있는지도 모른다.

"여동생이 취재를 부탁드렸다는 이야기를 들었습니다만."

안도가 말했다.

"네. 그랬지요."

"만나셨나요?"

"아뇨. 그게 말입니다."

소스케 씨는 기침을 했다. 부자연스러운 연기다.

"만나기로 하긴 했지요. 아직 구체적으로 날짜를 정한 건 아니지만요."

"그건 이상하네요."

안도가 끈적이는 목소리를 높였다.

"여동생 책상 위에 메모가 있었거든요. 거기 쓰인 걸로 봐서는 지난주 화요일에 댁으로 찾아뵐 예정이었던 것 같은데. 그거, 취재 건이 아니었을까요?"

메모? 그럴 리가 없어! 하마터면 소리를 낼 뻔했다. 마사미와 눈이 마주쳤다. 그녀도 믿을 수 없다는 얼굴이다.

"그런 것이 있었나요?"

소스케 씨도 당황한 눈치다. 안도의 눈에 그런 소스케 씨의 모습이 어떻게 비칠지는 알 수 없지만.

"있었습니다. 그래서 이렇게 거듭 실례를 하게 된 겁니다."

"그래요? 그럼 어쩌면 그건지도 모르겠군요."

"그거라면?"

"인터뷰 날짜로 언제가 좋겠냐고 묻더군요. 그때 화요일이
면 괜찮을 것 같다고, 그런 말을 한 것 같습니다. 그래서 여동
생 분은 지난주 화요일에 올 생각이었는지도 모르겠네요."

"그럼 약속을 하신 건 아닙니까?"

소스케 씨의 힘겨운 발뺌을 의심하는 말투다.

"물론 아닙니다."

소스케 씨는 딱 잘라 말했다.

한순간 대화가 끊겼다. 혼잣말처럼 중얼거리는 소리가 들렸
다. 아마도 안도가 뭐라고 중얼거리고 있을 것이다. 소스케 씨
는 잠자코 있다.

"그럼 마지막으로 한 가지만 더 여쭙겠습니다. 지난주 화
요일, 댁에는 누가 계셨나요?"

안도가 물었다. 묘한 질문이다.

"누가 있었냐고요? 왜 그런 걸 묻는 겁니까?"

"뭐 별 뜻은 없습니다. 그러니까 사모님과 사장님과……"

"아들과 가정교사가 있었습니다."

"아하, 그러셨군요. 아드님은 두 분이고, 선생님도 두 분이시

죠. 남자 선생님과 여자 선생님이요."

"맞아요."

"그러시군요. 이거 정말 실례가 많았습니다."

소파가 움직이는 소리가 났다. 안도가 일어난 모양이다. 나와 마사미는 얼른 문에서 떨어져 잽싸게 2층으로 뛰어 올라갔다.

"잘하셨습니다."

안도가 떠나고 나서 소스케 씨에게 말했다.

"안도 유키코가 이 집에 왔다는 건 증명할 수 없을 겁니다. 그러니까 오지 않았다고 주장하는 것이 현명하겠죠."

"그렇게 말할 수밖에 없었지."

소스케 씨는 진저리가 난다는 표정을 지었다.

"그런데 메모가 있었다는 말을 듣고 놀랐네. 도대체 어떻게 된 걸까?"

"안도 씨가 넘겨짚은 거 아닐까요?"

마사미가 나와 소스케 씨의 얼굴을 번갈아 쳐다보며 말했다.

"그럴 수도 있지. 하지만 설사 그렇다고 해도 크게 달라지는 건 없을 거야. 안도 씨에게 그렇게 넘겨짚을 만한 근거가 있다는 얘기일 테니까 말이야."

"어찌됐건 적은 이 집을 눈여겨보고 있다는 얘기군."

소스케 씨가 아랫입술을 깨물었다. 그런 남편의 얼굴을 보고 도키에 부인은 절망한 듯 시선을 내리깔았다.

"비관하기에는 이릅니다. 아직 아무것도 표면에 드러난 건 없으니까요."

"맞아요."

마사미도 내 옆에서 맞장구를 쳤다.

"아직 아무 일도 일어나지 않았어요. 유키코는 행방불명되었을 뿐이에요. 그리고 시신이 발견되지 않는 한 이 상황은 바뀌지 않을 거예요."

"그래, 시신이 발견되지 않는 한."

나도 그녀 못지않게 힘차게 말했다.

밤

추리소설을 조금만 읽어봐도 알 수 있는 일이지만 시신을 처리하는 건 결코 쉬운 일이 아니다. 크게 나누면 대략 네 가지 방법이 있다. 땅속에 묻는다, 물속으로 가라앉힌다, 소각한다, 약품으로 용해한다. 대충 이렇다. 얼린 다음 빙수처럼 갈아서 버리거나 범인이 먹어버리는 끔찍한 방법도 있지만 현실적으로는 어려울 것이다.

다쿠야는 땅에 묻는 방법을 추천했다.

"매장하는 것이 가장 손쉽고 안전할 겁니다. 물속에 가라앉힐 경우 물의 흐름에 따라 떠오를 우려가 있고 태워도 뼈는 남을 테니까요."

"그렇지만 어디에 묻으면 좋겠나? 너무 가까운 곳은 피하고 싶은데."

소스케 씨의 말투는 완전히 다쿠야에게 일임한 듯한 느낌이다.

"만에 하나 발각될 경우에도 이 집 사람들이 의심받지 않도록 해야겠죠. 당연히 집 근처는 피할 겁니다. 사이타마 현까지 가서 어딘가 인적이 없는 산골짜기를 찾아보죠. 그리고 골판지 상자를 운반하는 수단 말인데, 이 집에 있는 스테이션왜건을 썼으면 합니다."

"그게 좋겠군."

"삽은 있습니까? 땅을 팔 때 필요합니다만."

"창고에 있을 걸세."

"알겠습니다. 그럼 새벽 2시가 되면 상자를 차에 싣죠."

손목시계를 보았다. 오전 1시가 조금 지나 있었다.

지금

요 며칠 따뜻한 날이 이어졌지만 어제부터 비가 내리기 시작했다. 양동이로 들이붓는 것 같은 비다. 오늘 아침에도 여전히 퍼붓고 있다. 겨울에 이런 비가 내리다니 희한하다.

마사미는 베란다 쪽 유리문 앞에 서서 물끄러미 밖을 내다보고 있었다. 유리문은 베일을 씌운 것처럼 흐렸지만, 그녀의 얼굴 앞에는 손가락으로 창을 문지른 흔적이 동그랗게 남아 있었다.

"뭘 보는 거야?"

남자 셔츠만 걸치고 있는 마사미의 등을 향해 말을 걸었다. 여전히 나는 침대에 파묻혀 있다. 석유스토브를 켰지만 아직도 실내는 싸늘하다.

"쇠퇴한 거리."

마사미가 말했다. 그녀의 숨결로 얼굴 앞의 유리가 또다시 흐려졌다.

나는 쓴웃음을 지었다.

"그다지 망했다는 생각은 들지 않거든. 이 부근의 단독주택 시세가 얼만지 알고나 하는 소리야?"

"그런 얘기가 아니야."

그녀는 또다시 유리문을 손가락으로 문질렀다.

"비에 젖으면 말이야, 많은 것이 본모습을 드러내거든. 사실은 모두가 풍요로운 건 아니라는 생각이 들어."

상반신을 일으켜 머리맡에 있는 담뱃갑과 라이터를 집어들었다. 어느새 라디오에서는 클래식이 흐르고 있다.

마사미가 내 쪽으로 휙 돌아섰다.

"있잖아, 우리 외국에서 살자. 가난한 나라에서 비참하게 하루하루를 보내는 건 딱 질색이야."

"신문 좀 가져다주지 않을래?"

그녀는 예쁘게 빠진 다리를 자랑스레 내보이며 침대 앞을 가로질러 현관으로 갔다. 그리고 신문을 손에 들고 돌아와 내 앞에 내려놓았다.

"돈이 있었으면 좋겠어."

마사미가 한마디 툭 던졌다. 그런 그녀를 힐끔 보고는 신문으로 시선을 옮겼다.

신문 1면에는 세금 문제에 관한 기사가 실려 있었다. 그리고 군비 축소 문제, 땅값 등 몇 년 전부터 정부가 미뤄온 숙제 이야기뿐이다.

사회면을 보았다. 어제부터 내린 비로 어딘가에서 산사태가 일어난 모양이다. 딱한 일이다. 스포츠면으로 넘기려는 순간, 작은 기사가 눈에 들어왔다. 제목은 '진흙탕 속 시체, 사이타마'였다. 신문을 눈앞으로 끌어당겼다.

어제 저녁 사이타마 현 ××시에서 사이클링을 하던 직장인이 급작스러운 폭우로 바퀴가 미끄러지면서 숲으로 굴러 떨어졌다. 부상을 입진 않았으나 자전거는 한참 아래로 굴러갔다. 자전거를 끌어올리려던 직장인은 프레임 부분에 뭔가가 휘감겨 있는 것을 발견했다. 자세히 살펴보니 사람의 머리카락인 듯했고, 그것은 땅 위로 나와 있는 상태였다. 직장인은 자전거를 내팽개치고 그곳에서 1킬로미터 떨어진 민가로 달려가 상황을 알렸다. 경찰에 알린 것은 그 민가의 주인이다. 관할 경찰서에서 급히 달려가 그곳을 파본 결과 여성의 시신이 나왔다. 추정 연령은 10대 후반에서 30세 사이로 머리카락이 길다. 얼굴과 양손 손가락이 일그러져 있고 예리한 칼로 가슴을 찔린 흔적이 있다.

신문 기사를 통해 이런 정황을 추측할 수 있었다.

"왜 그래?"

내가 뚫어지게 신문을 읽고 있었기 때문일 것이다. 마사미가 걱정스러운 표정으로 물었다. 신문을 그녀의 눈앞에 내밀고 문제의 기사를 손가락으로 가리켰다.

순간 그녀의 안색이 변했다.

"여긴 그 장소잖아."

"맞아."

목소리가 꼴사납게도 떨려 나왔다.

"우리가 시체를 묻은 장소야. 그렇다 해도 이렇게 빨리 발각되다니……."

"어떡할 거야?"

"기시다 씨 집에 전화해서 경찰이 와 있느냐고 물어봐. 만약 오지 않았다면 지금부터 내가 간다고 전해줘."

그녀가 수화기를 드는 것을 곁눈질하며 옷을 갈아입기 위해 침대에서 벌떡 일어났다.

안도 가즈오는 지난 일주일 동안 모습을 보이지 않았다. 여동생이 행방불명된 일로 기시다 가에 의혹을 품고 있지만 대놓고 추궁할 만한 실마리를 찾지 못했다는 이야기일 수도 있다. 그래서 일단 안심해도 될 것 같다는 대화를 기시다 씨 부부와 주고받기도 했는데…….

안도 유키코의 시신이 발견되었다. 우리가 가장 두려워하던 일이 터진 것이다.

밤

숨이 막힐 것 같은 시간이 지나고 마침내 결행의 순간이 다가왔다. 다쿠야와 마사키와 소스케 씨, 세 사람이 골판지 상자를 차에 실었다. 도중에 등대꽃 산울타리에 골판지 상자가

스치면서 바스락바스락 귀에 거슬리는 소리가 났다.

"역시 나도 같이 가는 편이 낫지 않을까? 땅을 팔 때도 하나라도 손이 많은 게 낫잖은가."

신발을 골판지 상자 안에 집어넣고 나서 소스케 씨가 말했다. 방금 전 상의한 끝에 기시다 씨 부부와 다카오는 집에 남기로 한 것이다. 만약 한밤중에 누군가가 전화할 경우 부부가 집에 없다면 부자연스러울 것이라는 게 다쿠야의 의견이었다. 그리고 다카오는 이런 상황에서는 짐이 될 뿐이다.

"아뇨. 이런 일은 소수 인원으로 하는 편이 눈길도 끌지 않고 안전합니다. 괜찮습니다. 저희끼리 어떻게든 해보겠습니다."

"아버지, 저희에게 맡기세요."

마사키가 잘난 척하는 말투로 말했다. 시신 처리라는 어려운 작업에 함께하는 것으로 부모가 자기를 다시 봐주기를 바라는 속셈일 것이다.

"그럼 이걸 가져가거라. 졸음 방지용이다."

"흐음, 껌이네. 고마워요."

"조심하고."

부인이 걱정스러운 듯 말했다.

"다녀오겠습니다."

다쿠야는 그렇게 말하고 차의 시동을 걸었다.

차가 달리기 시작하자 한동안 아무도 입을 열지 않았다. 각자 자신이 처해 있는 상황을 반추하고 있는 듯했다.

"마사미 씨는 이제 같이 가지 않아도 될 것 같은데."

조수석에 앉아 있는 마사키가 뒤를 돌아보며 말했다.

"아니, 마사미도 해야 할 일이 있어요. 조금 더 함께할 겁니다."

핸들을 꺾으면서 다쿠야가 말했다.

"마사미, 괜찮지?"

"괜찮아"라고 대답했다. 어차피 내친걸음이다.

"그런데 어디로 갈 생각이지? 시체를 버리는 데 적당한 곳이라…… 목적지가 있는 거야?"

"예전에 드라이브하다가 길을 잃은 적이 있어요. 주변이 숲이었죠. 그 부근이라면 일단 아무도 오지 않을 거예요. 설마 이런 일에 도움이 될 거라고는 생각지도 못했지만."

"정말이지."

마사키는 어깨를 으쓱하며 한숨을 내쉬었다.

"놀라울 정도로 차분하다니까. 어떻게 이런 상황에서 그렇게 태연할 수 있는 거지?"

"겉으로만 그래요. 속으로는 벌벌 떨고 있다고요."

신호에 걸리자 다쿠야는 담배를 꺼내 물고 라이터로 불을 붙였다. 그의 입가에서 빨간 점이 확 밝아진다.

"시체는 묻었다고 치고, 이 골판지 상자는 어떻게 할 거야?"

다쿠야에게 물었다.

"피가 묻었을 텐데."

"오늘 밤에는 일단 가지고 돌아갈 수밖에 없어. 버릴 장소가 없으니까."

"그럼 내일이라도 태우지. 모닥불을 피우는 척하면서 말이야."

마사키가 말했다.

"그러면 눈에 띌 테니까 안 돼요. 잘게 찢어서 쓰레기 버리는 날 내놓으세요."

"오케이, 오케이. 뭐든 하라는 대로 하지."

마사키는 그렇게 말하면서 껌을 하나 입에 넣었다.

그래, 넌 잠자코 있기나 하라고.

나는 속으로 욕을 했다.

차는 밤길을 쉴 새 없이 달려간다.

지금

안도 유키코의 시체가 발견되고 나흘 뒤, 형사가 집으로 찾아왔다. 기시다 씨 집에 가려고 신발을 신고 있는데 초인종이 울렸다.

실은 어제 도키에 부인에게 전화가 왔다. 경찰서에서 찾아왔다고 했다. 시신의 신원은 각오한 것보다 훨씬 빨리 밝혀진 듯했다. 하지만 형사들은 그다지 끈질기게 물고 늘어지지 않은 모양이다. 안도 유키코의 사진을 보여주면서 이 여성을 모르느냐고 물었다고 했다. 그 사진은 안도 가즈오가 가지고 다니던 것이다. 물론 부인은 모른다고 잡아뗐다.

형사는 두 명이었고, 다카노와 오다라고 이름을 밝혔다. 다카노는 키가 훤칠하고 제법 멋진 형사다. 오다는 어딘지 모르게 은행원을 연상시키는 외모지만 금테 안경 너머의 눈초리가 날카롭다. 묻고 싶은 게 있다고 해서 10분 정도 시간이 있다고 했다.

"기시다 씨라고, 아시죠?"

다카노가 물었다. 어리둥절한 표정을 지으며 대답했다.

"알죠. 제가 그 댁 아드님을 가르치고 있습니다."

"그런 것 같더군요. 매일 가르치신다면서요?"

"토요일, 일요일을 제외하고 매일 갑니다. 실은 지금도 그곳에 가려던 참인데요."

"이렇게 붙잡아서 죄송하군요."

"괜찮습니다. 그보다 기시다 씨 댁에 무슨 일이라도?"

그러자 형사는 회색 트렌치코트 주머니에서 사진을 한 장 꺼내 내 앞으로 내밀었다.

"이분을 본 적이 있습니까?"

드디어 올 게 왔다는 생각이 들었다. 부인이 말한 대로군.

안도 가즈오가 가지고 다니던 사진인 듯했다. 사진 속의 유키코는 웃고 있다.

"그 사진이라면 본 적이 있습니다. 몇 주 전에 어떤 남자 분이 보여 주었거든요. 하지만 사진 속 여성 분을 실제로 본 적은 없습니다."

"남자 분이라뇨?"

"그 사진 속 여성의 오빠라고 했습니다. 추레한 느낌의 남자로 아…… 안……."

"안도요?"

형사가 물었다.

두 번쯤 고개를 힘차게 끄덕였다.

"맞아요. 그런 이름이었습니다."

다카노 형사는 오다 형사를 돌아보았다. 오다는 지겹다는 표정으로 수첩에 뭔가 기입하고 있다. 그런 그들의 움직임은 사람의 마음을 어지럽히는 효과가 있다.

"저, 무슨 일이 있었나요?"

가능한 한 자연스럽게 물어볼 요량이었지만 과연 어떻게 들렸을까?

다카노 형사가 약간 충혈된 눈으로 나를 보았다.

"살해되었습니다, 이 분."

입을 반쯤 벌린 채 형사의 눈을 쳐다보았다. 이 시간이 너무 길어도 너무 짧아도 부자연스럽다. 적당한 때에 말을 꺼냈다.

"그런 일이 있었습니까?"

"나흘 전 사이타마 현 숲에서 시체가 발견된 사건은 아십니까?"

고개를 끄덕이자 그는 말을 이었다.

"그 시체가 바로 이 여성이었습니다. 오빠, 그러니까 안도 씨가 자기 여동생인 것 같다며 스스로 밝히고 나섰지요. 치아 등을 확인해 일치한다는 결론이 나왔습니다."

"그래요?"

나와는 상관없다는 얼굴로 황당해하는 모습을 보인다.

그렇다고는 해도 그 안도라는 남성이 신문 기사를 보고 바로 달려들었다는 이야기는 그 후로도 줄곧 여동생의 소식에 신경을 곤두세우고 있었다는 것인가? 그럴 만큼 여동생을 끔찍이 생각하는 오빠로는 보이지 않았는데.

"저, 다른 용건이 없으시면 저는 이만 나가봤으면 하는데요."

"아, 실례가 많았습니다."

다카노 형사가 얼른 문 옆에서 물러났다. 현관에서 나가 문을 잠갔다. 두 형사는 그런 나를 꼼짝 않고 옆에서 보고 있다. 은근히 불쾌해졌다.

"아직도 무슨 용건이?"

조금 불쾌하다는 듯 눈살을 찌푸렸다.

"아뇨. 됐습니다. 기시다 씨 집에 가기 전에 어디 들르시나요?"

묘한 걸 묻는다.

"아뇨."

고개를 가로저었다.

"그렇다면 저희가 모셔다드리죠. 실은 저희도 기시다 씨 집에 갈 거거든요. 차가 있으니까 함께 가시죠."

"네? 그래도……."

두 사람의 얼굴을 번갈아 쳐다보았다. 다카노는 기분 나쁜 억지웃음을 띠고 있다. 오다는 여전히 표정 없는 얼굴로 서 있을 뿐이다.

"자, 가시죠."

다카노가 재촉하듯이 손바닥을 내 앞으로 내밀었다. 거절할 구실이 순간 떠오르지 않았다. 잠시 후 오다가 운전하는 승용차 뒷자리에 다카노와 나란히 앉아 있었다.

"안도 유키코 씨에 관해 여러모로 조사해 봤는데 이상한 점이 많더군요."

차가 달리기 시작하자 다카노가 입을 열었다.

"단기대학을 졸업하고 줄곧 문화센터에서 사무를 봤는데, 반년쯤 전에 갑자기 그만뒀더군요. 그 후로는 호스티스 같은 아르바이트를 한 모양이고요. 그런데 그 아르바이트도 한 달쯤 전에 그만두었고, 실종 당시는 무직이었다고 하네요."

잠자코 있었다. 형사가 왜 이런 이야기를 하는지 알 때까지
는 어설프게 지껄이지 않는 게 낫다.

"그런데 이상한 건 말이죠, 실종되기 일주일 전이에요."

다카노 형사는 입가에 희미한 웃음을 띠고 있었다. 그 웃음
의 의미도 알 수 없었다. 오다는 묵묵히 핸들을 조작하고 있
지만 귀는 우리 쪽으로 열려 있을 것이다.

"그녀는 그 일주일 동안 거의 아무도 만나지 않았어요. 물
론 그녀의 모습을 본 사람은 있지요. 하지만 얘기는 나누지
않았다더군요. 그러니까 그녀가 무엇을 했는지 아는 사람은
전혀 없다는 거죠."

"하지만 그런 일이야 흔하지 않나요?"

나는 무난한 응답을 골랐다.

"최근에는 그렇죠. 다만…… 그녀의 옆집에 사는 직장 여성
이 증언한 내용인데, 안도 유키코 씨는 거의 매일 밤 외출했다
더군요. 그 이웃집 여성이 집에 들어올 때쯤 나가서 두 시간
정도 뒤에 돌아왔대요. 문을 열고 닫는 소리로 알았다더군요.
어때요? 좀 흥미롭죠? 그녀는 도대체 어디에 다녀온 걸까요?"

"글쎄요."

고개를 저었다. 흥미가 없다는 걸 보여줄 요량이었다.

하지만 형사의 이야기는 계속되었다.

"또 하나 이상한 점이 있어요. 그녀의 예금 통장을 보고 알게 된 사실인데, 그녀는 1년 전까지만 해도 700만 엔이 넘는 돈을 가지고 있었습니다. 그런데 그 돈이 끊임없이 인출되더니 지금은 몇만 엔밖에 남지 않았더군요."

차창으로 바깥 경치를 바라보았다. 기시다 씨 집까지 아직한참 더 가야 한다. 이렇게 멀었나 싶어 초조해진다. 차가 달리는 속도도 느리다.

"돈이라는 것이 쓰면 줄어들기 마련이죠."

"그렇지만 안도 유키코 씨의 신변을 조사해봤는데 그런 큰돈을 쓴 흔적이 전혀 없는 거예요. 그 돈은 대체 어디로 사라져버린 걸까요?"

바깥 경치에서 다카노의 얼굴로 시선을 옮겼다. 천천히 눈을 한 번 깜박이고 가능한 한 차분한 말투로 물었다.

"왜 제게 그런 이야기를 하시는 겁니까?"

그러자 그는 뜻밖의 말이라도 들은 것처럼 눈을 동그랗게 뜨더니 "그저 세상 돌아가는 이야기를 하는 건데요"라고 대답했다.

"불쾌하시면 그만하죠."

불쾌하다는 말을 듣고 싶은 것일까?

순간 상대의 영역으로 한 걸음만 들어가보기로 했다.

"사건과 기시다 씨가 관계가 있는 건가요?"

"그건 아직 모릅니다."

다카노가 대답했다.

"안도 가즈오 씨에게 여동생이 사귀던 사람에 대해 뭔가 짚이는 게 있느냐고 물었죠. 처음에는 없다고 하더군요. 그때 눈치가 좀 이상해서 그의 행동을 감시했습니다. 그런데 어제 일찍 어딘가로 나가는 거예요. 미행을 해보니 기시다 소스케 씨의 건축 사무소로 가더군요. 그 자리에서 불러 세워 심문했는데 무척 당황한 모습이었습니다."

그리고 다카노는 내 얼굴을 뚫어지게 쳐다보았다. 반응을 살피는 것이겠지. 애써 무표정을 가장했다.

"안도 유키코 씨는 기시다 소스케 씨와 만나기로 약속한 모양이더군요."

"그랬답니까?"

"네. 하지만 안도 씨 말에 따르면, 만나기로 한 그날부터 유키코 씨는 행방불명이 되었답니다."

"그래요?"

"저희가 기시다 씨에게 집착하는 이유를 이제 아시겠습니까?"

대답하지 않고 일단 창밖으로 눈길을 돌린 다음 그 자세로 물었다.

"안도 씨는 왜 처음부터 기시다 씨 얘기를 하지 않은 겁니까?"

"아, 그거요?"

다카노는 '흥' 하고 코웃음을 치더니 쓴웃음을 지으면서 턱을 문질렀다.

"상대가 유명한 사람이라 이름을 올리기가 거북했다고 하던데…… 글쎄요, 그 사람도 어딘가 좀 이상하긴 하지요."

형사의 말투에 뭔가 의미가 담겨 있었다.

바삐 머리를 굴렸다. 경찰은 어느 정도까지 알아낸 것일까? 그에 따라 이쪽의 대응 방법을 바꿔야 할지도 모른다. 최악의 경우에는…… 거기까지 생각을 펼쳤다.

이윽고 차가 기시다 씨 집 앞에 도착했다. 나와 다카노가 내리자 오다는 핸들을 잡은 채 말했다.

"차를 파출소 주차장에 세우고 오겠습니다."

떠나가는 차를 보자 불길한 예감이 들었다. 그들의 용건이라는 것이 짧게 끝날 일은 아니라는 것을 깨달았다.

"등대꽃이군요."

옆에 서 있던 다카노가 느닷없이 말했다. 형사는 기시다 씨 집의 산울타리를 만지고 있었다. 그러다 그 잎을 한 장 뜯었다.

"산울타리는 좋지만 블록 담은 안 좋아요. 지진이 일어나면 흉기가 되기도 하거든요. 도쿄도에서는 그래서 산울타리를 권장하는 곳이 많을 거예요."

왜 형사가 이런 이야기를 꺼내는지 짐작조차 할 수 없었다. 형사는 비실비실 웃고 있다. 아무런 대꾸도 하지 않고 기시다 씨 집의 초인종을 눌렀다.

현관에 나타난 부인은 내 얼굴을 보고 살았다는 듯이 표정을 누그러뜨렸지만, 뒤에 서 있는 형사를 보더니 이내 어이없다는 표정을 지었다. 끔찍한 불청객을 데려왔다는 뜻이리라.

"여쭙고 싶은 게 있어서요."

형사가 말했다.

마침 그때 초인종 소리를 들었는지 마사미와 다카오가 2층에서 내려왔다. 마사미는 돌아갈 준비를 하고 있다. 나는 다카오를 데리고 그대로 계단을 올라가려고 했다.

"공부는 좀 뒤로 미뤘으면 하는데요."

다카노 형사가 내 등에 대고 말했다. 돌아보자 형사는 싱긋 웃더니 이번에는 마사미 쪽으로 시선을 던졌다.

"선생님도 같이 계셨으면 하는데요. 늦어지면 저희가 댁까지 모셔다드리겠습니다."

마사미가 내 쪽을 보았다. 나는 형사를 보았다.

"여러분께 드릴 말씀이 있습니다."

형사가 말했다.

"아주 중요한 이야기입니다."

밤

다쿠야가 운전하는 스테이션왜건은 주도로를 벗어나 어두운 쪽으로 나아가고 있었다. 차체가 덜거덕거리며 흔들린다. 길이 제대로 포장되어 있지 않나 보다.

"그만 가도 되지 않을까?"

주변의 어둠에 압도되었는지 마사키가 말했다.

"이 부근이라면 시체를 묻는 데 전혀 손색이 없을 것 같은데."

"내 생각도 그래."

나도 뒷자리에서 다쿠야에게 말을 건넸다. 다쿠야는 곧바로 대답하지 않고 조심스럽게 핸들을 다루고 있다. 속도를 조절하느라 여념이 없다. 좁은 길을 통과하고 있는 모양이다.

"이 부근에 와본 적이 있나요?"

위험한 길을 벗어났는지 다쿠야가 물었다.

"아니."

마사키는 고개를 가로저었다.

"마사미는?"

"나도 없어."

"그렇겠지."

그러더니 다쿠야는 한동안 말없이 차를 운전했다. 민가의 불빛은 거의 보이지 않는다. 어디를 어떻게 달리고 있는지 나로서는 전혀 알 길이 없었다.

"지금은 어두워서 잘 모르겠지만, 이 부근은 택지화가 진행되고 있어요. 그러니 언제 불도저로 파헤칠지 알 수 없죠. 이런 곳에 묻었다는 걸 알게 되면 건축가인 기시다 씨는 다시 묻으러 가자고 할지도 모릅니다."

"흐음, 그래?"

마사키는 감탄한 듯 몇 번이나 고개를 끄덕였다.

"설마 아버지가 그런 말을 꺼내진 않겠지만 파헤치면 큰일이지."

"큰일이죠."

다쿠야는 그렇게 대꾸하고 계속 차를 몰았다. 그렇게 10분쯤 달린 후에야 스테이션왜건은 멈춰 섰다. 차 한 대가 간신히 지나갈 수 있는 좁은 산길이다. 양쪽으로 숲이 눈앞에 다가와 있다.

다쿠야와 마사키가 차에서 내린 후 나도 따라 내렸다. 내릴 때 앞자리에서 껌을 하나 집어 입에 넣었다. 민트 향이 입속에 퍼졌다.

밖은 의외로 밝았다. 달빛이 비추고 있었다.

"시체를 묻는 데는 시간이 얼마나 걸릴까?"

마사키가 물었다. 다쿠야는 담배에 불을 붙이더니 여기까지 운전해 온 피로를 달래려는 듯 깊이 들이마시면서 말했다.

"빨라도 두 시간. 자칫하면 새벽녘이 될 수도 있어요."

지금

응접실에 전원이 모였다. 아니, 모여야 했다는 표현이 맞을 것이다. 기시다 씨 부부와 두 아들, 그리고 마사미와 내가 소파에 앉았다. 다카노와 오다는 창가에 서 있다.

"사실을 말씀해 주셨으면 합니다."

다카노가 한 사람 한 사람에게 눈길을 던졌다. 소스케 씨는 눈을 감고 있다. 부인과 다카오는 고개를 숙이고 있다.

"그날 안도 유키코 씨는 이곳에 왔습니다. 그렇죠?"

나는 엉겁결에 형사의 얼굴을 쳐다보았다. 그 말투가 너무나 자신감에 차 있었다. 그 자신감이 어디에서 비롯된 것인지 필사적으로 생각해 보았다. 하지만 짐작 가는 거라곤 아무것도 없었다.

다카노 형사와 눈이 마주쳤다. 순간 그가 웃은 것 같다.

"기시다 씨."

다카노가 소스케 씨 앞에 섰다.

"기시다 씨는 안도 씨에게 이렇게 말씀하셨죠. 유키코 씨와 만날 약속은 했지만 실제로는 만나지 않았다. 그건 사실입니까?"

"사실이오."

한마디로 잘라서 대답했지만, 무릎 위에 놓인 꽉 움켜진 두 주먹은 내가 봐도 어색했다.

하지만 형사는 아무 대꾸도 없이 부인 앞으로 다가갔다.

"부인은 안도 유키코 씨 같은 사람은 모른다고 하셨죠. 지금도 그 말씀에는 변함이 없습니까?"

부인이 침을 꼴깍 삼키는 걸 알 수 있었다. 가는 목이 위아래로 움직인 것이다. 그리고 흘러나온 대답.

"네. 변함없습니다."

그 목소리는 비장하기까지 했다. 고상하고 마음이 약한 사람들뿐이다. 이 연극의 어느 하나 마음에 들지 않는다.

형사가 다카오 앞에 섰다. 다카오는 거북이처럼 목을 움츠리고 있다. 얼굴은 하얗게 질려 있고 귀는 새빨갛다. 형사는 이 애처로운 도련님에게는 아무 말도 하지 않고 제자리로 돌아갔다. 그리고 다시 모두를 돌아보면서 양복 안주머니에 손을 넣었다. 그가 꺼낸 것은 작은 비닐봉지였다.

"시신의 얼굴과 손가락은 일그러진 상태였습니다. 아마도 신원이 밝혀지는 것을 우려한 탓이겠지만 이왕이면 몸에 착용하고 있던 것도 모두 벗기는 게 나았을 겁니다. 무슨 일이든 철저하지 않으면 안 되거든요."

형사가 딱히 나를 보고 말한 것은 아니지만 가슴이 철렁했다.

"피해자는 구두를 신고 있었는데 이게 그 안에 들어 있더군요. 아무래도 잎사귀 같습니다. 발견된 장소가 장소이니만큼 잎사귀가 한두 개 들어 있다고 해서 이상할 건 없겠지요. 하지만 나무 종류를 조사해 보니 그냥 넘어갈 수 없더군요."

다카노가 헛기침을 하자 몇 사람이 몸을 움찔했다.

잎사귀라…….

헉, 숨을 들이켰다. 잎의 정체를 알았기 때문이다. 그래서 이 형사는 그런 말을……. 솟구쳐 오르는 감정을 애써 억눌렀다.

"이건 말이죠, 등대꽃이거든요."

마술의 트릭을 공개하듯 다카노가 말했다. 그러곤 마술사가 그러듯이 모두의 반응을 기다린다. 이내 소스케 씨가 "앗!" 하고 소스라치듯이 놀랐다.

다카노는 만족스러운 얼굴로 웃었다.

"그렇습니다. 이 댁 산울타리에도 있는 등대꽃이지요. 지난번에 이곳에 왔을 때 잎사귀 하나를 슬쩍 가져갔지요. 알아본 결과 똑같은 환경에서 자랐을 가능성이 높다고 하더군요."

그리고 모두의 반응을 살폈다. 아무도 입을 열지 않자 그는 다시 말을 이었다.

"물론 등대꽃이야 어디에든 있습니다. 하지만 이렇게 조건이 갖춰지면 우연이라고 하기는 좀 그렇지 않겠습니까?"

다시금 묵직한 침묵이 엄습해 온다. 조용히 침몰해 가는 배를 떠올렸다. 도대체 어디서부터 일이 틀어지기 시작한 것일까?

자신이 내민 카드가 기대한 효력을 발휘한 탓인지 다카노는 여유 있는 표정으로 비닐봉지를 주머니에 집어넣었다. 그 순간 등대꽃 얘기는 거짓이 아닐까 하는 생각이 머리를 스쳤다. 하지만 이제 와서 떠들어본들 이미 늦었다는 걸 깨달았다.

다카노는 비닐봉지를 주머니에 넣더니 이번에는 작은 종이를 두 장 꺼냈다. 사진인 모양이다. 그 사진을 들고 그는 내 쪽으로 걸어왔다.

"안도 유키코 씨는 틀림없이 그날 이 집에 왔습니다. 당신 말을 듣고 그걸 확신하게 되었지요."

"제 말이요?"

나는 눈을 부릅떴다. 그럴 리가 없다.

"그럴 리가 없다는 표정이군요."

형사는 비웃듯이 입을 비쭉거렸다.

"아까 당신에게 사진을 보여 줬죠. 그러자 당신은 즉각 대답하더군요. 이건 안도 씨가 보여준 사진이라고요. 몇 주 전에 언뜻 본 사진인데 잘도 기억하시더군요."

"기억력에는 꽤 자신이 있거든요."

"그렇지만 단 한 번 사진으로 본 얼굴을 그렇게 정확히 기억할 수 있는 걸까요?"

"얼굴만이 아니죠. 사진 전체를 보고 생각이 난 겁니다. 구
도라든지 배경이라든지."

"그럼 얼굴만으로는 알아보지 못했을 거란 말인가요?"

"그렇죠."

"그건 이상하군요."

다카노가 카랑카랑한 목소리로 말했다. 그러더니 들고 있
는 사진 중에 하나를 내 얼굴 앞으로 내밀었다.

"이건 아까 당신에게 보여준 사진이지요?"

자세히 보고 나서 고개를 끄덕였다. 틀림없다.

"역시 당신은 거짓말을 하고 있군요."

형사가 갑자기 큰 소리를 냈다. 그 소리가 너무 커서 순간적
으로 할 말을 잃었다. 형사는 말을 이었다.

"실은 말이죠, 이 사진은 안도 씨가 당신에게 보여준 사진이
아니거든요. 안도 씨가 보여준 사진은 이겁니다."

그는 다른 손에 들고 있는 사진을 내밀었다. 그것을 본 순간
피가 거꾸로 솟는 것 같았다. 그 두 장은 전혀 다른 사진이었
다. 둘 다 안도 유키코의 사진이지만, 한 장은 웃고 있고 다른
한 장은 웃고 있지 않다. 하물며 색조도 배경도 전혀 다르다.

"당신은 이렇게 다른 사진을 보고 안도 씨가 보여준 것이라
고 했지요. 왜 그런 말을 했을까요? 그건 거기에 찍혀 있는 인

물이 같은 사람이기 때문이죠. 얼굴만으로는 알아보지 못했을 거라고 한 당신이 얼굴만으로 그렇게 판단한 거예요. 당신은 안도 유키코 씨의 얼굴을 아주 잘 기억하고 있어요. 하지만 기억하지 못하는 척하려 했죠. 왜 그런 거짓말을 할 필요가 있었을까요?"

두 장의 사진과 형사의 얼굴을 번갈아 쳐다보면서 말문이 막혀 입을 다물고 있었다. 아니, 대답할 마음도 이미 없었다. 머리가 뜨거워지면서 한편으로는 당했다는 생각을 하고 있었다. 안도가 들고 다니던 사진을 형사가 보이러 왔다는 이야기를 전화로 부인에게 들었기 때문에 나에게도 그 사진을 보일 거라고 믿어 의심치 않은 것이다.

내가 답변을 하지 않을 거라고 판단한 듯 형사는 내게서 멀어졌다. 그리고 모두를 향해 말했다.

"안도 유키코 씨가 이 집에 온 것은 확실합니다. 그녀는 그후로 소식이 끊겼고 몇 주 후에 시신으로 발견되었습니다. 그러니까 이 집에서 그녀에게 무슨 일이 일어났다고 볼 수밖에 없는 거죠. 그렇다면 그건 무슨 일이었나? 저희로서는 최악의 사태를 생각할 수밖에 없습니다."

그는 거기서 말을 끊고 누군가가 입을 열기를 기다렸다. 하지만 모두 굳게 입을 다물고 있자 지금까지와는 다른 어두운 목소리로 말했다.

"루미놀 반응이라는 것이 있습니다. 루미놀 용액을 과산화수소수와 섞어 혈액에 더하면 촉매작용으로 빛을 발하는 겁니다. 혈액 식별이 어려운 경우나 넓은 현장에서 혈흔을 조사할 때 쓰는 방법이죠. 이 방법을 쓰면 1만에서 2만 배로 희석한 혈액이라도 검출이 가능합니다. 육안으로는 전혀 보이지 않는 경우, 이를테면 수세미로 문질러서 닦은 경우에도 혈흔을 찾아낼 수 있다는 얘기입니다."

다들 소름이 쫙 끼치는 모양이었다. 그런 반응을 느낀 듯 다카노 형사가 말을 이었다.

"아시겠습니까? 저희가 마음만 먹는다면 이 집의 어느 방에서 살인이 일어났는지도 가려낼 수 있습니다."

이 말은 최후의 일격으로 유효했다. 침묵을 깨고 누군가가 오열을 터뜨렸다. 도키에 부인이었다.

"저예요. 제가 그 사람을 죽였어요."

깜짝 놀라 그녀를 보았다. 소스케 씨와 두 아들도 놀란 듯했다. 그런 상황을 다카노가 알아차리지 못할 리 없다. 그는 부인의 손을 잡아 천천히 일으키더니 오다 형사에게 맡기고 다시 모두를 둘러보았다.

"진상은 곧 밝혀질 겁니다. 부인의 진술, 그리고 여러분의 이야기를 조합하면요. 죄를 뒤집어쓴 사람을 체포할 만큼 저희가 어리석지는 않습니다."

그리고 다카노는 오다에게 눈짓을 보냈다. 오다가 부인을 데리고 방에서 나가려 한다. 그 순간 봇물이 터지듯 별안간 울음을 터뜨린 이가 있다. 볼 것도 없다. 다카오다.

"저, 저예요. 제가 그랬어요."

다카오는 테이블에 엎드려 울부짖었다. 고뇌에 찬 소스케 씨의 표정은 이것이야말로 진실이라는 걸 말해주고 있는 듯했다.

"다카오! 무슨 말을 하는 거니?"

소리치는 부인을 오다가 말렸다.

다카오 앞에 다가서서 그를 내려다보며 다카노가 물었다.

"네가 안도 유키코를 죽인 거구나."

다카오는 양팔에 얼굴을 파묻은 채 고개를 끄덕였다.

"저, 죽일 생각은 없었어요."

옆에 있는 마사미를 돌아보았다. 마사미도 나를 보고 있었다. 최악이군. 서로의 눈은 그렇게 말하고 있었다.

다카오가 체포된 다음 날 저녁 무렵, 오다 형사가 찾아와서 경찰서로 와달라고 했다. 대략적인 이야기는 어제 기시다 씨 집에서 했지만 정식 조서를 쓰려면 출두해야 한다고 했다.

"다른 사람들 조사는 끝났습니까?"

오다의 차에 타고서 물었다.

"거의 끝났습니다."

오다가 대답했다.

"증언에 모순이 있는 겁니까?"

"아뇨. 거의 일치했습니다."

오다는 앞을 똑바로 보고 있다. 여전히 무슨 생각을 하는지 알 수 없는 남자다.

경찰서에 도착하자마자 조사실로 데려갔다. 좁고 냄새 나는 방이다. 5분쯤 기다리니 다카노 형사가 나타났다. 입가에 희미한 웃음을 띠고 있는 것이 왠지 마음에 걸렸다.

"사건을 정리해 보죠."

주소, 이름 등을 묻고 나서 다카노가 말했다.

"사건의 발단은 실로 하찮은 일인 모양이더군요. 하찮은 일로 안도 유키코와 기시다 다카오는 말다툼을 벌였다."

"그런 모양입니다."

그의 말을 수긍했다.

"그러다가 기시다 다카오는 유키코 씨를 힘껏 밀쳤다. 유키코 씨는 옆에 있던 작은 탁자 쪽으로 쓰러졌는데 그때 테이블 위에 과일을 담아둔 그릇이 놓여 있었고, 운이 나쁘게도 거기에 있던 칼에 가슴을 찔렸다. 그녀의 가슴에서 피가 솟구치는 것을 보고 다카오는 비명을 질렀고 그 소리를 듣고 모두가 달려왔다."

"그런 이야기였죠. 하지만 그것이 진실인지 어떤지는 저로서도 알 길이 없습니다. 비명 소리를 듣고 달려갔을 때 그녀의 가슴에는 칼이 꽂혀 있었고 다카오 군은 멍하니 서 있었으니까요. 어쩌면 다카오 군이 그녀의 가슴을 칼로 찔렀을지도 모르지만 그건 우리로서는 알 수 없는 일입니다. 다만 다카오 군의 성격으로 볼 때 직접 그랬을 거라는 생각은 들지 않아서 결국 그의 말을 믿게 되었습니다."

그때 다카오의 말을 의심하는 분위기 같은 건 전혀 느껴지지 않았다.

"유키코 씨의 상태를 당신이 살폈다고 하던데, 사실입니까?"

"네. 중퇴하긴 했지만 의과대학에 적을 둔 적이 있어서요. 이미 늦었다고 판단하고 기시다 씨에게도 그렇게 전했습니다."

"의사에게 보일 여지는 전혀 없었던 겁니까?"

"저는 소용없다고 생각했습니다. 물론 기시다 씨의 판단에 맡길 생각이었지만요."

"기시다 씨는 어떤 판단을 하셨나요?"

"아무런 판단도 내리지 않으셨지요. 거꾸로 제게 물으셨습니다. 어떻게 해야 하냐고요."

"그래서 당신은 뭐라고 했나요?"

"경찰에 알려야 한다고 했습니다. 당연하잖습니까."

다카노의 얼굴을 쳐다보았다. 그는 나와 눈이 마주치자 슬쩍 눈길을 피했다. 왠지 그 모습이 머릿속에서 떠나지 않았다.

"경찰에 알려야 한다는 당신의 의견을 듣고 기시다 씨는 어떻게 하셨나요?"

"그럴 수 없다고 하셨습니다. 그러더니 도리어 사건을 철저히 은폐할 수 있도록 도와달라고 하셨습니다."

그 후에 있었던 일을 구체적으로 설명했다. 기시다 씨 부부의 부탁으로 협조할 수밖에 없었던 상황, 시신을 처리하러 멀리까지 가야 했던 일.

다카노는 가만히 허공을 응시하는 자세로 내 이야기를 듣고 있었다. 그의 눈이 좀처럼 움직이지 않아서 이야기를 듣고 있지 않나 싶기도 했다. 그래서 잠시 이야기를 중단하면 계속하라는 듯 느릿하게 내 쪽으로 얼굴을 돌렸다.

시신을 묻고 기시다 씨 집으로 돌아오기까지 과정을 하나하나 이야기했지만 다카노는 한동안 턱을 괴고 꼼짝도 하지 않았다. 무슨 생각을 하는지 상상조차 할 수 없었다.

"기시다 씨 집에서 나갈 때 말인데요."

이윽고 형사가 입을 열었다.

"기시다 씨가 뭔가를 주지 않았나요? 당신에게든 마사키 씨에게든."

뭔가를 주었다고?

곰곰이 기억을 더듬었다. 그날 밤 일은 또렷이 기억하고 있다. 골판지 상자를 운반하고 그리고…….

"아아."

고개를 끄덕였다.

"껌을 주었습니다. 졸음 방지용이라면서요."

"확실합니까?"

"네. 그런데 그게?"

"아니, 그저 단순한 확인일 뿐입니다."

형사는 콜록콜록 기침을 했다. 무척이나 부자연스러운 기침 소리였다.

"그런데 안도 가즈오 씨 말인데요."

형사는 화제를 바꾸었다.

"여동생의 주소록을 보고 기시다 씨를 알게 되었다는 둥, 메모를 보고 그날 유키코 씨가 기시다 씨를 만나기로 한 걸 알게 되었다는 둥, 그런 말을 하는데 말이죠. 중요한 그 주소록도 메모도 가지고 있지 않은 거예요. 그래서 추궁했더니 뜻밖의 자백을 하더군요."

"뜻밖의 자백이라뇨?"

"가즈오 씨는 때때로 유키코 씨와 연락을 주고받은 모양이에요. 그러다 어느 날 유키코 씨에게 묘한 이야기를 들었다고 하더군요. 얘기인즉, 건축가 기시다 소스케 씨에게 돈을 뜯어낼 수 있을지도 모른다는 거였어요. 안도 씨 말에 따르면, 그

들의 아버지인 안도 기쿠오 씨는 일찍이 기시다 소스케 씨와
함께 일한 적이 있는 모양이에요. 그 무렵 둘이서 획기적인
건축 기술을 고안해 냈는데, 기쿠오 씨는 젊은 나이에 사고로
세상을 떠나고 말았다더군요. 몇 년이 지나 기시다 씨는 그
기술로 명성을 얻었는데 안도의 일은 까마득히 잊었나봐요.
그래서 유키코 씨는 기시다가 재산의 몇 퍼센트를 받을 권리
가 있다고 늘 얘기했다더군요. 그러니까 유키코 씨는 처음부
터 그럴 작정으로 기시다가에 접근한 거죠."

"매우 흥미로운 얘기군요."

별 흥미 없다는 표정을 지으며 말했다.

"그래서 가즈오 씨는 여동생이 행방불명된 순간, 기시다가
와 관계가 있을 거라고 판단하고 넘겨짚기도 하면서 찾아다
녔다고 하네요. 그 결과, 자신의 추리가 틀림없다고 확신한 모
양입니다."

안도 가즈오가 그렇듯 집요하게 물고 늘어진 이유를 이제야
알겠다. 그런 거였군.

"문제는 그건데요."

다카노의 말투가 바뀌었다.

"유키코 씨는 도대체 어떤 방법으로 기시다가에서 돈을 뜯
어낼 작정이었던 걸까요? 뭔가 약점을 잡아서 그걸 가지고
협박하면 가즈오 씨한테 돈을 뜯어낼 수 있다는, 그런 이야기

를 했다고 하던데 그 약점이라는 게 대체 무엇이었을까요?"

대답하지 않았다. 내가 대답할 수 있을 리 없다는 걸 태도로 보이고 있었다.

"어떻게 생각하시죠?"

형사가 다시 한번 물었다.

"저야 알 길이 없죠. 하지만 그건 이번 사건과 직접적인 관계가 없지 않나요? 다카오 군이 자백한 대로 유키코 씨가 죽은 건 단순한 사고였다고 할 수밖에 없잖아요."

"그럴까요?"

"아닌가요?"

내가 반문하자 다카노는 잠시 침묵하더니 어깨 근육을 풀듯 목을 두세 번 움직였다. '뚜둑뚜둑' 하는 소리가 들렸다.

"제 생각은 이래요. 만약 유키코 씨가 지금 살아 있다면 기시다 씨를 협박할 만한 약점을 가지고 있지 않을까 하는 거죠."

"무슨 말씀인지 모르겠네요."

"그러니까 기시다 다카오가 살인을 했다는 약점을 잡고 있는 거잖아요. 그걸 가지고 협박할 수 있겠지요."

"말 같지도 않은 소릴 하는군요. 살해된 사람이 유키코 씨잖습니까."

"그러니까……"

형사는 또 목을 움직였다. 이번에는 소리가 나지 않았다.

"그러니까 만약 그때 죽지 않았다면, 죽은 척하고 있었을 뿐이라면 어떨까요?"

"……."

"죽지는 않았지요. 그때는 아직."

"무슨 근거로 그런 말씀을……."

"껌이요."

"껌요?"

"네. 실은 시신의 식도에 껌이 걸려 있었어요. 그런데 다카오 군에게 물어봐도 유키코 씨가 껌을 씹는 건 보지 못했다고 하거든요. 껌은 당신과 마사키 씨, 두 사람이 시신을 처리하러 가기 전에 소스케 씨가 마사키 씨에게 건네준 거지요. 그때 시체였던 유키코 씨가 어떻게 그 껌을 씹을 수 있는 겁니까?"

잠자코 있자 다카노가 덧붙였다.

"방금 전에 마사키 씨가 자백했습니다."

밤

공기는 차가웠다. 한껏 들이마시니 머릿속까지 차가운 공기가 스며드는 것 같았다.

크게 기지개를 켰다. 차 안에서 나오긴 했지만, 그전까지 줄곧 골판지 상자 안에 있었던 것이다.

어쨌거나 일이 잘 끝났다.

다쿠야에게 처음 이 계획을 들었을 때는 비현실적이라는 생각밖에 들지 않았다. 잘될 리 없다고 생각했다. 하지만 다쿠야의 열띤 설득에 말려들어 결국 해내고 말았다. '야기 마사미'라는 이름으로 다쿠야와 함께 기시다 씨 집에서 가정교사로 일하기 시작한 건 일주일 전이었다. 문화센터에서 사무직으로 일하면서 영어 회화 강사가 되려고 공부해 둔 것이 도움이 되었다.

일주일째인 오늘, 미리 계획해 둔 대로 실행에 옮겼다.

기시다 씨의 집에 가기 전에 과도와 사과를 샀다. 선물로 사 왔으니 수업이 끝나면 같이 먹자는 말에 다카오는 아이답게 좋아했다.

그리고 수업이 끝나자 다카오에게 사과를 깎으라고 했다. 그는 얼굴을 찡그리면서 싫다고 했다. 예상한 대로 도련님은 사과도 깎을 줄 몰랐다.

사과 껍질로 시작해서 온갖 예를 끄집어내며 그를 비웃고 매도했다. 아무것도 못하고 아무것도 모르는 도련님이라고.

다카오에게 히스테릭한 면이 있다는 건 처음부터 알고 있었고 지난 며칠 동안 확인도 했다. 그의 반응은 내가 분석한 대로였다. 이내 얼굴이 새빨개지더니 욕구불만인 원숭이처럼 소리를 지르면서 내 머리를 잡아당겼다. 내가 저항하자 바라던 대로 날뛰었다. 순간 냅다 밀쳐진 시늉을 하면서 옆에 있는 테이블로 쓰러졌다. 그리고 거기에는 사과와 과도가 놓여 있었다.

내 속옷과 가슴 사이에는 작은 발포스티로폼 상자가 들어 있었다. 그 상자 안에는 100시시 정도의 피를 넣은 비닐봉지가 들어 있다. 피는 물론 내 피다. 오늘 다쿠야가 뺐다. 다쿠야는 의대에 다닌 터라 주사기를 다루는 데 익숙했다.

테이블로 쓰러지면서 과도로 가슴을 찔렀다. 그리고 신음소리를 내며 바닥에 쓰러졌다. 과도가 발포스티로폼 상자를 뚫고 비닐봉지를 찢어 눈 깜짝할 사이에 가슴은 피로 물들었다.

다카오가 소리를 지르고 때맞춰 다쿠야가 달려왔다. 다쿠야는 아무도 내게 다가오지 못하게 하면서 실로 기막히게 모두를 덫에 빠뜨렸다.

그러고는 계획한 대로 마사키와 셋이서 집을 나섰다. 마사키도 멍청이 아들치고는 연기를 잘했다.

별이 뜬 밤하늘이 예쁘다.

이제 한동안 상황을 살피다가 익명으로 기시다 소스케 씨를 협박하는 일만 남았다. 기시다는 우리 아버지의 공적을 가로채 부자가 됐으니 내가 그의 돈을 받는 건 당연한 일이다.

돈이 들어오면 가즈오 오빠에게도 뭔가 사줘야지.

지금

바에서 유키코와 처음 만난 것은 그녀가 문화센터에서 사무직으로 일할 때였다. 당시 나는 학원에서 일을 하기는 했지만 수입이 시원치 않아서 시시껄렁한 하루하루를 보내고 있었다.

내게는 가와이 마사미라는 연인이 있었지만 재미삼아 유키코와 사귀어 보기로 했다.

그런데 유키코는 내게 푹 빠졌다. 뜻밖에도 그녀는 통장에 제법 많은 돈이 있었는데 나를 위해서라면 아낌없이 썼다. 돈줄을 잡은 기분이었다.

이윽고 통장이 바닥나자 유키코는 호스티스 아르바이트를 시작했다. 나를 위해서 돈을 벌 생각이었던 모양이다. 그런 의미에서는 그녀를 죽이기 아까웠다.

하지만 그런 소리나 하고 있을 수는 없었다. 그녀가 임신하여 자꾸 결혼하자고 졸라대었기 때문이다. 게다가 헤어지자는 이야기를 꺼내기라도 하면 동반자살을 강요할 것 같은 살기가 느껴졌다. 어떻게든 손을 써야 한다고 생각할 즈음, 유키코에게 기시다 소스케에 대한 이야기를 들었다. 어떻게든 약점을 잡고 싶으니까 힘을 보태어 달라고 했다.

거절하지 못하고 기시다 집안에 대한 조사를 시작했다. 그러던 중에 이런저런 흥미로운 사실을 알게 되었다. 그중 하나가 다카오에 관한 일이다. 부모는 공부, 공부 하며 그 아이에게 기대를 걸고 있지만 어느 가정교사도 오래가지 못했다. 병적인 히스테리가 있어 열등감을 자극하면 주위의 눈길은 아랑곳없이 이성을 잃고 흥분한다고 한다. 그즈음, 기시다가에서는 가정교사를 구하고 있었다.

마사키도 매우 흥미로웠다. 소스케 씨의 전처 아들인데 어떻게 할 수 없는 멍청이다. 게다가 이복형제인 다카오를 까닭 없이 싫어한다.

'바로 이거다!'라는 생각이 들었다. 그리고 유키코에게 계획을 설명했다.

다카오를 살인범으로 만들어서 돈을 뜯어낸다는 계획에 유키코도 동의했다. 하지만 어떻게 해서든 마사키의 협력을 얻어내야 한다. 나는 자연스럽게 그에게 접근해서 계획을 설명했다.

녀석은 내 제안이 솔깃한 듯했다. 남동생을 함정에 빠뜨린다는 것도 그랬지만 강탈한 돈을 반씩 나누자는 말에 더 구미가 당긴 모양이다. 아무래도 용돈이 모자랐나 보다.

그렇지만 유키코는 물론이고 마사키에게도 진짜 계획은 말하지 않았다. 그 이야기를 한 건 마사미뿐이다.

나와 유키코는 따로따로 기시다 씨 집을 방문해 수학과 영어 가정교사로 채용되었다. 다카오에 관한 소문이 퍼져 있어서 다른 희망자가 없었으니 당연하다.

나는 내 이름을 그대로 썼지만, 유키코는 가명을 쓰게 했다. 세상은 좁다. 나중에 안도 유키코가 살아 있다는 것을 기시다가 사람들이 알게 해서는 안 된다는 것이 내가 갖다 붙인 이유였다.

가명은 야기 마사미로 정했다. 이름에 내 진짜 연인의 이름을 붙이다니, 스스로 생각해도 쓴웃음을 지을 노릇이었지만 아무렴 어떠냐는 생각이 들었다. 그리고 우리끼리 있을 때도 마사미라고 부르면서 습관을 들였다.

계획은 참으로 순조롭게 진행되었다. 그리고 마지막 순간에 나만 알고 있는 계획으로 옮아갔다. 놀란 건 마사키였다.

이러는 편이 완벽하다고 마사키에게 말했다. 어차피 다카오가 저지른 소행이 되는 것이다. 우리와는 관계없다고 했다. 그러자 마사키는 몸을 떨면서 수긍했다. 겁이 많은 점이 마음에 걸렸지만 자기도 공범이라는 사실을 명심하고 있으면 괜찮을 거라고 여겼다.

이튿날부터 진짜 마사미, 그러니까 가와이 마사미를 다카오의 가정교사로 기시다가에 드나들게 했다. 그녀는 내 연인이니 비밀은 반드시 지킬 거라고 기시다 씨 부부에게 다짐했다.

그리고 유키코가 실은 마사미라는 가명을 썼다는 이야기

도 기시다 씨 부부에게 해두었다. 소지품을 보고 알게 되었다고 했다. 본명을 알려주자 소스케 씨는 조금 얼굴색이 변하는 것 같았다. 왜 가명을 썼을까 하는 말도 하지 않았다. 유키코의 아버지 일을 떠올리고 대충 상상한 듯했다. 아버지의 앙갚음을 하려고 가명을 써서 접근한 거라고 생각했는지도 모른다.

이제는 때를 봐서 협박하는 일만 남았다. 그 방법에 대해서도 면밀한 계획을 세워두었다.

이번 계획에서 가장 중요한 점은 나와 유키코의 관계, 유키코가 기시다 씨 집에 드나든 것이 나중에 탄로 나지 않게 하는 것이었다. 그런 일이 없도록 세심한 주의를 기울였다.

그러나 실로 하찮은 일이 원인이 돼서 계획은 틀어졌다. 유키코가 설마 오빠에게 털어놓았으리라고는…….

그녀가 좀 더 현명한 여성이라고 생각했다.

밤

다쿠야의 완벽주의에는 절로 고개가 숙여진다.

굳이 이런 곳까지 올 필요 없이 어딘가에서 시간을 죽이고 있으면 되는데 말이다. 그런데도 정말로 이런 장소까지 온 것은 기시다 씨 부부에게 설명할 때 모순이 생기지 않도록 하기 위해서일 것이다.

철두철미한 성격인지도 모른다. 다쿠야에게는 그런 면이 있다.

"자."

다쿠야가 큰 목소리로 말했다.

"이제 시체를 묻을까?"

그를 향해 웃었다. 다쿠야도 웃고 있었다.

"삽에 흙을 좀 묻혀두는 게 좋겠지?"

마사키가 말했다. 그도 다쿠야의 영향으로 조금은 생각이 깊어진 모양이다.

"아뇨. 아직은 아니에요."

다쿠야는 웃으면서 천천히 내게 다가왔다. 키스를 해주려나, 순간 그렇게 생각했다.

"파는 건 나중이죠."

그는 오른손에 무언가를 들고 있었다. 무엇일까? 게다가 파다니, 뭘 판다는 것일까?

그의 얼굴에서 갑자기 웃음이 사라졌다.

왜 웃지 않는 건데?

왜 칼을 들고 있는데? 왜…….

그리고 충격의 순간, 엉겁결에 껌을 삼키고 말았다.

단편이 재미있다!

단편을 통해서 미스터리의 묘미를 맘껏 누리기란 쉽지 않은 법인데 여기에 수록된 일곱 편은 하나같이 정말 재미있다. 국내에도 수많은 마니아가 있는 히가시노 게이고 미스터리의 묘미를 이번에도 느꼈다.

이 단편들은 히가시노 게이고의 초기작으로 작가의 매력이 응축된 수작이다. 그의 초기 작품은 주로 의외성에 중점을 둔 본격 추리물과 청춘 미스터리물이다.

〈작은 고의〉는 전형적인 청춘 미스터리다. 절친한 동급생의 석연치 않은 죽음의 진상을 파헤치는 주인공을 중심으로 펼쳐지는 이야기는 주인공의 풋풋함과 십대가 지닌 특유의 쓸쓸함과 허무함도 과부족 없이 드러난다. 인물들의 심리 묘사도 참으로 뛰어나서 그것을 보는 재미 또한 쏠쏠하다.

〈어둠 속의 두 사람〉은 몹시 서글프고 또 안쓰럽다. 범인인 소년의 고뇌가 전해지면서 진짜 가해자는 누구이고 피해자는 누구인가 하는 생각을 떨칠 수 없었다.

개인적으로 〈춤추는 아이〉를 가장 좋아했지만, 그럼에도 순수한 선의가 악의를 낳은 결론에 대한 씁쓸함을 다소 감당하기 힘들었다.

〈끝없는 밤〉은 과거 한 시점에 입은 상처가 되살아나 살인을 저지르게 된 여성의 아픔을 담담한 필체로 그리고 있다.

〈하얀 흉기〉는 상실로 인한 아픔으로 사이코패스적 성향을 갖게 된 주인공을 통해 호러소설의 분위기를 자아낸다.

여성의 심리를 묘사하는 데 애를 먹는다는 작가는 〈굿바이, 코치〉에서 슬프고 아프고 무서운 게다가 조금은 극단적인 여성상을 보여준다. 그리고 그 여성을 통해 때로는 용서하지 못하는 인간을 그려낸다.

책 제목과 동명의 작품 〈범인 없는 살인의 밤〉에서는 반전의 미학이라는 말이 어색하지 않은 반전을 유감없이 보여준다. 너무나 뜻밖의 반전에 당황하고, 몇 번이나 되읽고 나서야 이해할 수 있었으니 작가의 상상력에 혀를 내두르지 않을 수 없다.

히가시노 게이고의 단편들을 번역하다 보면 문장을 여러 번 곱씹지 않을 수 없다. 처음으로 이런 생각을 하고 또 한 것 같다. 이건 분명 추리소설인데 왜 이렇게 서글퍼지는 것인가? 어떨 때는 서글프다 못해 가슴이 먹먹해지기도 했다. 그리고 깨달았다. 히가시노 게이고는 미스터리 작가이지만 기교보다는 인간을, 사건보다는 인간을 이야기하는 작가라는 것을. 사건에 빠져들어 쉴 새 없이 책장을 넘기지만 결국 내가 이른 곳에는 사람에 관한 이야기가 있었다.

그의 다른 작품들도 그렇지만 인간 내면에 자리 잡은 악의를 인정사정없이 들춰내어서 보여준 단편도 있다. 믿을 수 없는 이야기고 믿고 싶지도 않지만, 있을 법한 인간의 모습이 드러난다. 바로 거기에서 대중성과 흡인력을 고루 갖춘 작품이 탄생하는 것일까?

속도감 있는 전개, 심리 서스펜스, 경악을 자아내는 결말!

역시 히가시노 게이고의 세계였다.

윤성원

범인 없는 살인의 밤

1판 1쇄 발행 2009년 4월 16일
2판 1쇄 발행 2017년 7월 7일
3판 1쇄 인쇄 2021년 3월 10일
3판 4쇄 발행 2024년 3월 14일

지은이 히가시노 게이고
옮긴이 윤성원

발행인 양원석
편집장 김건희
디자인 오필민디자인
영업마케팅 조아라, 정다은, 이지원, 한혜원

펴낸 곳 ㈜알에이치코리아
주소 서울시 금천구 가산디지털2로 53, 20층 (가산동, 한라시그마밸리)
편집문의 02-6443-8902   **도서문의** 02-6443-8800
홈페이지 http://rhk.co.kr
등록 2004년 1월 15일 제2-3726호

ISBN 978-89-255-8895-7 (03830)

※ 이 책은 ㈜알에이치코리아가 저작권자와의 계약에 따라 발행한 것이므로
　 본사의 서면 허락 없이는 어떠한 형태나 수단으로도 이 책의 내용을 이용하지 못합니다.

※ 잘못된 책은 구입하신 서점에서 바꾸어 드립니다.

※ 책값은 뒤표지에 있습니다.